SLASH

Natalia Osińska

SLASH

Natalia Osińska

rozdział I

poniedziałek, 19 września 2016

1.

– Leonku, spytasz Tośka, co chce zdawać na maturze?

Idalia położyła na kontuarze stos ulotek i rozsunęła je promieniście w wachlarz, a obok wystawiła stojaczek z bogatą w zawijasy informacją: TYLKO WE WRZEŚNIU W SALONIE URODY „IDALIA" ZNIŻKA 10% NA WSZYSTKIE ZABIEGI. Swoje pytanie rzuciła w przestrzeń zupełnie od niechcenia, głos jej nie drgnął, a przez czoło nie przemknęła nawet zmarszczka, choć to ostatnie mogło mieć związek z jednym z tajemniczych zabiegów, którym panie w pewnym wieku czasem się poddają, ale rzadko chwalą się tym publicznie. Idalia miała gładką buzię zastygłej w bursztynie trzydziestopięciolatki i puszyste blond włosy opadające w falach na ramiona. Tylko wzrok, chłodny i przenikliwy, zdradzał metrykę.

Zaczytany młody człowiek, który na kanapie z białego skaju oczekiwał na swoją kolejkę, z roztargnieniem podniósł rękę i pomasował kark, jakby go tam coś ugryzło. Przeczesał palcami włosy, ciemne i gęste, niedawno przycięte, a już dość długie, by skręcać się tu i ówdzie w niesforne kędziory. Próbował jeszcze czytać notatki z wodorotlenków, które wkuwał od pół godziny bez większego efektu, ale nie mógł się skupić. Jednym okiem zerkał wciąż na rozłożone na stoliku czasopismo. Cisza gęstniała z każdą sekundą. Podniósł głowę.

– Czemu sama go nie zapytasz?

Leon nie doczekał się odpowiedzi, ale skrupulatność, z jaką Idalia odgarnęła z czoła jasny kosmyk i wygładziła poły żakietu, nie uszła jego uwadze.

– Gdy chce czegoś od ciebie, jest jak głodny komar – podsumował ją niedawno Tosiek. Leżeli wtedy obaj w trawie nad jednym z wielkopolskich jezior i gapili się na chmurę owadów wiszącą nad nimi na tle zmierzchającego nieba. – Krąży, odlatuje, wraca, ty siedzisz i jak głupek pilnujesz nadgarstków, a ciocia w tym czasie tnie cię po łydkach.

Leon uznał porównanie za nad wyraz trafne. Zwłaszcza teraz, kiedy siedział w zupełnej ciszy, niemal słyszał to uporczywe, irytujące bzyczenie. Utkwił wzrok w akapicie o pielęgnacji dłoni, ale nie mógł skupić myśli.

– To prawda, że do końca września musicie zdecydować, co chcecie zdawać? – spytała Idalia i przesunęła stojaczek o dwa centymetry w lewo.

– Wstępnie zadeklarować – uściślił Leon i przewrócił stronę w zeszycie.

– Ty już to pewnie zrobiłeś?

– Tak.

– A co będziesz zdawał, Leonku?

Tu już nie miał wątpliwości, że Idalia bierze go pod włos. Wewnętrzny głos przestrzegał go, by nie iść w stronę światła. Tosiek nie cierpiał, kiedy Leon za jego plecami rozmawiał z Idalią na jego temat. Nazywał to spiskowaniem. Ale drugi głos, równie natrętny, przypominał Leonowi, że nie ma na świecie nikogo, kto by się przejmował jego planami na przyszłość, więc skoro już Idalia wyraziła to uprzejme, choć nieszczere zainteresowanie, głupotą byłoby je zignorować.

– Chcę iść na medycynę – poddał się bez walki. – Więc pewnie biologia, chemia, matma. Plus to, co wszyscy, polski i język.

– Na medycynę – powtórzyła Idalia z szacunkiem.

– Docelowo na neurochirurgię.

– Żeby ten gałgan miał chociaż połowę twojej ambicji!

Leon uśmiechnął się krzywo. Aha, i tym sposobem znów wracamy do Tośka. Tośka, do którego od kilku dni się nie odzywał, więc tym bardziej nie miał ochoty chodzić na żadne przeszpiegi. Mowy nie ma. Niech najpierw Tosiek przeprosi i wyciągnie rękę na zgodę, bo tym razem naprawdę przegiął. Leon aż się otrząsnął na samo wspomnienie tego wieczoru, kiedy podjął się trudnego zadania poszerzenia Tośkowi horyzontów muzycznych; najpierw długo wybierał utwory do playlisty, a potem uprażył wielką michę popcornu, żeby ten profan usiedział choć kwadrans na tyłku. Odpalił muzykę. Zaczął od Prince'a, drugi poleciał Freddie Mercury, trzeci w kolejce był David Bowie i już po pierwszych taktach Tosiek nie wytrzymał.

– „Chcę, żebyś pływał jak delfin"? Kto mu to pisał, Beyoncé?

– Przestań się czepiać słów i słuchaj muzyki.

– A czego mam się czepiać, jak nie słów? Słowa są najważniejsze! – prychnął popcornem Tosiek, który jak maszynka recytował libretta wszystkich znanych sobie musicali, ale nie dałby rady zaśpiewać czysto ani jednego refrenu. Zasłuchał się na moment. – Nie szanuję ziomków, którzy rymują „together" z „forever" – oświadczył z niesmakiem.

Wtedy Leon trzasnął klapą laptopa i wyszedł. W przedpokoju unosił się zapach czosnku i rozmarynu, bo Idalia pichciła sos do zapiekanek, ale on chwycił kurtkę z wieszaka i pognał do siebie, choć miał zostać na kolacji. Jak to możliwe, że Idalia tego nie zauważyła i nie wyciągnęła odpowiednich wniosków, w końcu potrafiła czytać w myślach i przewiercać wzrokiem ściany. Jeśli Leon miał kiedyś co do tego wątpliwości, pozbył się ich pod koniec sierpnia, kiedy wzięła go na stronę i tonem życzliwym, acz stanowczym wymogła na nim obietnicę, że będzie się trzymał od Tośka na społecznie akceptowalną odległość.

– Tak minimum metr – uściśliła dla porządku, bo lubiła precyzję.

Ta obietnica kosztowała go tyle zdrowia i nerwów, że poprzysiągł sobie nigdy więcej nie obiecywać jej niczego. Wystarczyło, że kłócił się z Tośkiem na własny rachunek. Naprawdę nie potrzebował kolejnych powodów do awantur. Jeśli Idalia nadal ma zamiar kontrolować dyskretnie każdy krok swojego nieznośnego siostrzeńca, musi sobie znaleźć innego sojusznika.

Ukradkiem przewrócił stronę w czasopiśmie, ale rozproszone myśli kotłowały się w jego głowie jak śmieci na wietrze. Fragmenty nagłówków latały mu przed oczami. Tej jesieni… Postaraj się… W dziesięciu prostych krokach… Dla niego… U nas ze specjalnym rabatem…

Idalia wilgotną szmatką przecierała liście storczyków, które w równym szeregu stały na szafce za jej plecami.

– Gdy go następnym razem zobaczysz – zaczęła od niechcenia – pamiętaj, żeby…

– Zapraszam!

Drzwi jednego z gabinetów otworzyły się i wyjrzała zza nich Edytka, masażystka. Leon z ulgą zerwał się z kanapy. Wcisnął zeszyt do plecaka i wsunął się do gabinetu za Edytką, ale kamienne milczenie za jego plecami mówiło mu jedno: ta wojna nerwów jeszcze się nie skończyła.

2.

– Jaki olejek?

– Sosnowy – wymamrotał Leon i wtulił policzek w puchaty ręcznik wyścielający leżankę. Drugi ręcznik, też miękki i wygrzany, okrywał jego ciało. W gabinecie panował ciepły, ruchliwy półmrok, rozpraszany migotaniem świec, a odwrócona tyłem Edytka odprawiała swoje misteria przy podgrzewaczu. Wlała kilka kropel olejku do pojemniczka nad świeczką i po całym pomieszczeniu rozniósł się przyjemnie drażniący aromat startego w dłoniach igliwia. Leon przymknął oczy.

Las, świergot ptaków, lepkość świeżej żywicy... wakacje. Wszystko wróciło do niego teraz. Czemu lato nie mogło trwać wiecznie? Zaczęło się wcześnie, miało cierpki zapach mulistych jezior i smak zachłannych Tośkowych pocałunków. Wydawało się, że czas przestał płynąć, że w tym rozgrzanym, lepkim lecie istnieje tylko ich dwóch, a cała reszta jest mało istotną papierową dekoracją. Ale potem lato skończyło się z dnia na dzień, ojciec Tośka wypłacił im ostatnie dniówki, poszli do kina, poszli na kawę, a następnego dnia spadł im na głowy wrzesień, początek roku szkolnego, klasa maturalna, plan zajęć, nauczyciele, koledzy i decyzje, decyzje, decyzje.

– Znowu pan jest cały pospinany – odezwała się Edytka, przeciągając dłońmi po jego łopatkach. W jej głosie, szemrzącym jak zefir, dał się wyczuć cień wymówki. Nie myśleć. Musi przestać myśleć. Przez najbliższą godzinę jego ciało, tak nieistotne dla losów świata, będzie w centrum jej uwagi, będzie wszystkim, co się liczy, jak osobny kosmos, katalogowany ścięgno po ścięgnie, kosteczka po kosteczce. Nie ma wczoraj, nie ma jutra, istnieje teraz, tylko teraz. W tle plumka odtwarzana z płyty fletnia Pana. Leon znał tę płytę na pamięć: dziesięć minut fletni, kiedy to bezlitosne palce Edytki wygniatają mu stres z barków i łopatek; dziesięć minut nawoływania delfinów, po pięć na każde przedramię, i tak dalej, aż do szumu ulewy, kiedy Edytka, masując mu skronie, anonsuje półgłosem:

– To już wszystko, dziękuję.

Zacisnął mocniej powieki i starał się nie myśleć o niczym. O niczym... o niczym... – odpowiedziało echo w jego głowie i nastała kojąca pustka, z której jak pajac z pudełka wyskoczył Tosiek i pouczył go, marszcząc swój piegowaty nos:

– W tym cały problem, skarbie, że ty myślisz za dużo.

Leon, oburzony, zamruczał w ręcznik. Tosiek naprawdę powiedział coś takiego. Wtedy, kiedy Leon zwierzył mu się ze swoich wątpliwości co do przyszłości szkolnego zespołu teatralnego. Miał takie niejasne przeczucie, że coś zaczyna się sypać, ale nie wiedział co. Tosiek słuchał jednym uchem i zbył jego przeczucia machnięciem ręki. Ale Tosiek to był Tosiek, istota niezdolna do głębszej refleksji nad czymkolwiek. Kiedy na przykład zamarzyły mu się snejki, kolczyki pod wargą, a Idalia zgłosiła weto, Tosiek znalazł tutorial w sieci i przekłułby się samodzielnie, gdyby ojciec nie nakrył go w ostatniej chwili.

– Zdezynfekowałem wszystko i w ogóle – relacjonował potem Tosiek, pobłyskując srebrnymi kulkami przy każdym grymasie. – A oni się wściekli, jakbym się dziabał zardzewiałą szpilką. W końcu ciocia sama zaprowadziła mnie do piercera. Nie mogła tak od razu?

– Jak to się trzyma tam z drugiej strony? – zainteresował się Leon.

– Chcesz sprawdzić? – Tosiek zmrużył oczy w zachęcającym uśmieszku.

Na samo wspomnienie tego filuternego spojrzenia Leona ukąsiła tęsknota, przejmująca jak głód za używką. Edytka westchnęła.

– W ogóle się pan dziś nie potrafi zrelaksować.

– Próbuję – mruknął Leon.

Ale Tosiek już na dobre zasiedlił jego myśli, a tam, gdzie był Tosiek, natychmiast pojawiał się chaos. Leon już nie wiedział, czy Tosiek samym swoim istnieniem wywołuje zawirowania czasoprzestrzenne, czy też czysty przypadek pcha go w środek każdej możliwej awantury. O, choćby ten czerwcowy wypad do Londynu – Tosiek pojechał razem z ciocią na swoje wyśnione, wyczekane tournée po West Endzie i przez pierwsze dni nic nie odbiegało od normy – zalał Snapa fotkami plakatów i zaułków, poszedł z Idalią na *Wicked* i dzwonił, upojony tym faktem, o trzeciej nad ranem, nie bacząc na koszty i zaspane mamrotanie Leona. Tak, to był ten tydzień, kiedy Leon najął się do przenoszenia paczek w katakumbach Amazona, bo obudzony w środku nocy widział tylko kody kreskowe, cały świat w kodach, jak w jakimś popieprzonym kartonowym Matriksie. Ale wysłuchał Tośka z uprzejmym zainteresowaniem, bo już bardzo za nim tęsknił i chciał go mieć z powrotem przy sobie. Usnął z błogim uśmiechem, który zmienił się w nieruchomą maskę, kiedy nazajutrz dotarła do niego kolejna seria zdjęć. Przez Londyn przetaczała się Pride Parade, a Tosiek niewytłumaczalnym trafem znalazł się w samym epicentrum.

Leon skrzywił się na to wspomnienie. Dłonie Edytki znieruchomiały na jego ramionach.

– Za mocno?

Słabym głosem zaprzeczył. Miał teraz przed oczami te zdjęcia, na wszystkich uchachany Tosiek w morzu tęczowych flag. Leon nie skomentował fotek w żaden sposób w nadziei, że jego wymowne milczenie będzie wystarczająco czytelnym sygnałem, co o tym wszystkim myśli. Tosiek tymczasem jak huragan pustoszył Londyn: gruchnęła wiadomość o brexicie. Tosiek znów słał fotki, znów brał udział w demonstracjach, a Leon zaczął się obawiać o integralność Zjednoczonego Królestwa. Na szczęście wraz z początkiem lipca Tosiek wrócił na łono ojczyzny i odtąd siał chaos tylko lokalnie, głównie w życiu Leona.

Wrócił zmieniony. Jasne kosmyki zgolił na krótko, pozostawiając symbolicznego irokeza przez środek głowy. Ubierać też się zaczął inaczej. Już nie tylko czerń i czerń, z rzadka przełamana grafitem, najpierw pojawiły się odprasowane koszule z kołnierzykiem, potem steampunkowe portki z przeszyciami; Tosiek przeistaczał się w dandysa.

Jednocześnie wciąż ćwiczył, machał hantlami z zajadłą wytrwałością i choć nie wypęczniały mu od tego imponujące bicepsy Hulka, nabrał siły i jakiejś takiej nonszalancji w obyciu. Leon nie traktował jego treningów poważnie, aż do pewnej przepychanki o ostatnie chipsy w paczce, kiedy Tosiek oplótł mu kark ramieniem i niechcący trochę go przydusił. Ojciec Tośka też zauważył tę metamorfozę, bo zaproponował im obu pracę w swojej firmie. Robota polegała głównie na skuwaniu kafelków w cudzych łazienkach i zrywaniu paneli podłogowych, ale Leon miał już tak dosyć amazonowych hal, że z entuzjazmem przystał na zmianę. Pracowali z przerwami cały lipiec i sierpień, a gdy nie było co robić, wsiadali w pociąg i jechali nad jezioro, do Mosiny albo do Puszczykowa, łazili po lasach, Tosiek snuł katastroficzne wizje końca świata, a potem z miną człowieka czasów apokalipsy, który nie ma nic do stracenia, obejmował Leona w pasie i całował, w co się nawinęło. Przy ludziach.

– Zaraz kończę – powiedziała Edytka. – Strasznie te mięśnie pospinane, myślał pan o jodze?

– Nie mam czasu – burknął Leon. Naprawdę już koniec? Miał wrażenie, że przed chwilą się położył. Wcale nie wypoczął, jego myśli furkotały jak stado ważek. Odwyk od Tośka miał go wreszcie wyciszyć i przywrócić mu spokój ducha, a było coraz gorzej.

Usiadł na leżance i zwiesił nogi. Edytka spłukiwała pod kranem olejek z rąk. Wyszła. Trochę marudził, nim się wreszcie ubrał, bo nie chciało mu się jeszcze opuszczać tej wygrzanej jaskini pachnącej igliwiem, rozświetlonej blaskiem świec. W końcu jednak musiał. Wciągnął portki, zapiął bluzę i wyjrzał do poczekalni.

Idalia za kontuarem inkasowała należność za manikiur, na kanapie dwie klientki czekały na zabiegi. Nawet nie spojrzał w ich stronę, ale i tak wiedział, że przyglądają mu się z ciekawością. Chciał szybko czmychnąć na zewnątrz, ale Idalia zamknęła kasę i przywołała go do siebie.

– Lepiej, Leonku?

– Wspaniale – mruknął bez przekonania i oparł się łokciem o kontuar. – Ile płacę?

– To ja powinnam o to spytać. – Idalia wymownym wzrokiem przeleciała po ścianach pomalowanych na orientalny cynamon. Leon osobiście pomógł jej wybrać ten kolor i z poświęceniem machał wałkiem, poprawiając niedoróbki po Tośku, któremu artystyczny rozmach nie pozwalał zbyt długo skupiać się na detalach. Od tamtego czasu minęły już trzy kwartały, ale Leon wciąż jeszcze odcinał kupony od swojego zaangażowania w remont. Najwyraźniej zasłużył na dożywotnią wdzięczność. Było mu z tym ciut nieswojo, ale nie potrafił się przemóc i zaprotestować. Przyzwyczaił się do tych regularnych zabiegów, a zdawał sobie sprawę, że jego budżet nigdy nie udźwignie takich zachcianek. Gdyby tylko mógł się jakoś odwdzięczyć za jej życzliwość...

– To jak, zapytasz go o tę maturę, słonko?

Westchnął przeciągle.

– Zapytam.

– Doskonale! Pójdziesz do niego zaraz? To dam ci zakupy! – Idalia lekkim krokiem pobiegła do małej kuchni dla personelu, skąd przydźwigała pękatą torbę termiczną. – Pochowaj mięso do zamrażalnika, a sery do lodówki, zapamiętasz?

Z rezygnacją przejął torbę. Teraz nie miał już żadnego pola manewru. Asertywność: zero. Ale przynajmniej przyda się na coś. Lubił być pożyteczny. To prawie to samo co być potrzebnym. A stąd już tylko krok do bycia człowiekiem wartościowym. Nie wiedział tylko, jak się przelicza jedno na drugie. Czy dziesięć przysług to już krok w stronę posiadania jakiejś wartości w cudzych oczach? Bo we własnych, wiedział to doskonale, wciąż był nikim.

3.

Salon urody mieścił się na parterze bloku, niewysokiego, podłużnego klocka, jednego z wielu składających się na tak zwany Stary Grunwald. Po przeciwnej stronie klatki schodowej znajdowało się mieszkanie Idalii, chwilowo puste. Na początku września Marcin, ojciec Tośka, dostał duże zlecenie gdzieś na Pomorzu i wracał teraz do Poznania tylko na weekendy. Tosiek zaklinał się, że jest dość dorosły, by mieszkać w pojedynkę, ale jakoś nikt mu nie dowierzał i ostatecznie przeprowadziła się do niego ciotka Idalia – zaledwie jeden blok dalej, na drugie piętro. Niewiele to w gruncie rzeczy zmieniło, bo na ogół i tak spędzała u Tośka i Marcina cały wolny czas, smażąc, pichcąc, odkurzając i zaganiając siostrzeńca do ciężkich robót.

– Teraz jeszcze wrzeszczy wieczorami, żebym nie śpiewał pod prysznicem, bo budzę sąsiadów – utyskiwał Tosiek. – No i czepia się o wszystko, jak zawsze.

Leon wyszedł przed blok i objuczony ciężką torbą oraz plecakiem powlókł się ścieżką na przełaj przez trawnik. Było ciepło, ale z drzew sypały się już liście, dużo liści, bo na tym osiedlu wszędzie rosły rozłożyste stare drzewa. Tosiek twierdził, że to najnudniejsze miejsce w całym Poznaniu, wszystko pod linijkę, każdy blok wygląda tak samo, na ławkach wyłącznie emeryci, a na trawnikach – ich wyleniałe, posunięte w latach psiaki. Leon uważał, że Tosiek przesadza. Sam gnieździł się w kompaktowym apartamentowcu upchniętym na skraju Grunwaldu między dwoma innymi budynkami i cierpiał na chroniczny brak przestrzeni. Lubił spokojny urok starszej części dzielnicy, rozległe trawniki, szum drzew, powietrze. Co Tosiek może wiedzieć o sytuacji, w której nawet widok z okna jest luksusem?

Leon odruchowo podniósł wzrok. Słońce odbijało się w szybie uchylonego okna na drugim piętrze. Dobiegał stamtąd jednostajny pomruk basów.

Tosiek otworzył mu domofonem i raczył zostawić uchylone drzwi do mieszkania, ale nie pojawił się w progu. Muzyka dudniła za zamkniętymi drzwiami jego pokoju. Nie to nie. Niech sobie tam siedzi i gryzmoli sto pięćdziesiąty rozdział fanfika o Fiyero czy innym Enjolrasie. Leon przemknął do kuchni i otworzył zamrażalnik. Upychał do środka zmrożone kurze korpusy, gdy zadzwonił jego telefon.

– Halo?

– Ja w sprawie korepetycji – usłyszał kobiecy głos. – Dostałam ten numer od znajomej. Syn ma problem z matematyką.

– Aha, rozumiem. – Sięgnął do plecaka i wyjął spuchnięty od notatek terminarz. Tosiek się z niego podśmiewał, przekonywał go do kalendarza w telefonie, ale Leon wolał mieć wszystko na papierze. Jego wysłużony smartfon miał już swoje lata i jakoś nie budził zaufania. – Nie wiem, czy znajdę jeszcze czas w tym tygodniu – uprzedził, przytrzymując telefon brodą i z pośpiechem przewracając kartki.

– Bardzo mi zależy.

– Już patrzę... – Kalendarz był zabazgrany we wszystkich możliwych miejscach, tylko przy czwartku świeciła bielą jedna kratka. Zawahał się chwilę. Czwartki po południu były święte. Jedyny wolny czas, który miał jeszcze dla siebie. Nawet uczyć się nie miał kiedy, zakuwał głównie w tramwajach i autobusach, ciągle chciało mu się spać, a na masaż wyrwał się tylko dlatego, że jeden z jego podopiecznych się rozchorował. Nie, czwartek musi być dla niego. Szukał dalej i znalazł: wtorek, osiemnasta, seans filmowy z Tośkiem. Voilà, nieaktualne.

– Jutro, osiemnasta – przekazał do słuchawki i wepchnął na tyły lodówki kilka pakunków zawiniętych w papier. – Nie za późno?

– Nie. Ile za godzinę?

Leon rzucił swoją zwyczajową kwotę dla zdesperowanych i usłyszał nazwisko oraz namiary. Zamknął lodówkę. Znalezionym na blacie długopisem wykreślił Tośka z kalendarza i zanotował adres. Zamyślony, dorysował jeszcze tłusty znak zapytania. Zapomniał spytać o wiek delikwenta. Zapewne pierwszak, świeżo upieczony gimbus albo licealista, takich miał we wrześniu najwięcej. Dzieciak zmienia środowisko i opuszcza się w nauce, a starzy od razu wpadają w panikę. Cyzelował wielką kropkę pod pytajnikiem, gdy za jego plecami muzyka zadudniła głośniej. Tosiek zdecydował się jednak wyleźć ze swojej gawry.

Gdyby jeszcze parę miesięcy temu ktoś powiedział Leonowi, że Tosiek zacznie słuchać rapu, dostałby chyba ze śmiechu konwulsji. Tosiek. Rapu. Nie przewidział istnienia Lin-Manuela Mirandy. Niepostrzeżenie Tosiek, zamiast nucić pod nosem liryczne kawałki z *Nędzników* i *Upiora*, przerzucił się na skandowanie politycznych polemik z *Hamiltona* i ta zmiana wpłynęła w interesujący sposób na jego osobowość. Już nie pochlipywał bez powodu w najdziwniejszych momentach dnia, dowcip mu się wyostrzył i nawet poruszał się inaczej, choć to ostatnie mogło być efektem wnikliwych studiów z gatunku „jak chodzić", „jak siadać" i „jak mówić", którym oddawał się za zamkniętymi drzwiami pokoju, czerpiąc pełną garścią z bogactwa tutoriali dostępnych w sieci.

Leon udał, że nie słyszy monotonnego skandowania za swoimi plecami. Schował terminarz do plecaka.

– *What's your name, man?!* – wrzasnął tuż za nim Tosiek i otworzył lodówkę. Wyjął mleko. – Więc to jednak ty. Myślałem, że ciocia.

– To ja. – Leon jak zahipnotyzowany przyglądał się Tośkowi nalewającemu mleko do miseczki. Nie wierzył własnym oczom. – Sojowe? Idalia o tym wie?

– *Just you wait, just you wait* – nucił triumfalnie Tosiek, zasypując mleko sporą ilością płatków zbożowych. Był w zaskakująco dobrym humorze. Trzeba go zapytać o tę maturę i spadać stąd, żeby sobie nie pomyślał, że Leon przyszedł go ugłaskiwać.

– Myślałeś już, co chcesz... – Leon oderwał wzrok od miseczki i urwał.

Tosiek rozdarł zębami opakowanie mieszanki studenckiej i wsypał połowę zawartości do mleka. Ku tajonemu ubolewaniu Idalii opalił się przez wakacje w złote piegi, snejki błyszczały pod jego ustami jak dwa srebrne pryszcze. W koszykarskiej koszulce bez rękawów wydawał się jeszcze wyższy i chudszy niż zazwyczaj. Koszulka była nieco przyduża i tu i ówdzie wystawał spod niej bawełniany binder, a Tosiek, który przecież musiał być tego świadom, nie przejmował się tym wcale, podrygując jednostajnie w takt muzyki.

To było coś nowego i Leon nie wiedział, co o tym myśleć. Jeszcze do niedawna Tosiek chodził wszędzie zapięty pod szyję, nawet w największy upał. Najwyraźniej znowu wspiął się na całkiem dla Leona niedostępne wyżyny samoakceptacji. Kolejna mała zmiana, jedna z dziesiątek małych zmian, które wciąż w nim zachodziły i które pozostawiały Leona z nieprzyjemnym wrażeniem, że daje się zdublować w wyścigu o niejasnym celu, w którym nawet nie zamierzał brać udziału. Pierwszy raz to wrażenie dopadło go wtedy w czerwcu, kiedy zobaczył zdjęcia z parady londyńskiej. A drugi raz, gdy z różnych wymijających przebąkiwań wywnioskował, że Tosiek nawiązał z rodakami z parady bliższe stosunki i uczęszcza na jakieś podejrzane spotkania.

– Wiem – powiedziała Idalia, kiedy podzielił się z nią tym spostrzeżeniem. – Organizują jakiś przemarsz.

Fakt, że ona przyjmuje to tak spokojnie, bardzo go zbulwersował i Leon nie zapytał już o nic więcej, ale zadra pozostała. Tosiek miał przed nim tajemnice. Tosiek miał nowych przyjaciół. Leon nigdy by na żadne spotkanie nie poszedł, ale nie potrafił się pogodzić z tym, że nikt mu tego nawet nie zaproponował.

– Co mówiłeś? – mruknął Tosiek, zalewając swój zbilansowany podwieczorek grubą warstwą czekoladowej polewy do lodów.

– Nic.

– Też będziesz jeść czy znowu musisz lecieć?

– Mam za chwilę korki, a jutro test.

– Zawsze jest jakiś test. Ja mam jutro z anglika, a nie histeryzuję – zauważył Tosiek, wyjmując łyżkę z szuflady. Z miseczką w rękach zawrócił do pokoju. Leon pospieszył za nim.

– Będziesz zdawać rozszerzoną? – zapytał podstępnie.

– *Just you wait*! *Just you wait*!

– Pytam poważnie – burknął Leon i potknął się o hantle. Przeturlał je stopą pod ścianę. U Tośka w pokoju zawsze był syf, człowiek nigdy nie wiedział, na czym usiądzie ani do czego się przylepi. Tosiek dowodził, że walka z entropią jest bezcelowa. Jego przywiązanie do bałaganu stało w osobliwej sprzeczności z dbałością o własną aparycję; nawet teraz, w sportowej koszulinie i dżinsach, Tosiek błyszczał na tle tego chlewu jak książę w jaskini goblinów.

Książę... w jaskini... Leon zmarszczył brwi, łapiąc uciekającą myśl. Skąd mu się w ogóle wziął w głowie ten obraz? Twarz mu pojaśniała.

– Oglądałeś kiedyś *Labirynt*?

– Nie. – Tosiek przesunął łokciem kilka zeszytów, żeby zrobić na biurku miejsce na płatki. – A co to jest?

– Musical – powiedział Leon, powściągając entuzjazm. Że też mu to wcześniej do głowy nie przyszło! – Musimy go obejrzeć, koniecznie. Gobliny, ludzie w ciasnych portkach, peruki, prawie jak *Wicked*. Spodoba ci się.

– Dzisiaj?

– Dziś nie, zaraz muszę wyjść.

– Już teraz?

– Za piętnaście minut.

Snejki zalśniły, kiedy Tosiek rozciągał usta w szelmowskim uśmiechu. Leon mrugnął powoli. Tak, była jakaś obietnica, pamiętał ją mgliście, ale oto srebrne kulki zamigotały z bardzo bliska i niewiele mógł już poradzić na bieg wypadków. Te zaś w sposób nieunikniony prowadziły na wspólny fotel, między szeleszczące papierzyska, plątaninę ładowarek i wbijający się w plecy twardy kant podręcznika.

Naraz Tosiek skrzywił się i pociągnął nosem.

– Byłeś na masażu?

– Mhm.

– Pachniesz jak kostka toaletowa. – Tosiek odsunął się z niesmakiem. Sam nigdy nie splamiłby swojego honoru, przestępując próg Salonu Urody „Idalia" w celach innych niż remontowo-budowlane. Leon potarł dłonią zdrętwiałe usta. Z wolna wracała do niego pamięć o zobowiązaniach, a wraz z nią męczące poczucie winy. Im bardziej chciał wszystkich zadowolić, tym bardziej zawodził.

– Nie ma w tobie za grosz romantyzmu – oznajmił ze złością. – Złapać za pysk, obcałować, obrazić, krótka instrukcja relacji międzyludzkich *made by* Tosiek.

Zdumiony tym pomówieniem Tosiek wytrzeszczył na niego oczy.

– Mam ci kwiaty kupować, czy jak?

– Nie wiem! Pogłówkuj! Wymyśl coś! Tych… swoich kumpli zapytaj! – zeźlił się Leon, bardzo rozgoryczony.

– Może zapytam – odpalił Tosiek i zlazł mu z kolan.

Usiadł na krzesełku obrotowym i popatrywał z namysłem spod zmarszczonych brwi. Leon bardzo był ciekaw wyniku procesów myślowych zachodzących pod tym jasnym czubem. Dotrze coś wreszcie do tej łepetyny czy nie?

– Wiem, ty po prostu głodny jesteś! – oświadczył Tosiek z zadowoleniem. – Głodny Leon to zły Leon. Chcesz obiad? Sporo zostało.

– Nie chcę. Jadłem już.

– O, będziesz żałował, jak wszystko sam zjem.

– A co jest?

– Risotto z cukinią i tofu.

– Tofu! – krzyknął Leon, zrywając się na równe nogi. – Zepsułeś dobry obiad tym gównem?

– Gdybyś spróbował…

– Jeszcze tak nisko nie upadłem, żeby jeść plastelinę.

– Ciocia gotowała – dodał Tosiek zachęcająco.

– Nie wierzę – burknął Leon. Tosiek już od jakiegoś czasu ewangelizował wszystkich dookoła, na mieście żywił się warzywami i kaszą, a w domu ostentacyjnie wydłubywał mięso z sosu i spychał na brzeg talerza, ale Idalia jak dotąd przeczekiwała te wybryki z właściwym sobie nieugiętym spokojem.

– Złamałem ją głodówką – wyjaśnił Tosiek. – Nie jadłem obiadu wczoraj i przedwczoraj. To co, podgrzewać? Jak dasz mi sekundę, znajdę jakieś świeczki. Będziesz miał ten swój romantyzm.

– Spieprzaj – warknął Leon. Definitywnie przeszła mu ochota na pogłębianie więzi z tym ekoterrorystą. Idalia robiła najlepsze na świecie kotlety i pieczenie, i gulasze i Leon Tośkowi potrafiłby wybaczyć naprawdę wiele, ale nie odcięcie go od wysokogatunkowego zwierzęcego białka. No są chyba jakieś granice!

Wyszedł z pokoju i sięgnął po kurtkę. Tosiek przyglądał mu się z psotnym uśmieszkiem na twarzy.

– A ciocia mi pokazała, jak się robi ombre…

– To jakaś zupa z trawy? – Leon szarpał się z zamkiem.

– Nie, cieniowanie koloru na paznokciach. Nauczyć cię?

Leon zarzucił plecak na ramię. Tak, już kojarzył. Dopiero co czytał o tym artykuł w poczekalni u Idalii.

– Do widzenia – burknął już od drzwi i zerknął ostatni raz na Tośka, który nie spuszczał z niego filuternego spojrzenia.

Wiedział, że wróci. Obaj to wiedzieli. Zawsze wracał, prędzej czy później. Bo niby dokąd miał pójść?

rozdział II

wtorek, 20 września 2016

1.

Kawecka, babka od biologii, rozdała wszystkim arkusze testowe. Leon pochylił się nad kartką. Nie bardzo miał wczoraj czas na powtórkę, ale to był tylko test – łamigłówka, w której spryt i doświadczenie liczą się bardziej niż wiedza. Grunt to nauczyć się myśleć jak autor, wejść w jego głowę, dostrzec poszlaki wskazujące tę jedną właściwą odpowiedź. Kawecka miała umysł prostolinijny, nie zastawiała podstępnych pułapek. Po kilku pierwszych pytaniach Leon załapał styl jej myślenia i resztę testu rozwiązał automatycznie, ledwo czytając odpowiedzi.

Dostrzegł kątem oka, że Zuza, z którą siedział w ławce, zerka na jego kartkę. Odchylił się, żeby widziała lepiej. Zuza. Krzepka siatkarka, która w jego zespole teatralnym eksplorowała liryczną część swojej natury, grając głównie drzewa i inne elementy dekoracji. Teraz dyskretnie stukała długopisem w jedno z pytań. Sprawdził je. Zaznaczył u siebie „A". Zuza sygnalizowała, by przemyślał to jeszcze. Dla świętego spokoju poprawił na „D". Może i miała rację.

– Będzie dzisiaj próba? – szepnęła, nie podnosząc głowy.

– Będzie.

– Macie już scenariusz?

– Tosiek coś pisze.

– Hm – mruknęła Zuza z powątpiewaniem, które i jemu się udzieliło. Tosiek zawsze coś pisał. Ale to, czy i kiedy będzie się tym chciał podzielić ze światem, zależało wyłącznie od jego widzimisię. Zazwyczaj trzeba go było pilnować i popędzać, co Leon ostatnio zaniedbał z przyczyn osobistych. Czy ten bałwan raczy w ogóle pamiętać, że dzisiaj jest próba?

Nerwowo bawił się długopisem, obracając go w palcach. Kiedyś próby nie denerwowały go aż tak. Ale wtedy dowodził Artur – najstarszy z nich wszystkich, zawsze wyluzowany, powszechnie lubiany, pod jego komendą wszystko zdawało się układać bez najmniejszych zakłóceń. Wystawili kilka całkiem dobrych przedstawień, raz trafili nawet na łamy lokalnej prasy. Wiosną Artur zdał maturę i opuścił szkolne mury, a z początkiem września Leon zrozumiał, że to od niego oczekuje się teraz inicjatywy. Nikt inny się do tego nie kwapił. W liceum wyspecjalizowanym w produkowaniu kolejnych roczników kandydatów na studia prawnicze i medyczne zespół teatralny wciąż stanowił pewnego rodzaju anomalię. Przyglądano się im z życzliwością, ale bez szczególnego sentymentu. Leon starał się, jak mógł, popędzał Tośka, łagodził waśnie, szukał kompromisów, ale coś chyba robił źle, bo ludzie nie słuchali go tak, jak wcześniej słuchali Artura. Zespół, zbiór osobowości o wybujałych ambicjach, potrzebował silnej ręki, a on się do tego nie nadawał. Chciał tylko grać, tak jak przedtem, czasem może coś napisać, a nie wikłać się w spory ze spragnionymi sławy artystkami i biegać na spotkania z dyrekcją. Skąd miałby wziąć na to czas? Nikomu jednak nie pisnął, że nie daje sobie rady. Nie miał w zwyczaju przyznawać się do porażek.

Zuza smarowała szlaczki na marginesie kartki.

– Tosiek mówił Arturowi, że dopiero zaczął pisać.

– Artur był w szkole?

– Wpadł rano, rozmawiał z Tośkiem przed bramą. Może zawiesić próby do czasu, aż będziemy mieli scenariusz? Na razie tylko siedzimy i ględzimy o niczym, strata czasu.

– To sama coś napisz – burknął.

Zdziwione spojrzenie znad kartki. No pewnie. Każdy chce grać, każdy chce być gwiazdą, ale żeby choć trochę pomóc przy organizacji? Nikomu to nawet przez głowę nie przejdzie.

Rozejrzał się po klasie. Cały biol-chem pochylał się nad testami, a Kawecka przy swoim biurku czytała *Ucztę dla wron* i nie zwracała uwagi na przelatujące po sali szmery. Jesteście już dorośli, zapowiedziała na początku września, możecie sobie ściągać na powtórkach, ale matury w ten sposób raczej nie zdacie, więc może po prostu weźcie się do roboty, pszczółki. Klasa stosowała się do tych dobrych rad opornie, ale coraz częściej widział na korytarzach kolegów, którzy rzeczywiście coś wkuwali, a nie tylko spisywali zadania domowe. Widmo egzaminów, przed wakacjami jeszcze odległe i łatwe do zignorowania, zaczynało nabierać realnych kształtów.

– Kończycie, robaczki? – rzuciła znad książki Kawecka. – Jeszcze trzy minuty. Pamiętajcie, że na każde pytanie jest tylko jedna prawidłowa odpowiedź. Za zaznaczanie kilku będę obniżać punkty i topić w formalinie. – Zachichotała i przewróciła stronę.

Leon spostrzegł, że po drugiej stronie sali Darek gryzmoli coś we wnętrzu własnej dłoni, po czym wystawia ten tajny komunikat w jego stronę.

„22A?”.

Sprawdził u siebie wynik i skinął głową, a Darek uniósł kciuk i pochylił się nad kartką. W zeszłym roku przez kilka miesięcy siedzieli razem w ławce, ale potem Darek przeniósł się pod okno, bo, jak twierdził, ma początki astmy i potrzebuje świeżego powietrza. Początki astmy nie przeszkadzały mu w strzelaniu goli na każdym wuefie, ale Leon wciąż nie przyjął do wiadomości, że migracja Darka dziwnie zgrała się w czasie z pojawieniem się na horyzoncie Tośka. Darek zresztą na pewno by zaprzeczył. Ale faktem było, że od tego czasu z Leonem w ławce siadały już tylko dziewczyny. Leon schował tę obserwację głęboko w tylnej szufladce swojego umysłu, tej opatrzonej etykietką Nie Myśleć O Tym.

Dzwonek na przerwę oderwał Kawecką od R.R. Martina. Pozbierała kartki, niektórym uczniom wyszarpując je z rąk przemocą.

– Ale rzeźnia – jęknął Darek, przepychając się w stronę Leona i Zuzy. – To jak, będzie dzisiaj próba? Mamy już scenariusz?

2.

Próby odbywały się zawsze w auli, wysokim pomieszczeniu z doskonałą akustyką, poprzecinanym smugami światła, które sączyło się z zakurzonych okien. Ledwie Leon pchnął skrzydło ciężkich drzwi, usłyszał ten charakterystyczny falsecik, który roznosił się tu bez przeszkód. Tosiek siedział na skraju sceny obok dziewczyny odzianej w rurki i bluzę z cienkiej dresówki. Tłumaczył przemądrzałym głosem:

– Tu powinna być inwersja. Masz „hardly ever" na początku zdania, Ozie słodki, ile razy mam ci to tłumaczyć?

Speszona dziewczyna nerwowo odgarnęła włosy za ucho i pochyliła się nad kartką. Miała na imię Matylda i chodziła z Tośkiem do klasy.

– Strasznie tępa – zwierzył się kiedyś Tosiek. – Wszystko jej trzeba po kilka razy tłumaczyć. Gapi się w ciebie, słucha, ale nic nie rozumie.

– Może ty masz po prostu zerowe zdolności pedagogiczne – zgadywał Leon. – Potrzebujesz jakichś rad?

– Nie wiem. Co mam robić, kiedy ona się obraża i ryczy?

Leon, który nigdy nie miał podobnych problemów ze swoimi podopiecznymi, poprosił o więcej szczegółów i już wkrótce wyklarował mu się pewien pogląd na humory Matyldy. Trochę jej teraz współczuł, w końcu nikt lepiej od niego nie wiedział, co robi z człowiekiem zadurzenie w Tośku. W jej przypadku był to w dodatku afekt kompletnie pozbawiony szans na wzajemność. Tosiek, człowiek obdarzony przez los empatią rozwielitki, w niczym się jeszcze nie zorientował, a Leon nie widział powodu, dla którego miałby go uświadamiać w tej delikatnej kwestii.

Matylda pomasowała ścierpniętą łydkę. Dostrzegła Leona i zaczerwieniła się, jakby ją przyłapano na ściąganiu.

– ...aż trzy prawidłowe odpowiedzi – odbił się echem głos Darka, który wszedł do auli wraz z Zuzą. Wciąż jeszcze przeżywał test z biologii. – Sama sprawdź, A, C i D pasuje, Kaweckiej coś się popieprzyło.

Tosiek przeciągnął się leniwie i wstał z podestu.

– Wypadł nam dziś polski – ziewnął, kiedy Leon podszedł bliżej. – Ale przynajmniej mamy z głowy ten esej. Matylda chce dołączyć do zespołu.

– Tak? – mruknął Leon bez entuzjazmu. Nie zauważył dotąd, by Matylda przejawiała jakiekolwiek zainteresowanie teatrem. – Możemy to przedyskutować.

– Emilia już się zgodziła – odezwała się Matylda z podłogi. Schowała zeszyt do torby i wstała, ale wzrok utkwiła w tapecie własnego telefonu, z której łypał zbolałym spojrzeniem Troye Sivan. Spąsowiała jeszcze bardziej.

– Od kiedy Emilia podejmuje decyzje? – zdenerwował się Leon.

– Ktoś musi.

Odwrócił się przez ramię. Stała za nim kolejna dziewczyna, zgrabna, długowłosa, i dla odmiany patrzyła mu prosto w oczy. Odczuwał wobec niej pewien respekt, w końcu spotykała się z Arturem, a przynajmniej tak się sprawy przedstawiały, gdy go ostatni raz widział. Emilia chodziła do klasy z Matyldą i Tośkiem; w zespole miała zwyczaj wtrącać się we wszystko, a najbardziej w scenariusze.

– Za dużo was już jest – mruknął mniej pewnie. – Potem ciągle są pretensje, że dziewczyny nie mają co grać.

– Gdybyście pisali więcej ról dla dziewczyn, nie byłoby problemu – odcięła się Emilia.

– Tym razem będzie inaczej – wtrącił Tosiek.

– Masz scenariusz? – ucieszył się Leon.

– Tak.

– Gdzie?

– Tutaj – Tosiek poklepał się po łepetynie.

– Żarty sobie stroisz? – oburzyła się Zuza.

– Oj, przestańcie, mamy jeszcze tyle czasu!

– Nie powiedziałbym – odezwał się jeszcze jeden głos, ustawiony głos rasowego radiowca, bez trudu przebijający się przez gwar.

Od strony drugich drzwi auli nadchodził sprężystym krokiem Witold, świeżo upieczony przewodniczący kółka historycznego, wysoki, rudawy chłopak o zapadniętych policzkach i ustach skrzywionych w drwiącym grymasie. Dwa kroki za nim drobiła jego świta: Sebastian z grupy rekonstrukcyjnej i Roksanna, pękata dziewczyna, z którą łączyły Witolda wspólne treningi biegowe, a może i coś więcej.

– Oni się tak kochają, ach jej – ironizował czasem Tosiek, który nie cierpiał obojga. – Ona świata poza nim nie widzi, a on to łaskawie toleruje. To będzie miłość po grób!

Leon oddalił z pamięci te złośliwości i zapytał najuprzejmiej, jak potrafił:

– Co masz na myśli?

– Akademia już za trzy tygodnie – odparł Witold. Szmer w auli natychmiast przycichł. Witold chwilę napawał się efektem swoich słów, po czym dorzucił: – Na Dzień Nauczyciela. Ustaliłem z dyrekcją termin.

– Ty ustaliłeś?

– A kto? – burknął Witold z góry. Przewyższał Leona o pół głowy.

– Nikt cię nie prosił – wyrwał się Tosiek, ale Witold poświęcił mu akurat tyle uwagi co Roksannie, to znaczy zupełnie go zignorował.

– Jastrzębska prosi, żeby w tym roku dla odmiany nie dogryzać nauczycielom, tylko docenić ich trud i starania.

– Coś takiego właśnie piszę – wtrącił Tosiek.

– No i świetnie. Na piątek ma być gotowe. – Witold zaszczycił go wreszcie przelotnym spojrzeniem. – Przeczytamy i ocenimy, czy się nada. Trzeba też znaleźć dekoracje z zeszłego roku i sprawdzić, w jakim są stanie, a potem…

– Jak napiszę, to napiszę – zirytował się Tosiek. – Nie będziesz mi się wtrącał w scenariusz, nie jesteś tu szefem.

Jego słowa odbiły się słabym echem w całej auli, a cisza, która po nich zapadła, trwała trochę zbyt długo. Leon czuł, że powinien się odezwać, uspokoić, że wszystko jest pod kontrolą, ale zbił go z tropu fakt, że nikt nawet na niego nie spojrzał. Nikt nie oczekiwał, że coś powie! Wbił wzrok we własne paznokcie.

– Właśnie, brakuje Artura – odezwał się Darek. – Wszystko się bez niego rozłazi.

– Zgadzam się, ale Artura już nie ma – przemówił Witold z obłudnym żalem. – Musimy sobie poradzić bez niego. Proponuję wybrać nowego szefa. Proponuję…

– To ja zgłaszam się na ochotnika! – wtrąciła Emilia i wskoczyła na podest. Potoczyła po wszystkich spojrzeniem pełnym ognia. Witold na moment stracił wątek, zaskoczony takim obrotem sprawy, ale szybko doszedł do siebie i zadeklarował, powściągając pobłażliwy uśmieszek:

– W takim razie ja również zgłaszam swoją kandydaturę. Ktoś jeszcze? Zaraz możemy głosować.

Dopiero teraz, jakby poniewczasie, przypomnieli sobie o jego istnieniu, wszystkie spojrzenia skierowały się na Leona. A on milczał ze spuszczoną głową. Czemu nikt nie zaprotestował? Czemu nikt nie krzyknął, że przecież mają już szefa i innego im nie potrzeba? Nigdy dotąd nie bawili się w żadne głosowania. To, że Artur dowodzi, było dla wszystkich oczywiste. Głosowanie! Co to w ogóle za pomysł? Przejął go lęk na samą myśl o takim teście. Nie znosił rywalizacji w żadnej formie. Wolał współpracę i tak właśnie widział zespół – grupę życzliwych sobie osób działających razem dla wspólnej frajdy. Coś tu się właśnie bezpowrotnie kończyło. I sam do tego dopuścił!

– Ja zgłaszam Leona! – odezwał się w ciszy Tosiek, wyraźnie zachwycony draką. Nim Leon zdążył zareagować, drzwi auli skrzypnęły po raz kolejny i zajrzała do środka dyrektor Jastrzębska.

3.

Zespół teatralny na ogół pozostawał z dyrekcją w przyjaznych stosunkach, mimo to wszyscy minimalnie zesztywnieli i wykonali w myślach szybki rachunek swoich przewin od początku półrocza. Istniała możliwość, że Jastrzębska tylko skraca sobie drogę do drugiego skrzydła szkoły, ale nadzieja okazała się płonna – dyrektorka podeszła bliżej sceny. W dłoni trzymała pękatą teczkę. Zerknęła znad okularów na uczniów.

– Nie przeszkadzam? Chciałabym wam zająć kilka minut.

Witold starł z twarzy irytację i uprzejmie podsunął jej krzesło. Leon przysiadł w pierwszym rzędzie, jak pozostali. Mógł myśleć tylko o tym, co zdarzyło się przed chwilą. Co za kretyn z tego Tośka, już on z nim porozmawia. Czemu sam się nie zgłosił, mądrala? Przymknął oczy, wyobrażając sobie teatr pod dowodzeniem Tośka, i zobaczył rozległą scenę zbiorową, tańczący tłum, usłyszał chór na cztery głosy, orkiestrę, a na końcu huk spadającego żyrandola. Cały Tosiek.

– Dotarł do mnie ranking szkół ponadgimnazjalnych – odezwała się Jastrzębska z przyganą. – Trudno mi to zrozumieć, ale nasza szkoła spadła o dwa miejsca w stosunku do zeszłego roku.

– To chyba nie nasza wina? – wyrwała się Roksanna.

– W dodatku mniej kandydatów niż zazwyczaj zgłosiło się do nas podczas ostatniego naboru – ciągnęła Jastrzębska, zerkając do teczki.

– Niż demograficzny – podpowiedział Sebastian. – Kraj się wyludnia.

– Tacy jesteście kreatywni – nie zwalniała Jastrzębska, rutynowo ignorując głos młodego pokolenia. – Może to jest właśnie zadanie dla was: pokazać gimnazjalistom, dlaczego warto się uczyć w naszej szkole.

– A warto? – zaciekawił się Darek.

– Proszę, zastanówcie się w wolnej chwili, co należy zrobić, by jak najlepiej zareklamować naszą placówkę przyszłym rocznikom.

– Można zakazać kartkówek i odpytywania – podpowiedział Tosiek. – To na sto procent zapewni pani szaloną popularność.

Jastrzębska zerknęła na niego znad szkieł. Jego nigdy nie ignorowała. Zawsze zwracała się do Tośka z tą specjalną życzliwością zagwarantowaną wychowankom, którzy dysponują teczką pełną rozmaitych orzeczeń i u których ciotek pani kurator co miesiąc robi sobie paznokcie.

– Dotychczas nie było to niezbędne – wyjaśniła wolno i wyraźnie, jakby mówiła do przedszkolaka. – Po prostu inne szkoły idą z duchem czasu i potrafią się lepiej zareklamować. Nie możemy pozostawać w tyle. Mam kilka pomysłów, ale chciałam je najpierw z wami skonsultować. Co powiecie na odświeżenie naszej stronki?

– Stronki? – powtórzył Sebastian.

– Mamy jakąś stronkę?

– Oczywiście, że szkoła ma stronę internetową. Tę, na której wisi statut szkoły i regulamin!

– A, internetową – mruknęła Zuza. – Myślałam, że na Facebooku.

– Powinniśmy mieć stronkę na Facebooku? – drążyła Jastrzębska.

– Nie wiem, kto z własnej woli chciałby lajkować stronę szkoły – wyznał Darek. – No, może gdyby szerowała tam pani jakieś fajne memy…

– Memy? – powtórzyła Jastrzębska bezradnie.

Odpowiedziała jej cisza. Członkowie zespołu starali się zachować nieruchome twarze. Z Jastrzębską mogli gadać jak równy z równym o terminach przedstawień i negocjować zwolnienia z lekcji na czas prób, ale nikt nie był na tyle głupi, by ją wtajemniczać w zawiłości ich świata. To byłby niebezpieczny precedens. Pokażesz takiej Snapa, a za pięć minut wysyła ci zaproszenie do znajomych. Każdy, kto przynajmniej raz przećwiczył ten scenariusz na własnej rodzinie, wie, czym to grozi.

– To może blog? – Jastrzębska zerknęła we własne notatki.

Znów szybkie wymiany spojrzeń, zmarszczone brwi.

– Blog? – powtórzyła Emilia. – Ktoś jeszcze czyta blogi?

– Mój tata czyta – rzucił Sebastian.

– A moja mama pisze – dodał Darek. – Wiele jej koleżanek to robi. – Z jego pobłażliwego tonu można było wywnioskować, że to idealna rozrywka dla starszych pań.

– To co czyta młodzież? – naciskała Jastrzębska.

– Nic – rzucił bezwstydnie Darek.

– Ja czytam to, co pisze Tosiek – wyznała jednocześnie Matylda.

– Co pisze Tosiek? – zainteresowała się Jastrzębska.

Tośkowi prawie oczy wyszły z orbit, tak się starał przekazać Matyldzie, by się zamknęła, ale Matylda, pełna dobrej woli, nie zwróciła uwagi na jego miny.

– Fanfiki – powiedziała. – Drabble, cracki, teraz jakiś slash.

– Slash? – Jastrzębska była zdeterminowana, by wniknąć w głąb nastoletnich umysłów.

– Porozmawiajmy poważnie – odezwał się Tosiek tonem, który jasno dawał do zrozumienia, że specyfika jego twórczości nic nie wnosi do meritum dyskusji. – Naprawdę pani myśli, że mamy czas na czytanie, skoro ciągle musimy się uczyć do testów? Czytanie to przeżytek. Szkoła to przeżytek.

Dyrektor Jastrzębska rzuciła mu spojrzenie, którym sugerowała, że ma naprawdę bardzo dużo cierpliwości, ale czasu znacznie mniej.

– Gimbaza ogląda filmy – wyjaśnił jej Sebastian.

– Właśnie, może pani założyć vloga – podpowiedział Darek.

– Tak, tak, i tam opowiadać, dlaczego nasza szkoła jest taka wyjątkowa, chętnie posłucham i zasubskrybuję – zadeklarował Tosiek wielkodusznie.

Jastrzębska wyprostowała się, zerknęła jeszcze raz w notatki i zadała pytanie, którego Leon od początku się spodziewał:

– Może ktoś z was chciałby się tym zająć na ochotnika?

Licealiści zamarli, jakby ich zmroziło, i każdy nieco skurczył się w sobie, aby się mniej rzucać w oczy. Jeszcze nigdy tego rodzaju pytanie nie wróżyło niczego poza ciężką harówką i wyrzutami, że miało być inaczej. Leon zacisnął dłonie na krawędzi krzesła. Nie zgłosi się. Mowy nie ma. Nie zna się na tym. Nie ma czasu. Tak, znowu można podskoczyć oczko wyżej w notowaniach u dyrekcji, tak, dodatkowe punkty aprobaty tylko czekają, by je zgarnąć. Ta część jego jaźni, która uzależniła się od tych punktów, wyrywała się do działania. Tłumił to w sobie, myśląc intensywnie o swoim terminarzu zagryzmolonym od nagłówka po stopkę.

Pozostali uczniowie nie musieli przeprowadzać ze sobą tak morderczych zmagań. Nikt się nie palił do zaszczytnej roli tuby propagandowej dyrekcji.

– Nikt? – spytała Jastrzębska ze smutkiem.

– To nie takie łatwe – ofuknął ją Tosiek. – Pani myśli, że każdy ma w domu odpowiedni sprzęt? Dobra kamerka kosztuje, tak samo mikrofon, do tego jeszcze dobry program do obróbki filmu…

– Nikt ci nie każe od razu zdobywać Oscara – mruknął Sebastian.

– Oficjalny kanał szkoły musi jakoś wyglądać – wykłócał się Tosiek. – Chciałbyś, żeby reprezentował cię amator, którego ledwo widać i słychać?

– Dyrekcja mogłaby wyasygnować na ten cel pewną kwotę – odezwała się Jastrzębska niezobowiązującym tonem.

Witold, który dotąd w milczeniu gapił się na swoje buty, podniósł głowę i oświadczył:

– Ja się tym zajmę.

– Ha, ha! – parsknął Tosiek ubawiony. – Ty i zarządzanie społecznością, no nie mogę, już widzę, jak kasujesz wszystkie komentarze, bo ktoś ci wytknął, że zanudzasz. Nie, ty byś w ogóle nie pozwolił ludziom komentować, co?

– Masz sporą wiedzę na ten temat – zauważyła Jastrzębska. – Może powinniście się tym zająć razem?

Leon podskoczył na swoim krześle. Ostatnim razem, kiedy Tosiek i Witold weszli ze sobą w bliższy kontakt, skończyło się rozlewem krwi i obniżeniem Tośkowi oceny ze sprawowania, czy Jastrzębska już całkiem o tym zapomniała? Na szczęście Tosiek bez sekundy zastanowienia wykrzyknął:

– Nigdy w życiu! Nie mam czasu! Muszę się uczyć do tych wszystkich kartkówek! I testów!

– Jak uważasz – Jastrzębska nie wyglądała, jakby miała z tego powodu rozpaczać. – Zatem Witold. Bardzo ci dziękuję. Zgłoś się potem do gabinetu. Porozmawiamy o szczegółach.

Tosiek prychnął pogardliwie. Jastrzębska podniosła się z krzesła z miną osoby, która może odhaczyć kolejny mały punkt na swojej liście spraw umiarkowanie istotnych i zająć się tym, co naprawdę ważne. Skinęła życzliwie na pożegnanie i wyszła z auli. Zaskrzypiały wszystkie krzesła w pierwszym rzędzie. Artyści rozprostowywali przykurczone ciała.

– Świetnie – powiedział Witold. – Na czym skończyliśmy?

– Na wyborach – przypomniała Emilia. – Ja, ty i... Leon? Leon, kandydujesz?

Znów to przyspieszone łupanie w klatce piersiowej. Ale nie dał nic po sobie poznać. Uśmiechnął się z przymusem. To w końcu zespół, jego zespół, zakładał go razem z Arturem. Nie może go po prostu przekazać w cudze ręce bez walki.

– Tak, oczywiście.

– To co, głosujemy? – Witoldowi najwyraźniej zależało na czasie.

– Chwila, chwila – zaprotestowała Zuza. – Ale według jakich zasad? Skąd mam wiedzieć, co macie do zaoferowania?

– Właśnie, a programy wyborcze? – zakpił Darek. – A obietnice, a przekupstwa, a stołki? Bez stołków się nie bawię!

– Zaraz mogę opowiedzieć, co obiecuję – odparł Witold ze śmiertelną powagą, ignorując wygłupy elektoratu. – Jeśli pozostali kandydaci będą mieli coś do dodania, to też chętnie ich wysłucham.

– Mam bardzo dużo do dodania – oświadczyła Emilia bojowo.

– Ale to wszystko dzisiaj? – odezwała się zdezorientowana Matylda. – Bo ja zaraz muszę lecieć na pilates.

– Właśnie, późno się robi – potwierdził Darek. – Może przełożymy to na przyszły tydzień?

– Na jutro – ustąpił niechętnie Witold. – Tutaj, na dużej przerwie? Wszystkim pasuje? Tak? To super.

Leon słyszał wokół siebie szuranie krzeseł, ktoś, chyba Darek, na pożegnanie klepnął go w ramię. Utkwił wzrok w zakurzonej kotarze zwieszającej się krzywo za sceną. Program wyborczy. Jaki on miał, u licha, program wyborczy?

rozdział III

wtorek, 20 września 2016

1.

– Mogłeś się trochę bardziej wykazać – zrugał go Tosiek, kiedy wyszli przed szkołę.

Leon tylko wzruszył ramionami. Tosiek pokręcił głową.

– Postaraj się może bardziej, co? Bo na razie można by pomyśleć, że się zgłosiłeś za karę.

– Ty mnie zgłosiłeś.

– Witold ma gadane – ciągnął Tosiek, szukając w torbie drugiego śniadania. Wyciągnął kanapkę owiniętą w papier. – Pokaż, na co cię stać.

– Przecież wszyscy mnie znają. Wiedzą, na co mnie stać.

Tosiek westchnął i rozwinął swój pakunek.

– Będziesz potrzebował naprawdę dobrego programu.

– Dam sobie radę – mruknął Leon. Przeczucie porażki gniotło go w plecy bardziej niż plecak i nie dało się strząsnąć.

– No pewnie! Wszystko będzie dobrze. Musisz tylko dużo naobiecywać. Na tym polega walka o władzę. – Tosiek zatopił zęby w kanapce.

– Nie ma żadnej walki o władzę. Każdy chce jak najlepiej dla zespo…

Tosiek wybałuszył oczy i z obrzydzeniem wypluł w dłoń wszystko, co miał w ustach.

– Szynka! – wycharczał oburzony. – Mogłem się domyślić!

– Z Idalią nie wygrasz – oznajmił Leon i odrobinę się rozpogodził.

– Może nie w pierwszej rundzie – warczał Tosiek, rozglądając się za koszem na śmieci. – Ona mnie zagłodzi! Słuchaj, posiedzimy razem nad tym programem. Przyjdziesz wieczorem i coś sklecimy, okej?

– Tak... Nie. – Leon przypomniał sobie, że przecież umówił się wczoraj na te last minute korepetycje z matmy, i zrobiło mu się głupio. Ważył słowa, zastanawiając się, jak wybrnąć. Tosiek to zauważył.

– Chyba byliśmy umówieni? – rzucił w przestrzeń.

– Tak, wiem.

– Nawet wpisałeś moje imię w ten swój kalendarzyk – ciągnął Tosiek z melancholią. – Jak człowieka taki zaszczyt kopnie, to raczej o tym pamięta.

– Coś mi wypadło – jęknął Leon, doskonale świadom, że Tosiek bezlitośnie odgrywa się teraz za wszystkie utarczki z zeszłego tygodnia. – Czwartek mam wolny – przypomniał sobie z ulgą i zobaczył zwycięski błysk w błękitnych oczach. – W czwartek cały wieczór będzie dla ciebie, pasuje?

– No nie wiem, nie wiem – pastwił się Tosiek, nie kryjąc satysfakcji. – Tak zawsze bronisz tych swoich czwartków, nie chciałbym ich profanować swoją obecnością.

– Przeżyję – obiecał Leon przez zęby. – Wchodzisz w to czy nie?

Dotarli do przejścia dla pieszych, Tosiek z zadumą patrzył na czerwone światło, jakby musiał się dobrze zastanowić nad odpowiedzią.

– Wchodzę – powiedział całkiem innym tonem, poważnym i rzeczowym. Wycelował w niego palec. – Zabieram cię na randkę.

Leon podskoczył jak ukłuty szpilką.

– Na co? – odruchowo zniżył głos do szeptu. Światło zmieniło się na zielone, Tosiek pewnym krokiem wkroczył na jezdnię.

– Na randkę! – krzyknął przez ramię.

– Dokąd?!

– Zobaczysz.

– Co ty kombinujesz? – Leon pobiegł za nim. Serce biło mu w jakimś niedorzecznym tempie.

– Ja? To tobie brakowało w życiu romantyzmu. – Tosiek zatrzymał się po drugiej stronie ulicy i zmierzył go długim, bezczelnym spojrzeniem spod rzęs. – Odstaw się.

– Słucham? – Leon całkiem się pogubił.

– Garniak. Krawat. Te klimaty. – Tosiek nie spuszczał z niego przenikliwego wzroku.

– Ktoś tu chyba na głowę upadł.

– Będę czekać przed Okrąglakiem. Czwartek, dziewiętnasta trzydzieści. Koniecznie wpisz to sobie w kalendarz – wydał polecenie Tosiek i uśmiechnął się tajemniczo.

2.

Tosiek pognał do siebie, a Leon pochłonął szybki obiad w budce z kebabem i wskoczył do autobusu. O szesnastej nawiedzał gimnazjalistkę z ambicjami, podciągał ją z biologii i chemii, bo planowała karierę w medycynie – to od niej usłyszał kiedyś, że neurochirurg to jeden z najbardziej poważanych zawodów. Od tego czasu też chciał być neurochirurgiem, jak jej ojciec. Musiał się solidnie przygotowywać do tych korków, bo smarkata czytała dużo na własną rękę i czasami zaskakiwała go wiedzą. Wyszedł stamtąd zmęczony, za to z uniwersyteckim podręcznikiem pod pachą.

– Tatuś ci pożycza, ale musisz oddać, jak przeczytasz.

Przeglądał ten podręcznik w autobusie, ale trochę go zemdliło przy opisie operacji na płacie czołowym. Szybko zamknął książkę i schował do plecaka, starając się nie myśleć za dużo o zjedzonym kebabie. To przejdzie. Na pewno każdy tak ma na początku. Wyjął dla odmiany zeszyt do niemieckiego i wkuwał słówka, zerkając co parę minut za okno, żeby nie przegapić przystanku. Jego nowy uczeń mieszkał na przedmieściach, pół godziny samego dojazdu. Oby tylko nie okazał się patentowym głąbem, który wymaga asysty przez cały rok. Sprawdził już adres na Street View: dzielnica willowa, same nowe domy. Byle nie rozpuszczony dwunastolatek obrażony faktem, że na czas korków oderwano go od smartfona. Tacy byli najgorsi. Wolał tych z bloków, z przeładowanych szkół publicznych, im chociaż czasem zależało, no i na ogół nie byli wcale głupi, tylko trochę pogubieni, wystarczyło im po ludzku wyłożyć temat i szybko łapali, o co chodzi. Ich rodzice płacili gotówką, czasem bilonem, skrupulatnie uskładanym i odliczonym co do grosza. Ci z willi czasem nawet nie mieli pieniędzy w domu i zdumieni faktem, że nie nosi ze sobą terminala, proponowali płatność przelewem, a gdy odmawiał – podwiezienie do bankomatu. Z reguły udawał wtedy, że nie ma konta w banku. Nie widział powodu, by się wdawać w jakieś zawiłe tłumaczenia. Bo co niby miał powiedzieć? Że fakt posiadania konta oraz pieniędzy na nim mierzi go do tego stopnia, że wciąż jeszcze nie aktywował karty? Kto by w to uwierzył?

Autobus zwolnił, za oknem mignęła nazwa przystanku. To już! Leon przepchał się do wyjścia, ciągnąc za sobą plecak. Ostatni raz sprawdził adres, zerknął na zegar w komórce. Idealnie. Jeśli uda mu się wyrobić w godzinę, będzie w domu przed dwudziestą. Słówka na niemiecki wykuje w drodze powrotnej, a potem będzie mógł pograć chociaż kwadrans. Już nie pamiętał, kiedy ostatnio miał w ręce gitarę.

W tym momencie przypomniał sobie o tym cholernym programie wyborczym i zaklął cicho. Program wyborczy. Co za idiotyzm. Jego postulaty można było spokojnie streścić w dwóch słowach: żadnych zmian.

3.

Drzwi otworzyła mu blondynka odziana w coś w rodzaju ekskluzywnej włosiennicy i skórzane legginsy, zaskakująco młoda jak na mamę nastolatka, a na uczennicę zbyt wyrośnięta. Może siostra?

– Bardzo się cieszę, że znalazł pan czas dla synka. Karolek już czeka. Zapraszam.

Jednak matka – zdziwił się Leon, wchodząc do lśniącego bielą przedsionka. Odwiesił kurtkę na czarny wieszak. Wewnątrz było jasno, bardzo skandynawsko i w ogóle hygge, prawie potknął się o szklane latarnie ustawione obok progu. W każdej migotała duża biała świeca na podkładzie z białych kamyków. Pozwolił się poprowadzić na górę, po białych schodach wyłożonych czarnym dywanem, wzdłuż galerii fotografii rodzinnych w sosnowych ramkach.

– Od dawna ma problemy z matmą? – zagadnął.

– Uparł się, że nie chce chodzić do szkoły – powiedziała kobieta. – Nie wiem już, co robić.

To nie była zbyt ścisła odpowiedź na jego pytanie, ale nie miał czasu drążyć, bo dotarli na piętro. Wszedł do wskazanego mu pomieszczenia i niespodziewanie znalazł się w pokoju dziecięcym. Tu już było kolorowo od zabawek odcinających się na tle białych ścian i podłogi z desek. Cofnął się, przeświadczony, że wybrał niewłaściwe drzwi, ale mama Karolka odezwała się za jego plecami:

– Przyszedł pan od matematyki. Pamiętasz, co ci o nim mówiłam?

– Noo – doleciało z dołu.

Leon wyostrzył wzrok. Na drewnianej podłodze, wśród autek i klocków, leżało dziecko i apatycznie przesuwało wagonik po kawałku torów.

Spojrzał z niedowierzaniem na jego matkę. To jakiś dowcip? Dzieciak wyglądał na sześć, może siedem lat. Siedmiolatki też mogą mieć problem z matematyką, no jasne… Ale pierwszy raz wezwano go po to, by dokształcał smarkacza z dodawania do dziesięciu. Czemu ta kobieta sama nie edukuje swojego potomka?

Matka Karolka odpowiedziała uprzejmym uśmiechem.

– Na stole jest jego zeszyt ćwiczeń. Niech pan z nim odrobi zadanie domowe – poleciła i zawróciła na dół, nim Leon zdążył powiedzieć cokolwiek.

Nie szkodzi. W trakcie swojej krótkiej, ale intensywnej kariery pedagogicznej nauczył się szybko reagować na okoliczności i nie dziwić się niczemu, nawet szesnastolatkom tarzającym się po podłodze w napadzie szału. Karolek przynajmniej nie wrzeszczał, jak bardzo nienawidzi matmy, rodziców i tych wszystkich pieprzonych korepetytorów. Kto wie, może zamawianie korków dla adeptów nauczania początkowego to rozpowszechniony zwyczaj, tylko Leon nie trafiał dotąd w ten target? W sumie łatwa kasa. To nie może być bardzo skomplikowane.

Podszedł do stołu i przejrzał zadania. „Pokoloruj piłki z tym samym wynikiem jednakowym kolorem". „Wpisz w kółka odpowiednie cyfry". Obok kredki, pisaki, paczka żelków na zachętę. Karolek wciąż nie zwracał na niego uwagi.

– Próbowałeś rozwiązywać te zadania? – spytał Leon. – Czego nie rozumiesz?

Karolek wydał z siebie fachowy gwizd lokomotywy i przetoczył się na drugi bok, sunąc wagonikiem po podłodze.

Leon szukał w pamięci metod, którymi zmuszał do współpracy opornych. Jeden smarkacz zainteresował się nauką dopiero wtedy, gdy przygotowano mu spersonalizowane zadania z treścią. „Wchodzi Antek do iStore'a, a tam na półkach leży *x* iPhone'ów, *y* tabletów i *z* macbooków" – tak to jakoś szło. Powinno chwycić. Sięgnął po blok rysunkowy.

– Słuchaj, to łatwe – zachęcił dzieciaka. – Musisz dodać trzy do dwóch. Narysuję ci trzy lokomotywy, a potem jeszcze dwie, a ty je wszystkie policzysz, okej?

Zaintrygowany Karolek podniósł się z podłogi i przyczłapał do stolika. Leon z pośpiechem naszkicował krzywy pojazd.

– Zapomniałeś o korbowodzie – zauważył Karolek, opierając się o stolik.

– To straszne – mruknął Leon. – Narysujesz za mnie?

Karolek ochoczo przejął kredkę, a Leon oddał się ukradkowemu dialogowaniu przez komórkę. Tosiek bombardował go wiadomościami. PAMIĘTAJ O TYM, ŻEBY IM DUŻO NAOBIECYWAĆ – głosiła najnowsza. – DARMOWA PIZZA NA PRÓBACH, ZERO ODPYTYWANIA PRZED AKADEMIAMI ITD.

Wepchnął telefon z powrotem do kieszeni.

– Dobra, to zastanów się teraz…

– Jeszcze zbieralnik pary – burknął Karolek, z zapałem uzupełniając jego dzieło. – Narysuj drugą.

– Musimy się zastanowić…

– Powiedziałeś, że będzie pięć pociągów – przypomniał mu dzieciak z wyrzutem.

– Pięć! – ucieszył się Leon. – No właśnie, pięć! Teraz możesz pokolorować piłkę w zeszycie.

– Nie – powiedział Karolek.

– Dlaczego?

– Bo to nudne.

Leon w zupełności się z nim zgadzał, ale nie płacono mu przecież za kontestację programu nauczania. Z rezygnacją sięgnął po kredkę. Zadał kilka niewinnych pytań w rodzaju: „Jeśli jedna lokomotywa ma sześć kół, a druga osiem, to ile mają razem?", i nim skończył rysować piąty pojazd, wiedział już, że Karolek bez problemu liczy do tysiąca, dodaje i odejmuje w zakresie stu, łapie ogólne zasady mnożenia i rozwiązuje zadania z jedną niewiadomą, o ile ich treść dotyczy szeroko pojętego kolejnictwa. Tylko te cholerne piłki w zeszycie ćwiczeń wciąż świeciły bielą, a Karolek wykreślał tor kolejowy, pomagając sobie ekierką.

– Słuchaj – powiedział Leon, znów sprawdzając godzinę w telefonie (MONODRAMY DLA CHĘTNYCH, DOFINANSOWANIE NA KOSTIUMY I REKWIZYTY). – Narysuję ci jedną lokomotywę ekstra, ale musisz rozwiązać te zadania.

– Po co? – ociągał się Karolek.

– Bo jutro pójdziesz do szkoły i pani ci sprawdzi ten zeszyt.

– Nie pójdę do szkoły – zaparł się Karolek, gryzmoląc w rogu kartki opuszczony semafor. – Szkoła jest głupia.

– Nie jest – mruknął Leon bez przekonania.

– Jest głupia i pani jest głupia, i Kuba Biernacki jest głupi – wyliczał Karolek, z pasją smarując kredką po semaforze.

– A co ci biedny Kuba zawinił? – spytał z roztargnieniem Leon i zerknął w telefon, bo znów przyszła wiadomość. (BĘDĘ MÓGŁ ZOSTAĆ TWOIM CIAŁEM WYKONAWCZYM, GDY JUŻ OBEJMIESZ URZĄD?).

– Wrzucił mi kapcie za szafę w szatni.

– A to kanalia. Następnym razem ty mu wrzuć – poradził znad komórki Leon, śląc Tośkowi serduszka wraz z uprzejmą prośbą, by spadał na bambus.

– Dobrze – ucieszył się Karolek.

– Super, to smaruj te piłki, bo ja zaraz muszę wychodzić.

– To narysuj lokomotywę.

„Co za namolny dzieciak" – pomyślał Leon, ale posłusznie sięgnął po czystą kartkę. Kątem oka widział, że jego podopieczny niechętnie, ale bez protestów rozwiązuje zadania z zeszytu. W pośpiechu nakreślił kanciasty pojazd, kabinę maszynisty i bufory. Nie był to ostatecznie najgorszy znany mu sposób zarabiania pieniędzy. Magazyny Amazona wspominał gorzej.

– Jak ci idzie? – rzucił przez ramię. Odpowiedziała mu cisza.

Karolek spał, z policzkiem na zeszycie i kredką w zaciśniętej dłoni. Leon sprawdził czas. Za kwadrans siódma. Nie znał się za bardzo na dzieciach, ale to chyba mogła być już ta godzina, kiedy siedmiolatkom znienacka urywa się film?

Usłyszał skrzypnięcie bramy za oknem i samochód wjeżdżający na teren posesji. Silnik zgasł i trzasnęły hałaśliwie drzwiczki. Karolek poderwał głowę i rozejrzał się nieprzytomnym wzrokiem.

– Świetnie ci poszło – powiedział Leon. – Zadania rozwiązane, pani na pewno cię pochwali. A teraz już pewnie idziesz spać?

Zadudniły kroki na schodach i przez uchylone drzwi zajrzał pan domu, młody brodacz w koszuli i marynarce.

– A, witam pana, no jak tam, skończyliście już? – spytał z werwą, poluźniając węzeł krawata. Z ulgą ściągnął go przez głowę. – Bo musimy zaraz lecieć na angielski!

Leon zrozumiał w pierwszej chwili, że to brodacz z blondynką zamierzają gdzieś wyjść, a od niego oczekuje się, że przejmie na siebie obowiązki babysittera, i już złożył usta do protestu, ale wtedy Karolek wstał z krzesełka i trąc oczy, podreptał za ojcem.

– Szybko, szybko – dopingował go brodacz, kiedy schodzili po schodach.

– Nie za późno ten angielski? – nie wytrzymał Leon, który zamykał pochód. – Już siódma.

– To tylko dwie przecznice stąd – wyjaśnił trochę od rzeczy brodacz. – W szkole ma znowu zwierzęta i kolory, no ile można? W przedszkolu to samo, w zerówce to samo, kolory po angielsku zna perfekcyjnie, tylko co mu w życiu przyjdzie z kolorów?

– Mhm – mruknął Leon. Doskonale rozumiał problem. Każdy, kto ma za sobą podstawówkę, gimnazjum, liceum i jeszcze w bonusie powtarzanie klasy w nowej szkole, wie, co to znaczy wkuwać cztery razy definicję orzeczenia, pierwszy tryb warunkowy albo to cholerne rozbicie dzielnicowe. Mały może i ziewa teraz jak smok, ale kiedyś wyjdzie mu to na dobre, myślał nie bez zawiści. Z salonu wyszła matka Karolka. Leon półgłosem zdał jej raport z postępów w edukacji, nie omieszkał też wspomnieć o kapciach za szafą. Blondynka wlepiła w niego oczy z wyrazem bliskim rozmodleniu, a Leonowi zrobiło się jakoś cieplej pod żebrami, jak zawsze, kiedy przydał się komuś na coś.

– Więc to dlatego nie chciał iść do szkoły! – szepnęła. – Tak się martwiłam, co ja z nim jutro zrobię. Porozmawiam z nauczycielką. – Ponad jego ramieniem spojrzała na Karolka, który poziewując, wciągał na nogi tenisówki.

Ojciec rodziny przeszukiwał portfel.

– Ma pan wydać z setki?

Oczywiście, że miał, doświadczenie kazało mu się przygotowywać na takie sytuacje. Schował banknot do kieszeni.

Spieszył ciemną uliczką w stronę przystanku, gdy z cichym poszumem wyminął go samochód. Mignęła mu w przelocie twarz Karolka przyklejona do szyby. Samochód zniknął za zakrętem i ulica znów była senna i pusta. Ciepło pod żebrami zniknęło, poczuł lekki powiew wieczornego chłodu. W ciszy zakwilił telefon. Leon zerknął na ekran. Co ten bałwan znowu...?

PIEPRZYĆ WITKA GADKI DĘTE, LEON BĘDZIE PREZYDENTEM – ekscytował się Tosiek, okraszając swoje hasło posypką z serduszek, całusków, małych kotków i tęczowych flag.

4.

Kiedy człowiek mieszka w najmniejszej kawalerce w mieście, wyrabia się w nim pewien rodzaj dyscypliny wewnętrznej, w przeciwnym bowiem wypadku zginąłby w bałaganie w ciągu godziny. Kurtka na wieszak, buty na półkę, najpierw skończyć jedno, potem zacząć drugie, wieczny tryb zadaniowy. Leon przygotował sobie szybką kolację w miniaturowym aneksie kuchennym, zjadł, pomył naczynia, posprzątał. Poskładał T-shirty porozwieszane do wyschnięcia na pustym karniszu. Spakował plecak na jutro i zerknął jeszcze raz do terminarza. Pusto. Koniec na dziś.

Padł na tapczan i jego ciało natychmiast zrobiło się ciężkie, podobnie jak powieki. Zmusił się, by otworzyć oczy, i sięgnął po gitarę. Wciąż leżąc, przeciągnął palcami po zakurzonych strunach. Rozstrojona, oczywiście.

Stroił ją leniwie, a zamęt w jego głowie – przebłyski z całego dnia, ze szkoły, z próby, z korków, z autobusu – powoli ustępował pustce. Zapełniał ją dźwiękami, niespiesznie, po jednym, jak malarz, który rzuca na płótno pozornie przypadkowe plamy koloru. Próbował zagrać linię melodyczną z *Lazarusa*, a że początku nie pamiętał zbyt dobrze, zastanawiał się nad każdą nutą. Już mu się wydawało, że łapie odpowiedni kierunek, gdy złośliwy chochlik w jego głowie zanucił *Popular* z *Wicked* i przepadło, chwytliwa melodia natychmiast wżarła mu się w mózg i już tam została. No dzięki, Tosiek.

Oczy same mu się zamykały. Jeśli nic ze sobą nie zrobi, znowu zaśnie w ubraniu i obudzi się zmięty i wygnieciony...

Dzwonek telefonu wyrwał go z półsnu. Usiadł, łapiąc gitarę, która zsuwała mu się z brzucha. Otarł twarz dłonią, drugą po omacku szukał telefonu. Jego zaspany wzrok padł na regał, na pocztówkę, którą Tosiek przysłał mu w czerwcu z Londynu. Do diabła, Tosiek, daj żyć. Spin doktor się znalazł, cholera jasna. Przytknął komórkę do ucha.

– Halo!

– Halo, Leon? – usłyszał damski głos, który z całą pewnością nie należał do Tośka. Na próżno próbował go zidentyfikować. Zuza? Emilia?

– Tak, to ja – potwierdził, zerkając na ekran. Nieznany numer. Odkąd w zeszłym roku niechcący utopił telefon w muszli klozetowej, wiele jego starych kontaktów przepadło, ale nie odczuwał ich braku, bo i tak nie były mu do niczego potrzebne. Miał teraz nowe życie i nowe kontakty. Głos w słuchawce brzmiał młodo, na pewno nie była to żadna zwariowana ciocia-babcia, której pomyliła się data jego urodzin.

– Leoś, wybacz, że tak późno, ale dopiero teraz znalazłam chwilę – głos paplał poufale. – Nigdy nie zgadniesz, jaką mam dla ciebie nowinę!

– Przepraszam, ale z kim rozmawiam?

– No wiesz! – usłyszał nerwowy śmiech. – Może nie odzywam się za często, ale żeby nie poznać własnej siostry?!

Coś w żołądku Leona drgnęło i wykonało dynamiczny back flip, a jego kark pokrył się drobnym potem. Odetchnął przez ściśnięte gardło.

– Sandra – szepnął. Odchrząknął. – Sandra – powtórzył głośniej. – Cześć.

– Wychodzę za mąż! – wykrzyknęła Sandra, którą rozsadzało ciśnienie wielkiej nowiny. – Dziwisz się, co?

– Uhm – mruknął. Co miało go dziwić? Że dwudziestoparoletnia dziewczyna bierze ślub? Czy że w ogóle przyszło jej do głowy powiadomić go o tym?

– Mama też się zdziwiła! – wykrzykiwała Sandra z triumfem. – Ale to wcale nie nagle! Ja po prostu nikomu nie mówiłam!

Leon milczał w nadziei, że gdy Sandra już wykrzyczy z siebie cały entuzjazm, będzie mógł wtrącić jakieś konwencjonalne gratulacje i się rozłączyć. Bo chyba nie oczekiwała, że wymienią się ploteczkami jak starzy znajomi? Ostatni raz widział ją w Boże Narodzenie, kiedy przyjechała do rodziców prosto z Erasmusa. Zapamiętał głównie to, że kazano mu trzymać dziób na kłódkę.

– Ani słowa o twoich wygłupach. Nie chcesz chyba zepsuć Duni świąt?

Nikt mu wtedy nie powiedział, jak długo ten zakaz ma obowiązywać, ale domyślał się, że bezterminowo, więc w sumie nawet się cieszył, że zajęta studiami, Erasmusami i magisterką Dunia nie ma czasu, by zadzwonić do swojego jedynego brata.

– Mama oczywiście planuje wielkie wesele – upajała się Sandra. – Musimy to jeszcze przedyskutować, bo ja zupełnie nie mam czasu, żeby się zająć organizacją. Znalazłam pracę! – zastrzeliła go kolejnym osiągnięciem.

– Gratulacje.

– Chcemy urządzić wesele na wiosnę, w kwietniu albo w maju, a ty będziesz oczywiście świadkiem! – zapewniła

Sandra, a Leonowi zrobiło się niedobrze. Prawda, wesele. Wielkie wesele. Tańce. Korowody. Ciotki i wujkowie, męczące rozmowy o niczym, pytania. Znajomi. Rodzina. Rodzice.

– W maju? – powtórzył bez tchu. – Trochę słabo z tym majem. Mam wtedy maturę.

W telefonie zapadła cisza. Leon otarł pot z czoła.

– Maturę? – usłyszał. – Leoś, to ty jeszcze nie zdałeś matury?

O, cholera. Teraz dopiero się wkopał.

– Myślałam, że już studiujesz – z tonu Sandry można było wywnioskować, że zwątpiła we własne siły umysłowe, co Leon szybko wykorzystał do kontrataku.

– Co studiuję?

– No... nie wiem, ale...

– Ach, taka z ciebie siostra. Nawet się nie zainteresowałaś, czy zdałem maturę, i co chcę studiować.

– No bo... jak mógłbyś nie zdać! Zawsze wszystko zdajesz! Z pierwszym wynikiem! – wybuchnęła Sandra. No i to tyle, jeśli chodzi o jej ostentacyjne samozadowolenie. Od początku wydawało mu się podejrzane. Pamiętał ją jako nerwową kluskę w za dużych swetrach i głowę mógł dać, że mimo zaręczyn i umowy o pracę niewiele się zmieniła. – Naprawdę jesteś jeszcze przed maturą? – dopytywała niepewnie. – Co się stało?

– Nic, coś źle liczysz.

– Nie rób ze mnie idiotki! – zajęczała Sandra łzawym głosem, a Leonowi zrobiło się głupio. Tyle lat już minęło, a on wciąż tak dobrze wie, jak doprowadzić ją do płaczu. Kiedy jeszcze był dzieciakiem, traktował to jak rozrywkę, ale teraz trochę się zawstydził.

– Powtarzałem drugą klasę – wyznał z ociąganiem. – Miałem ci nie mówić.

– Nie mówić! Dlaczego?

– Bo to może być zaraźliwe – warknął, ale zaraz się zreflektował i dodał żartobliwym tonem: – No wiesz, jeszcze byś zawaliła rok albo coś.

– Ale ty miałeś zawsze same piątki! – krzyknęła Sandra z zawiścią. – Jak to się mogło stać?

– Nieważne. Znowu mam piątki, chcesz skan świadectwa? – Aż się wbrew woli uśmiechnął, kiedy sobie przypomniał, ile go kosztowało wyjście na prostą. Dał radę! A niełatwo stanąć z powrotem na nogi, kiedy się trafia do nowej szkoły w nieznanym mieście z opinią lenia i chuligana. Te wszystkie gorączkowe zabiegi, podlizywanie się dyrekcji, działalność w samorządzie, no i oczywiście wyłuskanie z tłumu najbardziej efektownej dziewczyny i pokazywanie się z nią wszystkim jak najczęściej. Dziewczyna miała na imię Tosia, pisała fanfiki i wzdychała do jakiegoś fikcyjnego Fiyero w sposób, który go rozczulał, bo przypominał mu jego własne pierwsze zadurzenia. Do dziś nie potrafił odgadnąć, czy to czysty przypadek, czy wewnętrzne przeczucie połączyło ich losy ściślej, niż mógł to sobie wtedy wyobrazić.

– Nie – rzuciła w odpowiedzi Sandra. Była wyraźnie obrażona, na granicy przerwania rozmowy, i Leon momentalnie wrócił na ziemię. Nie chciał, by rozłączyła się z nim w takim stanie. Diabli wiedzą, co potem opowie rodzicom. No i mimo wszystko była jego siostrą i miała jak najlepsze chęci. Opadł z powrotem na poduszkę i przymykając oczy, poprosił, jak mógł najuprzejmiej:

– Opowiesz mi o przygotowaniach do wesela?

Siąknięcie nosem w słuchawce.

– Masz już temat przewodni? Kwiat, kolor?

– Jeszcze o tym nie myślałam – burknęła Sandra. – To ważne?

– Ważne, ważne – wabił wytrwale Leon. – Wszystko musi do siebie pasować.

– Nie może być po prostu białe?

Leon pomyślał, że jeszcze długa droga przed nimi.

– Zawsze można czymś przełamać tę biel – tłumaczył cierpliwie. – Może potem coś ci przyjdzie do głowy. Myślałaś już o sukni? I o butach? Aha, i paznokcie. – Ożywił się. – Jak zrobisz sobie paznokcie?

rozdział IV

środa, 21 września 2016

1.

Na litość boską, jak ci ludzie wrzeszczą.

Leon wszedł do szkoły i natychmiast tego pożałował. Poranny zgiełk i chaos, nic nowego. Tylko że on miał za sobą nużącą, nieprzespaną noc. Najpierw rozmawiał z Sandrą długo, długo, prawie do północy, a potem nie mógł zasnąć i rzucał się w pościeli, myśląc trochę o tamtej rozmowie, a trochę o tych cholernych wyborach. Zdrzemnął się dopiero nad ranem i oczywiście zaspał, więc wypadł z domu bez tchu i bez śniadania. Ale oto nadchodził korytarzem Tosiek, piękny jak Apollo i wyspany jak rentier na wczasach, jego mały skarb i zbawienie.

– Masz coś przeciwbólowego?

– A co?

– Gówno. Głowa mnie boli.

Tosiek pogrzebał w torbie i znalazł na dnie stary apap, tak zmięty i pokruszony, że Leon wolał się nie zastanawiać, kiedy minął termin jego przydatności. Zgryzł tabletkę jak landrynkę. Tosiek przyglądał się temu z troską.

– To pewnie wina przemagnesowania Ziemi – oświadczył, podając mu butelkę z wodą. – A to dopiero początek końca.

– Końca czego? – warknął Leon i wypił połowę.

– Wszystkiego. Całej planety.

– Bzdura. – Drugi łyk.

– Możesz zaprzeczać, ale…

– Bzdura – sapnął Leon opryskliwie i zgniótł pustą butelkę w dłoni. – Planeta sobie poradzi. Tylko ludzie wyginą. – Z niechęcią rozejrzał się wokół. – Nie mogę się doczekać.

– Hm! – mruknął Tosiek, który najwyraźniej nie rozważał jeszcze problemu z tej perspektywy. Wizja planety, która śmie się kręcić bez jego obecności, nie bardzo mu się podobała. – A skąd wiesz?

– Czytam źródła zamiast memów.

– Pff! – obraził się Tosiek. – Warcz sobie, warcz, i tak będę na ciebie głosował. Gdzie wrzucasz, ośle! – wrzasnął i rzucił się wyławiać butelkę z kosza na puszki. Odniósł ją do kosza na plastiki, który stał obok dyżurki woźnego, z daleka popukał się w głowę i pobiegł na zajęcia.

Leon powlókł się w stronę swojej klasy. Ucisk w skroniach nie ustępował. Chciał umrzeć. Zachował się wczoraj jak kretyn. Dał się wciągnąć w tę rozmowę o niczym, pół godziny tłumaczył Sandrze, jak ważna jest dobra muzyka na imprezie i po czym ją poznać, a potem, rozochocony, przekonał ją, że french jest już passé i że powinna pójść raczej w blade ombre. Wysłał jej z Pinteresta tyle poglądowych fotek, że w końcu przyznała mu rację. I jeszcze był z siebie dumny. I nawet mu się wydawało, że to może być początek pięknej przyjaźni. Jasne. Jasne. Sandra zda relację rodzicom i piękna przyjaźń skończy się szybciej, niż się zaczęła.

Wszedł do sali i usiadł obok Zuzy, która uśmiechnęła się do niego bardzo zdawkowo i oficjalnie. Jeszcze do wczoraj była po prostu koleżanką z ławki, a teraz szacowała go w myślach, ważąc każdą jego zaletę, oceniając każdy ruch. Stała się obywatelką z prawem głosu, a on wcale nie był pewien, czy chce wiedzieć, co ten głos ma mu do powiedzenia.

2.

Witold przygotował urnę z oklejonego taśmą pudła po monitorze LCD. Emilia zaprojektowała i wydrukowała dla wszystkich karty do głosowania. A Leon się spóźnił. Wdał się na korytarzu w rozmowę z polonistką na temat prezentacji maturalnych. Nikt nie może od niego wymagać, by przedkładał jakieś tam wybory nad własną przyszłość, prawda? Trzeba mieć w życiu priorytety. Wpadł do auli w połowie dużej przerwy, kiedy liczba nieodebranych połączeń od Tośka wzrosła do jedenastu.

– Czekamy na ciebie całą wieczność! – zaszeptał Tosiek, gdy Leon opadł na krzesło w pierwszym rzędzie. – I nie waż się więcej nie odbierać moich telefonów!

– Bo co?

– Bo ci zrobię SCENĘ przy LUDZIACH – wysyczał Tosiek, mrużąc oczy, zimne jak lodowe igiełki.

– Gotowe. – Witold ustawił urnę na środku sceny. – Mamy mało czasu, więc musimy się streszczać. – Ciężkie spojrzenie w stronę pierwszego rzędu krzeseł.

– Ja mogę zacząć – burknął Leon pojednawczo. Wstał i wszedł na podest. Pierwszy raz w życiu czuł się na nim tak nieswojo. Widział przed sobą obce spojrzenia, chłodne, taksujące. – Nie potrzebowaliśmy wyborów, kiedy zakładaliśmy zespół z Arturem i Darkiem – powiedział. – Wychodziliśmy na scenę, żeby się oderwać od tego, co jest poza nią. Od sprawdzianów, od kartkówek, od… – Urwał, żeby nie powiedzieć za dużo. – Niedługo zdamy maturę i odejdziemy stąd, więc snucie wielkich planów nie ma sensu. Grunt to nie popsuć tego, co już mamy. – Nikt się nie poruszył, nikt nie przytaknął, tylko Tosiek wytrzeszczał oczy, jakby chciał go telepatycznie zmusić do rzucenia jakimś chwytliwym sloganem. – Mamy zgrany zespół.

Dobrze się bawimy. Zrobię, co się da, żeby tak mogło być dalej. To wszystko. – Namyślał się chwilę. – To wszystko – powtórzył i zszedł ze sceny.

– To? Wszystko?! – zasyczał mu Tosiek do ucha. – Czy ty w ogóle czytałeś moje wiadomości?

Leon położył palec na ustach. Na podest wbiegła teraz Emilia, zarumieniona z wrażenia i pełna zapału.

– Dobrze się bawicie – powiedziała ironicznie. – To prawda. Dziewczyny w tym czasie grają aniołki, śnieżynki i kwiatki. Ile można?! Chciałabym, żeby w tym roku każdy, KAŻDY w zespole mógł w pełni wyeksponować swój talent. Praca nad scenariuszami powinna być bardziej demokratyczna.

Tosiek prychnął pod nosem, a Leon zagryzł wargi. W zeszłym roku nad scenariuszami pracowali we dwóch i był to twórczy, ale bolesny proces, bogaty w sprzeczki, pyskówki, łzy, dramatyczne rozstania i powroty. A Emilia chciała wciągnąć do współpracy cały zespół! Nie miała pojęcia, na co się porywa.

– To prawda, że to nasz ostatni rok w szkole, ale tym bardziej powinniśmy się starać, aby był wyjątkowy – ciągnęła z przekonaniem. – Każdy powinien choć raz zagrać główną rolę. Taki jest mój główny cel. – Uśmiechnęła się z wdziękiem i złożyła dłonie w piramidkę. – Dziękuję.

– Widzisz, przynajmniej coś obiecała – mruknął Tosiek z wyrzutem.

Na scenę wszedł Witold. Chwilę przechadzał się w tę i z powrotem dla zwiększenia napięcia. Tosiek wywrócił oczami i prychnął.

– Sława – powiedział Witold, ignorując hałasy z widowni. Chwilę milczał, by to słowo wsiąknęło w umysły słuchaczy. – Czeka was sława. Wszyscy już wiecie, że na prośbę Jastrzębskiej zakładam szkolnego vloga. Obiecała specjalne fundusze. Zdajecie sobie chyba sprawę, że to jest petarda? Reportaże z kulis. Wywiady z gwiazdami - lekkie skinięcie głową w stronę damskiej części widowni. Niezadowolona Emilia zmarszczyła brwi. - Mamy szansę zyskać znacznie większy rozgłos niż dotychczas. Możemy nawet nagrać któryś ze spektakli i wrzucić do sieci...

- Viral - szepnął Tosiek, szarpiąc Leona za ramię. - Słyszysz? Jak StarKid...

- Tak, niedługo skończymy szkołę, ale liczy się to, co po nas zostanie - ciągnął dobitnie Witold, przechadzając się po scenie. Wszyscy wodzili za nim wzrokiem. - Mamy szansę zapisać się w historii szkoły. Po nas przyjdą następni, to jasne, ale każdy pamięta pierwszy skład zwycięskiego teamu. I ja obiecuję, że zrobię wszystko, by nas tu zapamiętano.

Witold postał chwilę na scenie, przejęty własną wizją, po czym skłonił się i wrócił na miejsce.

- Twoja karta do głosowania - mruknął Tosiek i szturchnął Leona w bok. - No bierz, nie śpij.

Leon obracał w dłoniach podaną mu kartkę. Tosiek smarował na swojej wielki, tłusty iks przy jego nazwisku. Dla pewności otoczył go jeszcze kółeczkiem.

- Chcesz długopis?

- Na pewno nie marzysz o sławie i przejściu do historii? - spytał Leon z sarkazmem.

- Jasne, że tak, ale nie na jego warunkach - wyjaśnił Tosiek. - No proszę cię. Jak on niby chce przyciągnąć ludzi do swoich filmów? Tymi drętwymi gadkami? Bla, bla, bla, obietnice bez pokrycia. Nie wszystko da się kupić za kasę. Głosujesz czy nie?

Leon postawił krzyżyk na swojej karcie, dla zasady zasłaniając się ramieniem. Złożył papier na pół i wepchnął do pudła, które podetknął mu pod nos Darek.

– Wyprałeś już koszulę? – spytał półgłosem Tosiek.

– Koszulę? – Leon z trudem oderwał wzrok od kart, które po kolei znikały w szparze urny.

– Na jutro.

Na jutro... Na tę randkę nieszczęsną, o której Tosiek nie chciał nic powiedzieć. Leon potrząsnął głową.

– To jest w ogóle poza dyskusją – syknął Tosiek.

– I tak pewnie nie zdąży wyschnąć.

– To dosuszysz suszarką do włosów.

– Nie mam.

– To pożycz – Tosiek chłostał go wściekłym spojrzeniem.

Na scenie Witold biedził się nad rozpieczętowaniem urny oklejonej ze wszystkich stron. Pomogła Emilia i jej pilnik do paznokci. Stosik kartek wysypał się na deski.

– E, z szacunkiem! – zawołał Darek, który samozwańczo podjął się roli przewodniczącego komisji wyborczej. – Wszystkie są? Dziewięć? To czytam. – Rozwinął pierwszą kartkę. – Emilia. – Rozwinął drugą. – Witold. Witold. Emilia.

Wkrótce już wszyscy wiedzieli, że Witold wygrał, otrzymując sześć głosów, przy dwóch dla Emilii i jednym dla Leona. Zabrzmiały słabe oklaski, Witold uśmiechnął się krzywo, Emilia poczerwieniała jeszcze bardziej. Leon nawet się nie poruszył. Tosiek gapił się na niego wzrokiem pełnym zdumienia.

– Nie głosowałeś na siebie?

Leon pokręcił głową.

– Ty... ty małpo skrzydlata – wpieniony Tosiek szykował się do dalszych obelg, ale Leon go uciszył:

– Cicho, słuchaj teraz.

Witold stał na scenie i czekał, aż widownia się uspokoi. Starał się zachować powagę, ale widać było, że rozpiera go satysfakcja.

– Dziękuję za wszystkie głosy – zaczął z triumfem i natychmiast zagłuszył go terkot dzwonka na lekcję. Skrzywił się i wydał swoje pierwsze dyspozycje: – Następna próba w piątek. A ty – chłodne spojrzenie w kierunku Tośka – przyniesiesz gotowy scenariusz. Rzeźbisz go od miesiąca. Wystarczy.

Witold skinął wszystkim i pognał na lekcję. Tylko Leon siedział wciąż na krześle, choć miał zaraz niemiecki. Jemu wolno było się spóźniać. Musiał tylko powiedzieć „byłem na próbie" i każdy nauczyciel ze zrozumieniem kiwał głową. W końcu dowodził zespołem i miał dużo dodatkowych obowiązków, wszyscy to wiedzieli.

Bał się podnieść wzrok, nie chciał widzieć tych umykających, zakłopotanych spojrzeń. Wystarczy, że wokół zapadła taka krępująca cisza. Nikt nic nie powiedział, nie skomentował, wszyscy pozabierali swoje rzeczy z krzeseł i z cichym szuraniem opuścili aulę. Został tylko Leon, wpatrujący się w niego wściekły Tosiek i Emilia, która jeszcze nie pogodziła się ze swoją porażką.

– Nie rozumiem – mruczała, przeglądając karty do głosowania, lecz nie było na nich niczego, do czego mogłaby się przyczepić.

– Głosowałeś na Emilię, co? – upewnił się Tosiek.

– Uhm.

– Ale dlaczego nie na siebie?!

– To byłby stracony głos – burknął Leon. – Od początku byłem bez szans. Nie należę do ludzi, na których się głosuje, po prostu.

– Byłeś bez szans, bo twój program był do dupy – pieklił się Tosiek. – Stchórzyłeś po prostu, a teraz się nigdy nie dowiesz, na co cię stać.

– Nie zależy mi na takich wyścigach. Wolałbym, żeby mnie po prostu lubili, bez żadnych głupich obietnic.

– Przecież cię lubią! Ciebie wszyscy lubią! – wrzasnął Tosiek z pasją.

– Aha, ale nie chcą, żebym ich reprezentował – odparł Leon. – Ja się napraszać nie będę.

Emilia przysłuchiwała się ich rozmowie.

– Głosowałeś na mnie? – spytała z niedowierzaniem. Wywróciła oczami. – Matko, to znaczy, że te wszystkie głupie laski zagłosowały na Witolda!

– Widocznie jego program był bardziej atrakcyjny – zaczął Leon ugodowo, ale Emilia nie słuchała. Ze złością kopnęła urnę za kulisy, porwała torebkę pod pachę i wybiegła z auli.

Tośka roznosiły emocje.

– Przecież ten jego program to jedna wielka ściema! – wykrzykiwał, tupiąc po podeście. – Jak on gra na scenie, to wszyscy śpią po pięciu minutach! A jego filmy to mają być niby wielkie hity? On nic nie wie o nagrywaniu! Pytał się Darka, jak przegrać film z komórki na kompa! Nie ma nawet konta na YouTubie! – Tosiek umilkł, częściowo dlatego, że ochrypł, a częściowo dlatego, że nowa wspaniała myśl pojawiła mu się w głowie. Z głębokiej zmarszczki między jasnymi brwiami można było wnosić, że trybiki w jego czaszce pracują na pełnych obrotach. Zachichotał sam do siebie. – Ha, ha. Ha, ha, ha. Ja go zniszczę.

– Tosiek, odpuść sobie, proszę. Daj mu szansę. Dopiero zaczął.

– Tak, tak. – Tosiek nie słuchał. – Skoro tyle naobiecywał, to ktoś teraz powinien powiedzieć „sprawdzam”, no nie?

– Zajmij się scenariuszem i daj mu spokój.

– Idę na angielski – mruknął Tosiek, zatopiony we własnych złowieszczych knowaniach. – Nie czekaj na mnie po szkole, będę od razu leciał do domu. Mam tyle pracy!

Coś w jego głosie sugerowało, że to nie o pracy nad scenariuszem myśli, ale Leon tylko wzruszył ramionami. To już w końcu nie jego zmartwienie. Niech teraz Witold motywuje zespół, łazi za wszystkimi i zagania na próby. On może wreszcie odetchnąć i zająć się własnymi sprawami. Takimi jak matura.

Nagle go olśniło i zerwał się na nogi. Na niemieckim zapowiedziano na dziś kartkówkę, a on siedział tutaj jak kołek, choć wczoraj wykuł wszystkie słówka na blachę! Chwycił plecak i długimi susami pognał na lekcje.

3.

Po zajęciach od razu leciał na korki. W środy przygotowywał do matury dwóch delikwentów z Rataj, więc wpadł do mieszkania tylko na sekundę, żeby zapakować do plecaka podwójną porcję kserówek. Niby przypadkiem zajrzał do szafy, gdzie na dolnej półce leżała zmięta biała koszula. Od czasu rozpoczęcia roku szkolnego nie znalazł czasu, by się nią zająć. Zamknął szafę i całkiem zapomniał o zachciankach Tośka, ale kiedy wieczorem wrócił do domu, znużony i głodny jak wilk, kiedy już zjadł kolację, posprzątał i pomył naczynia, kwestia koszuli znów wysunęła się na pierwszy plan.

Wrzucił ją do miski z mydlinami i westchnął ciężko. Kiedyś, na samym początku, prał ciuchy ręcznie, ale to okropnie niszczyło dłonie, więc gdy tylko finanse pozwoliły, zaczął korzystać z pralni mieszczącej się w piwnicy sąsiedniego bloku. Wolałby już nie dojadać, niż patrzeć codziennie na te popękane skórki. Brr. No ale biały ciuch miał tylko jeden, więc musiałby zapłacić za pranie koszuli jak za pełen bęben, a to już byłaby ekstrawagancja. Posiedział chwilę nad miską, rozważając w duchu, czy warto się aż tak poświęcać dla tego pajaca, zadumał się nad własną głupotą, znów westchnął i z obrzydzeniem zanurzył dłonie w mydlinach.

Przeszorował koszulę kilka razy, wypłukał porządnie pod prysznicem i wycisnął jak ścierkę. Strzepnął mokry materiał i powiesił na wieszaku, który zahaczył o karnisz. Po namyśle uchylił jeszcze okno, by wpuścić powietrze. Uff. Skończone. Jeśli nie wyschnie do jutra, trudno. Zrobił, co mógł.

Posmarował dłonie grubą warstwą kremu i usiadł w fotelu, rozkładając ręce na boki jak rozpłaszczona żaba. Teraz, kiedy najgorsze miał już za sobą, myśl o jutrzejszej randce nie irytowała go aż tak bardzo. Wyczekiwał jej z pewnym lękiem, ale i podnieceniem, jak dziecko pierwszej gwiazdki. Kiedyś wychodzili częściej, ale ostatnio wciąż brakowało czasu na takie rozrywki, no i szli jak normalni ludzie, w bluzach i kurtkach, do kina albo na pizzę. Coś mówiło Leonowi, że tym razem nie chodzi o pizzę. Tosiek najwyraźniej uznał, że skoro spotykają się teraz rzadziej, należy przynajmniej zadbać o jakość spotkań. Przeoczył tylko ten drobny szczegół, że nie każdy ma w domu pralkę i żelazko, nie wspominając o kochającej ciotuni, która uwielbia prasować kołnierzyki i mankiety.

Leon wklepał resztę kremu w dłonie i przyjrzał im się podejrzliwie, ale nie wyskoczyły mu jak dotąd żadne parchy, więc odetchnął z ulgą i wciągnął na kolana laptopa. Zaraz napisze Tośkowi, co on tu musi znosić przez jego kaprysy. Niech wie. Palce zawisły mu nad klawiaturą. Spojrzał na ekran i rozkojarzył się nieco.

Kiedy on edukował maluczkich, Tosiek intensywnie udzielał się towarzysko. Wrzucił trzy autoportrety, dwa cytaty, pięć memów i wkleił znajomym link, pod którym trwała burzliwa dyskusja, istny szał komentarzy w co najmniej kilku językach. Leon kliknął bez specjalnego zainteresowania, spodziewając się kolejnej sensacyjnej wieści o nieuchronnym końcu świata, ewentualnie jakiegoś newsa z West Endu. Ale zobaczył Tośka rozpartego wygodnie na fotelu w swoim własnym pokoju. Nagranie nie powalało jakością, ale ten szeroki uśmiech jak z boysbandu Leon rozpoznałby wszędzie.

– Witam wszystkich na oficjalnym vlogu naszego liceum – powiedział Tosiek, kręcąc się w lewo i w prawo na obrotowym siedzisku. – Będę wam opowiadał o tym, co się ciekawego u nas dzieje... – Zerknął ponad ekran, zmarszczył brew i wyciągnął rękę, by ustawić kamerkę centralnie na siebie. Zachrobotało. Tosiek poprawił się w fotelu i z wdziękiem ciągnął dalej: – Możecie się spodziewać wszystkiego, bo nasza szkoła nie jest taka jak inne. Przede wszystkim mamy za-rą-bis-ty zespół teatralny...

Leon siedział z uchylonymi ustami. Tosiek to zrobił. Naprawdę to zrobił. Ubiegł Witolda i sam założył szkolny kanał. Wszystko było na miejscu, i baner z fotografią szkoły, i wyszczerzony Tosiek w miniaturce, i subskrybenci w liczbie trzystu siedemdziesięciu dwóch. Leon z niedowierzaniem zjechał w dół, na komentarze. Te najwyżej punktowane były po angielsku, wychwalały Tośka głos i aparycję i mówiły o nim per „Daniel". No jasne. Jasne. Tosiek zagonił do roboty swoich fanów, tych od fanfików, tych z Tumblra, z musica.ly i tych cholernych fetyszystów, którzy zawsze rozpływali się nad jego selfikami na Instagramie. Leon już się domyślał, do czego to wszystko zmierza. Jutro z rana Tosiek poleci do Jastrzębskiej i pokaże jej swoje osiągnięcia, oszołomi statystykami, poczaruje uśmiechem, rzuci parę fachowych określeń i wreszcie wyciągnie od niej kasę, którą obiecała na rozwój kanału. A Witold zostanie sam ze swoimi obietnicami bez pokrycia.

Siedział odrętwiały, niepewny, co ma o tym sądzić. Tosiek znów zachował się jak szczeniak. Witold się wścieknie. Pytanie, co na to reszta zespołu. Bez wątpienia Tosiek ma większe szanse na rozkręcenie kanału, może się jakoś dogada z Witoldem? Spojrzał znów w tę bezczelną twarz. Tosiek, czy ty nigdy nie spoważniejesz?!

Tosiek uśmiechnął się, jakby w odpowiedzi na jego pełne wyrzutu spojrzenie, i zapowiedział do kamerki:

– Pierwsza relacja z prób już niebawem, a tymczasem podzielę się z wami wrażeniami z mojej wyprawy do Londynu!

Oblicze Tośka zniknęło, a zamiast niego pojawiły się nakręcone telefonem przebitki z West Endu, wzbogacone entuzjastycznym komentarzem autora.

Nie waż się, pomyślał Leon. Do jasnej cholery, nie można chyba być aż takim idiotą.

– A to parada londyńska! – usłyszał radosny głos i na ekranie pojawiły się znane mu już zdjęcia. – A to burmistrz! A to flagi! A to ja!

Ręka Leona sama wystrzeliła do przodu i zatrzasnęła klapę laptopa.

Tosiek miał swoje odpały. Wszyscy to wiedzieli. Tosiek był impulsywny, odporny na krytykę, zaimpregnowany na cudze potrzeby i bezwzględny w egzekwowaniu własnych. Radosna nienormatywność tryskała mu z uszu tęczowym strumieniem. Ale ostatnio było z nim jakby lepiej, przynajmniej tak się Leonowi wydawało. Tosiek zaczął się wyrabiać, załapał, że istnieją na świecie ludzie, którzy z rezerwą podchodzą do braku poszanowania dla Zasad. Ludzie, którym lepiej schodzić z drogi. Ludzie, którzy mają Poglądy.

Najwyraźniej jednak z chwilą, gdy Tosiek poczuł kuszący zew sławy, opuścił go zdrowy rozsądek. Dla popularności dałby się posiekać na plasterki i zjeść z pietruszką.

Rozeźlony Leon chwycił telefon i zadzwonił do niego.

Tosiek odebrał dopiero za trzecim razem. W słuchawce było słychać jakieś głosy, a na ich tle Tosiek zaszeptał: – Nie mogę teraz roz...

– Gdzie jesteś? – warknął Leon.

– Na spotkaniu, ale...

– Gdzie?!

– Oddzwonię...

– Pytam o adres – syknął Leon przez zaciśnięte zęby.

– W Amarancie – usłyszał i połączenie zostało przerwane.

4.

Było przed dwudziestą, gdy Leon dotarł pod Dom Tramwajarza, przybrudzony, rudy gmach w centrum Jeżyc, gdzie mieściły się liczne stowarzyszenia oraz instytucje kulturalne, w tym Centrum Amarant. W półmroku przed dwuskrzydłowymi drzwiami obramowanymi parą kolumn i barokowym balkonikiem stał tłumek rozgadanych ludzi, których Leon nie miał najmniejszej ochoty poznawać. Bez trudu wyszukał wzrokiem Tośka – ten jasny czub odcinał się od tła w każdej sytuacji. Tosiek przysłuchiwał się dyskusji bez słowa, z rękami w kieszeniach bojówek. Kiwał się na piętach i twarz miał zasępioną.

– Tosiek! – krzyknął Leon z oddali.

Tosiek drgnął i się rozejrzał. Na widok Leona zdziwił się i uśmiechnął jakoś smutno, ale Leon tego nie widział, za bardzo się skupiał na hamowaniu złości.

– Co tu robisz? – spytał Tosiek, podchodząc w jego stronę. – Spóźniłeś się, niestety.

Leon zagryzł wargi.

– Twój film – wyrzucił z siebie, zaciskając pięści w kieszeniach.

– A! – Tosiek rozjaśnił się drobinę. – Czy to nie jest bombowy pomysł?

– Nie jest. Usuń go.

– Upadłeś na głowę? Ma już trzydzieści komentarzy! Albo więcej!

– Nie obchodzi mnie to. Usuń go.

– Ale dlaczego!

– Bo ci mówiłem, że masz się, do kurwy nędzy, tak nie obnosić! – ryknął Leon, tracąc panowanie nad sobą, i natychmiast się stropił, bo usłyszał własny głos: ochrypły, przykry. Nawet gwar pod bramą jakby przycichł.

Ale Tosiek, prymus w szkole życia imienia ciotki Idalii, był ostatnią osobą na świecie, którą można by zastraszyć wrzaskami. Wyprostował się tylko, strzelił lodowatym spojrzeniem i oznajmił głosem łagodnym i zarazem mocnym jak stal:

– Tym tonem nie będziemy rozmawiać, skarbie.

– Bo ty... – zaczął Leon, ale Tosiek tylko uniósł jasną brew i wyjaśnił, jeszcze ciszej i jeszcze łagodniej:

– Tym tonem nie będziemy rozmawiać.

Leon skurczył się jak zmrożony krzaczek.

– Przepraszam.

– No, ja myślę. – Tosiek przyjrzał mu się krytycznie. – Naprawdę mam go usunąć? Aż tak ci zależy?

– Tak.

– Usunę. Ale filmik, nie cały kanał.

Leon potrząsnął głową.

– To się dobrze nie skończy.

– Nigdy tego nie wiesz, dopóki nie spróbujesz. – Tosiek westchnął. – Tłumaczę ci to i tłumaczę...

– To sobie daruj. Wracajmy już. Zimno.

– Nie – powiedział Tosiek. – Mam tu jeszcze różne ważne sprawy do obgadania. – Posłał mu ostatnie pełne wymówki spojrzenie i odwrócił się w stronę tych swoich kumpli. – Zobaczymy się jutro! – krzyknął przez ramię i odszedł, zostawiając Leona samego na środku chodnika.

rozdział V

czwartek 22 września 2016

1.

Tosiek usunął film i wszelkie wzmianki o nim, zanim jeszcze Leon wrócił do domu. Nazajutrz w szkole nic nie wskazywało na to, że ktokolwiek coś widział. Mimo to Leon siedział w ławce sztywno wyprostowany, gapił się pustym wzrokiem w tablicę i walczył z dławiącym mu gardło rozżaleniem. Wstydził się swojego wczorajszego wybuchu i było mu głupio do tego stopnia, że unikał Tośka na przerwach, a jednocześnie tkwiło w nim przekonanie, że przecież wszystko zrobił dobrze. To nie jemu powinno być głupio. On tylko starał się jak najlepiej sterować tą chybotliwą łódką, którą płynęli wspólnie po oceanie szkolnych plotek. To Tosiek, ten głupi Tosiek nieustannie się wiercił i wychylał w stronę horyzontu, ryzykując zatopienie ich obu.

Leon święcie wierzył, że w oczach kolegów jest kimś w rodzaju biednego, ale wiernego Rochestera, pokaranego przez los dziwnym związkiem z pyskatą osóbką, której się trochę popieprzyło w głowie. Podobała mu się ta wersja wydarzeń. W gruncie rzeczy nie odbiegała aż tak bardzo od prawdy. Uparcie spychał poza świadomość to, że pyskata osóbka ofiarnie bierze na klatę większość uszczypliwości i docinków. Bo w gruncie rzeczy co to szkodziło? Tosiek wydawał się doskonale odporny na tego typu drobne przykrości. Układ był wygodny i Leon się do niego przyzwyczaił. Z czasem uznał go za coś oczywistego.

Ale chyba coś się zaczęło psuć. Najpierw ten cholerny Londyn. Ci nowi kumple. Nagła korekta Tośkowych zainteresowań, dziwne memy, screeny z Tumblra. Wykłócanie się o definicje w długich dyskusjach ze znajomymi z sieci. Leon trzymał się od tego wszystkiego z daleka, zwłaszcza od tych definicji. Przeważnie brzmiały jak nazwy wirusów albo intymnych przypadłości. Tosiek nie miał z tym problemu. Wyławiał dziwne słowa z otchłani Tumblra i przymierzał jak ubrania w sieciówce, szukając czegoś, co go najlepiej określi. Leon w sposób możliwie taktowny przekonał go, by eksplorował swoją skomplikowaną tożsamość z większym wyczuciem i nie publicznie; Tosiek ograniczył prowokacyjną działalność do zahasłowanych grup i prywatnych maili. Leon uznał, że jego rola na tym polu jest skończona.

Och, jak bardzo się mylił. Tosiek przylgnął do swoich znajomych na dobre. Będzie już tylko gorzej. Zaraz się pojawią przypinki i ulotki, dziwne lektury i wywrotowe poglądy. Leona aż skręcało w środku na samą myśl. Tosiek odwrócił się od niego, bo miał Ważniejsze Sprawy. Tosiek zostawił go samego na chodniku jak histeryzującą z zazdrości dziewczynę.

Tosiek był jedyny w swoim rodzaju i to w nim było najlepsze; po diabła tak rozpaczliwie potrzebował tych głupich flag i etykietek, z którymi mógłby się utożsamić?

2.

– Twoja lalunia była rano u Jastrzębskiej – warknął Witold. Wpadli na siebie na schodach. Leon biegł do szatni, Witold w górę na zajęcia. – Gratuluję refleksu. I spamerów.

– Ale o co chodzi? – Leon postanowił grać na zwłokę.

– O kasę, którą wyprowadziliście z dyrekcji. Nie umiesz przegrywać z honorem, co?

– Czekaj, muszę się zorientować w sytuacji – koił Leon, choć krew się w nim wzburzyła na tę obelgę. – To na pewno jakieś nieporozumienie. Wszystko się da wyjaśnić. Nadal gramy do jednej bramki. Najważniejszy jest wynik, a nie to, kto strzela go…

– W kosmos się wystrzel – syknął Witold. – Jeśli wam starczy funduszy.

– Nie rozumiem…

– Film sobie obejrzyj – poradził Witold przez zęby.

– Ja-jaki film? – zląkł się Leon, ale Witold już go wyminął i zniknął za zakrętem. Leon z pośpiechem włączył telefon. Film? Nowy film? Co ten palant znowu wyprawia?!…

Transferu w komórce starczyło mu akurat na tyle, by upewnić się, że nowy film faktycznie pojawił się u Tośka na kanale, ale obejrzeć go już nie mógł, jego pakiet nie obejmował tak fantazyjnych zachcianek. Klnąc w myślach na wszystkie znane mu sposoby, Leon popędził po schodach na trzecie piętro, do biblioteki. Chwilę musiał czekać, zanim zwolniło się stanowisko komputerowe. Stał i przytupywał niecierpliwie stopą. Był wściekły. Witold też był wściekły. Tośka to oczywiście nie obchodzi. Trzeba z nim wreszcie porozmawiać, na spokojnie, ale z całą stanowczością. Na szczęście spotykają się dzisiaj, będą wreszcie warunki, żeby pogadać. Randka nie randka, Tosiek musi wreszcie usłyszeć kilka słów prawdy.

Zwolnił się komputer. Leon usiadł i wygrzebał z plecaka słuchawki.

– Witam wszystkich na kanale mojej szkoły – usłyszał znany już tekst, bo to był dokładnie ten sam film, który oglądał poprzedniego wieczoru, przynajmniej zaczynał się tak samo. W posępnym milczeniu jeszcze raz wysłuchał, co Tosiek ma do powiedzenia na temat swojego liceum, zespołu i pełnej zaangażowania dyrekcji. A potem zamiast Londynu i flag znów zobaczył Tośka na ciemnym tle jego pokoju. Z boku mżyło żółtawe światło lampki. Tosiek musiał nagrać tę przebitkę w nocy, już po powrocie do domu.

– Jeszcze kilka słów o mnie – zapowiedział do kamerki. Oparł się o biurko i wsparł policzek na dłoni. Jego entuzjazm z pierwszej części filmu gdzieś wyparował, oczy przygasły. – W maju zdaję maturę. A wy co zdajecie? Napiszcie w komentarzach. Na pewno ciągle was pytają, co zamierzacie robić w przyszłości. – Tosiek ziewnął w dłoń i zawiesił się na moment, z sennym wzrokiem utkwionym gdzieś przed siebie. – Ja w każdym razie stąd spadam. Tu już nie ma czego ratować. Wkrótce startują pierwsze misje załogowe na Marsa, właśnie się zapisałem. Wyobrażacie sobie? – oczy Tośka zamgliły się rozmarzeniem. – Całkiem nowa planeta. Całkiem nowe zasady. Matura z tej perspektywy to tylko głupi papierek. – Z jego głosu zionął przeraźliwy smutek. Westchnął przeciągle i potarł oczy. – Dam znać, jak dostanę jakieś bardziej szczegółowe informacje. Będzie się działo! – Spojrzał przytomniej i uśmiechnął się z melancholią. – Subskrybujcie, żeby tego nie przegapić. *See you.* – Sięgnął ręką do kamerki i film się urwał.

Leon siedział przed ekranem nieruchomo jak posąg, dopiero szuranie zniecierpliwionej kolejki za jego plecami przywróciło mu władzę w nogach. Wstał sprzed komputera i bezmyślnie obszedł całą bibliotekę dookoła, nim wreszcie klapnął na krzesło w kącie z czasopismami. Tosiek poleci w kosmos. Nie, bzdura, wróć, Tosiek nie poleci w kosmos. Tośkowi tylko się wydaje, że poleci w kosmos. Problem polegał na tym, że Tosiek szczerze w to wierzył. A kiedy Tosiek wierzył w coś wystarczająco mocno, dziwne rzeczy działy się z sensem i logiką. Tak jak w zeszłym roku, kiedy odkrył, że nie chce być dziewczyną. I co? I już nie był.

I jeszcze ten smutek w jego głosie, on najbardziej Leona przeraził. Tosiek smutny? Tosiek przygnębiony? Samopoczucie Tośka zawsze oscylowało w okolicach skrajnych wartości, ale o ile jego ekscytacja z powodu byle drobiazgu bywała co najwyżej irytująca, smutek fatalnie wróżył na przyszłość.

Przełamał się, zadzwonił.

– Wszystko dobrze?

– A co ma być źle? – zaniepokoił się Tosiek w słuchawce. – Koszula ci wyschła?

– Chyba… chyba wyschła.

– Wpół do ósmej, Okrąglak – przypomniał Tosiek tonem kapryśnym i władczym, ale bynajmniej nie smutnym. – Bez wymówek! – I rozłączył się.

3.

Leon ułożył w głowie listę tematów, które wymagają szczegółowego naświetlenia, i wydawało mu się, że jest dobrze przygotowany na wieczór, ale wrażenie prysło, gdy od studentek z mieszkania obok pożyczył żelazko i zaczął z mozołem prasować koszulę. Zapach gorącej tkaniny plus oporny kołnierzyk kojarzyły mu się świątecznie i wywoływały nastrój nerwowego wyczekiwania. Tosiek lubił przedsięwzięcia spektakularne, z dramatyczną uwerturą i monumentalnym finałem. Leon trochę się obawiał, że może nie sprostać tym wymaganiom.

Przeliczył gotówkę. Za dużo tego nie było, bo w drodze ze szkoły kupił trochę spożywki i proszek do prania. Tosiek należał do tych niebieskich ptaków, które zajęte drobiazgowym planowaniem wieczoru z łatwością zapominają o przyziemnej stronie życia. Coś ty znowu wymyślił, mały łobuzie, zastanawiał się

Leon. Spacer? Kino? Kolację w Sheratonie? Wahał się chwilę, ważąc wszystkie opcje, w końcu otworzył laptopa.

Zalogował się na konto bankowe. Na ogół starał się nie pamiętać o tym, że je ma. Kasa, która na nie spływała, starczała na styk na czynsz, więc ustawił zlecenie stałe i nie zaprzątał sobie nim więcej głowy, w przeciwnym wypadku wciąż chodziłby zły, że w ogóle musi korzystać z tych pieniędzy. Na inne opłaty, jedzenie i przyjemności zarabiał sam, ale to wciąż nie była pełna niezależność, o której marzył. Pewnie, mógłby zamieszkać w mieszkaniu studenckim. Dzielić pokój z jakimiś niechlujnymi ludźmi, sprzątać po nich łazienkę, znosić, że piją herbatę z jego kubka, a ostatecznie i tak użyć tych cholernych pieniędzy do opłacenia terapii, której bezwzględnie musiałby się poddać po roku takiego życia.

Z nadwyżek uzbierała się zawrotna suma osiemdziesięciu złotych. Zawsze coś. Niedługo spłynie pierwsze stypendium za zeszłoroczną średnią, może będzie mógł wreszcie zrezygnować z niektórych korepetycji? Dopiął przed lustrem marynarkę i poprawił krawat. Młody człowiek po drugiej stronie patrzył na niego sceptycznym okiem. Zrezygnować? Dobrze wiesz, że nie zrezygnujesz, panie-zawsze-zajęty, mówiło jego spojrzenie. Uwielbiasz, kiedy cię potrzebują.

4.

Leon spodziewał się, że Tosiek się spóźni i będzie musiał na niego czekać wystawiony w swoim garniturze na surowy osąd mijających Okrąglak obywateli. Z zaskoczeniem odkrył, że Tosiek już czeka pod budynkiem, bimbając pojedynczą czerwoną różyczką i w nosie mając przechodniów. Odziany w garnitur, który Idalia kupiła mu na koniec roku szkolnego i wykonturowany na Rivera Phoenixa, Tosiek wyglądał absolutnie oszałamiająco i, co gorsza, doskonale o tym wiedział.

– Nie będę szedł z tym badylem przez miasto – zastrzegł Leon, nieco zmieszany.

– To wyrzuć – odparł beztrosko Tosiek. – To w końcu twój kwiatek. – Zaświecił kpiącym uśmiechem z bardzo bliska. Leon nakazał przechodniom w swojej głowie, by już zamknęli pyski, wziął różyczkę, chwilę obracał ją w palcach, po czym z ulgą wyrzucił do kosza.

– Dokąd idziemy?

– Niedaleko. – Tosiek wyraźnie czekał, aż Leon coś zrobi, ale co niby miał zrobić, wziąć go za rękę? Westchnął i ruszył przodem. – Idziemy do teatru.

– Do teatru! – Leon pośpieszył za nim. Teatry są w porządku. W teatrze nic złego nie może się człowiekowi przytrafić. – Skoro już mowa o teatrze – dorzucił – słyszałem, że rozmawiałeś dziś z Jastrzębską?

– Rozmawiałem.

– Naprawdę dała ci kasę?

– Prawie, prawie – odparł Tosiek. – To będę wiedział po zebraniu rady szkoły. Ale pokazałem jej filmik…

– Obejrzała go?

– Tylko początek, na więcej nie miała czasu. I pokazałem jej statystyki, i powiedziałem, że miała świetny pomysł z tym vlogiem. Była zachwycona.

– Za to Witold…

– Nie chcę dziś rozmawiać o Witoldzie – przerwał Tosiek i skręcił z chodnika w stronę gmachu Teatru Polskiego. – Słuchaj, jeśli mam cię zabierać na randki, musisz się nauczyć ZACHOWYWAĆ.

– Naprawdę mi przykro za wczoraj…

– Nie o to chodzi. – Tosiek machnął ręką. – Możesz mi na przykład mówić miłe rzeczy. I patrzeć na mnie cały czas.

– Dobrze – zgodził się Leon. Weszli do ciepłego, jasno oświetlonego przedsionka z kasami. Drzwi na widownię były jeszcze zamknięte, gromadzili się już przy nich ludzie, ale Leon, zgodnie ze swoją deklaracją, nie rozglądał się, tylko skupił na Tośku. – Wyglądasz jak milion dolarów. Szkoda by cię było na Marsa.

Tosiek uśmiechnął się wymijająco.

– Naprawdę się zapisałeś na lot? Można w ogóle zrobić coś takiego?!

– Na razie zapisałem się na newsletter – wyjaśnił Tosiek, powściągając irytację. – Dadzą mi znać, jak znowu zaczną rekrutować, bo lista na pierwszą misję załogową jest już zamknięta. – Wygrzebał dwa bilety z kieszeni marynarki. – Można wchodzić, idziemy.

W wewnętrznym holu wyłożonym czerwoną wykładziną, w blasku z kinkietów, złoceń i luster Leon poczuł się znacznie lepiej i znacznie bardziej na miejscu. Wygładził marynarkę i odprężył się nieco. – Aha, czyli to jeszcze chwilę zajmie? – upewnił się. – W przyszłym tygodniu wciąż będziesz na Ziemi?

– Najprawdopodobniej – burknął Tosiek, sprawdzając miejsca na biletach.

– W ogóle byś nie tęsknił? Wcale?

– Przecież możesz polecieć ze mną – odparł Tosiek z roztargnieniem. – Musimy znaleźć drogę na drugie piętro.

– A jeśli nie będę chciał… – Leon urwał. Z naprzeciwka nadchodziło dwóch dżentelmenów w wieku studenckim, szukali wejścia na widownię na parterze. Ubrani byli z wytworną nonszalancją, jakiej mógł im tylko pozazdrościć, a kiedy przechodzili obok, jeden z nich obciął Leona od stóp do głów spojrzeniem więcej niż przychylnym.

– Nikt cię nie prosił, żebyś się rozglądał – fuknął Tosiek, nagle rozeźlony. – Na mnie patrz.

Przyciągnął Leona do siebie gestem dość władczym i zazdrośnie opasał ramieniem, ciągnąc w stronę schodów. Ale dopiero teraz Leon zaczął się rozglądać na dobre i już po chwili wiedział, że ten cholerny cwaniak wyciągnął go na jakąś wielce podejrzaną imprezę. W drodze na piętro minęło ich znacznie więcej sparowanych dżentelmenów, niż wynosiła średnia krajowa, dziewczyny też zdecydowanie wolały swoje własne towarzystwo.

– Słuchaj, co to za spektakl? – Z trudem nadążał za Tośkiem, który truchtem biegł po schodach.

– To nie jest… spektakl… tylko… koncert – stękał Tosiek z czytelną intencją uniknięcia odpowiedzi.

Leonowi gniew uderzył do głowy.

– Czy ja ci nie powiedziałem wczoraj wystarczająco wyraźnie…

Tosiek odwrócił się na pięcie i bez uprzedzenia pocałował go w usta. Długo, władczo, jak w filmie. Tylko że w filmach ten sposób kończenia dyskusji wygląda zazwyczaj bardzo romantycznie, a uczuciom, które ogarnęły Leona, bardzo daleko było do romantycznych uniesień. Bliżej do furii.

– No już, już, zaufaj mi – poradził Tosiek z pobłażliwym uśmiechem i pogładził go po policzku. – Jeśli ktoś tu się z czymś obnosi, to ty z tą swoją kwaśną miną. I jesteś w mniejszości! – Tosiek zachichotał z własnego dowcipu i pociągnął go za rękę w stronę wejścia na balkon.

Leona aż nosiło, by się wyrwać z uścisku. Był wściekły. Był też, na swoje nieszczęście, człowiekiem dobrze wychowanym i nie potrafił robić scen, zwłaszcza w teatrze. Ale gniew, jak wielka czarna chmura, gęstniał w nim z każdą sekundą.

Znalazł się w kilkunastoosobowej loży, dość ciasnej i częściowo już wypełnionej. Usiedli na samym jej krańcu. Chwilę potem nadeszli dwaj panowie w średnim wieku i zajęli sąsiednie miejsca. Teraz Leon, choćby i chciał, nie mógł już uciec, nie robiąc zamieszania.

– Julia! – pisnął ucieszony Tosiek i pomachał ku sąsiedniej loży.

Odmachała im wysoka, koścista osoba w wieku nastoletnim. Odgarnęła za ucho długie jasne włosy przedzielone pośrodku i wlepiła w Leona przyblakłe oczy ocienione gęsto sztucznymi rzęsami. Miała na sobie żółtą sukienkę, która wydała mu się dziwnie znajoma.

– To jest właśnie Leon! – krzyknął Tosiek, pękając z dumy. – Do zobaczenia w sobotę!

– Do zobaczenia – powtórzyła Julia głębokim głosem Emmy Stone.

Leon walczył z niedorzecznym wrażeniem, że już ją gdzieś widział.

– To nie była kiedyś twoja sukienka?

– To już od wieków nie jest moja sukienka – przypomniał Tosiek z wyrzutem.

Jeden z ich sąsiadów odłożył na balustradę program koncertu. Zezując w tamtą stronę, Leon odczytał z trudem: *Pride Week: Miłość – to niby takie proste.*

Ja go chyba zamorduję – pomyślał.

Ale nawet się nie poruszył, bo mimo wszystko byli w teatrze, jarzył się żyrandol, kinkiety grzały ciepłym blaskiem, migotały złocenia, nad widownią unosił się pełen wyczekiwania szmer, jak przed każdym normalnym spektaklem.

Zabrzmiał ostatni gong i światła przygasły. Gdy na scenę wyszła wysoka blondynka i zaintonowała melancholijnie pierwszą zwrotkę „Anny Marii", Tosiek zainstalował się Leonowi wygodnie pod ramieniem, obejmując go ciasno w pasie. Leon objął go również, z desperacją człowieka, który widzi, że zmierza wprost ku katastrofie.

5.

– Myślałem, że będzie bardziej skandalicznie – wyznał Tosiek, kiedy główny żyrandol znów rozbłysnął światłem. – Taki tam gender-bender. Tobie się podobało?

– Możemy już wyjść? – spytał Leon chłodno. – Czy masz teraz w planach after party z obsadą?

– A nie, zwyczajnie na kolację idziemy – uspokoił go Tosiek. Wydostali się z loży i wraz z tłumem powędrowali w dół po schodach.

– Gdzie mnie znowu wyciągasz?

– Nigdzie, do domu.

– Do Idalii?

– Cioci nie ma w domu – wyjawił Tosiek z obiecującym uśmiechem. – Zabrała swój personel na babski seans do Kinepolis. Sam gotowałem.

– Tofu?

– Wiesz co, kończy mi się cierpliwość – ostrzegł Tosiek, przyspieszając kroku, bo zeszli już do foyer i tłum nieco się przerzedził. – Przestaniesz wreszcie marudzić?

– Ja tylko wyrażam własne zdanie.

– No właśnie. Marudzisz i marudzisz.

Minęli kasy i wyszli przed budynek. Było już po zmroku i chyba dopiero co padał deszcz, bo barwne neony śródmieścia odbijały się w kałużach. To nie neony, zorientował się Leon, schodząc po śliskich stopniach na chodnik, to pulsujące, błękitne światło radiowozów. Stały po obu stronach budynku w charakterze dyskretnej w założeniu ochrony. Ten widok tak go wzburzył, że przyspieszył kroku i wysforował się przed Tośka, byle tylko jak najszybciej wydostać się z tej cholernej strefy specjalnej troski.

– Ale fajnie było, co? – usłyszał za sobą nabrzmiały pretensjami głos. – Tak sobie siedzieć razem i się nie spinać, że ktoś cię właśnie obgaduje za plecami?

Pokręcił głową, nie zwalniając tempa. Maszerował w stronę przystanku przed empikiem.

– Zupełnie ciebie nie rozumiem! – krzyknął Tosiek i rozbryzgując kałuże, pobiegł za nim. – Dlaczego ty mi każesz…

Leon się zatrzymał.

– Nic ci nie każę – powiedział. – A siedź sobie w tym tęczowym bąbelku, po prostu mnie w niego nie wciągaj.

– Ale kazałeś mi usunąć film.

– Bo nie jesteś sam. Ty się wydurniasz, a ja obrywam rykoszetem. Mógłbyś o mnie pomyśleć czasem, wiesz?

– Cały czas o tobie myślę – oświadczył Tosiek buntowniczo. – I czekam, i czekam, i czekam, aż wreszcie dorośniesz.

Leon nie wierzył w to, co usłyszał.

– Ja dorosnę? – powtórzył z ironią. – Może to ja olewam maturę i opowiadam bujdy o kosmosie? Ja?

– To nie są bujdy.

– Nie zapomnij pomachać mi na pożegnanie, kiedy będziesz odlatywał. Bo ja tu zostaję.

Tosiek zmarszczył brwi.

– To dopiero za parę lat – przypomniał. – Jeszcze zdążysz się namyślić.

– Tosiek, do diabła…

– Chociaż teraz to już nie jestem taki pewien. Ty wciąż stoisz w miejscu. Boisz się spróbować czegokolwiek. Wiosną myślałem, że do jesieni to już na pewno dojrzejesz na tyle, żeby iść ze mną na marsz…

– Jaki marsz?!!!

– Teraz, w sobotę. Ale już widzę, że mowy nie ma.

– Tosiek – powiedział Leon bardzo łagodnie i bardzo stanowczo. – Nigdy nie pójdę z tobą na żaden marsz. Nigdy. Dotarło?

Tosiek zaciął drżące usta, jakby miał zaraz wybuchnąć płaczem.

– Wiem, że każdy ma swoje własne tempo – odezwał się zdławionym głosem. – I to jest w porządku, że ja ciągle czekam na ciebie. Ale teraz to już nawet nie wiem, czy ty w ogóle idziesz w tym samym kierunku.

– Jeśli ten kierunek to Mars, to z całą pewnością nie – odpowiedział Leon, opierając się z całych sił tej wzburzonej fali melodramatyzmu. – Ja idę na studia.

– Tak, słyszałem – odparował Tosiek przez zatkany nos. – Podobno marzysz o grzebaniu ludziom w głowach tymi pięknymi paznokietkami. Ciekawe. Bardzo ciekawe. A już myślałem, że ciocia cię w końcu zaadoptuje i przekaże ci salon.

– Przy-przymkniesz się?

– Ja bym tak nie mógł. Przez całe życie robić coś, co mnie obrzydza.

Leon zacisnął pięści.

– Przynajmniej będzie ze mnie pożytek – odpalił. – A z ciebie?

Tosiek poczerwieniał aż do łez i z rozpaczą spojrzał w niebo, a kiedy wrócił z gwiazd, jego głos był zimny i nieprzyjazny:

– Już mi przeszła ochota na kolację. Dobranoc.

I odszedł w stronę przystanku, z pasją plaskając półbutami po kałużach.

rozdział VI

czwartek 22 września 2016

1.

Leon stał jak wmurowany na chodniku, bez słowa, bez ruchu, co za idealnie opanowany młody człowiek, pomyśleliby zapewne gapie, ci hipotetyczni przechodnie, którzy zamieszkiwali wnętrze jego głowy i oceniali go zawsze surowym wzrokiem. Co za rozsądny młodzieniec, z tych, co to nie robią scen, nie podnoszą głosu i nie dają się wciągnąć w bzdurne sprzeczki na jednej z głównych ulic miasta, tylko z godnością powracają do własnych spraw. Leon jak sterowana lalka okręcił się na pięcie i podążył w kierunku przeciwnym niż Tosiek, starając się omijać zalane deszczem fragmenty chodnika. Miał tylko jedną parę wyjściowego obuwia i hipotetyczni przechodnie uważali, że nie powinien jej bezmyślnie niszczyć. Tak, Tosiek właśnie go odepchnął. Tosiek wprost dał mu do zrozumienia, że oczekuje od niego, by się zmienił. Tosiek go nie chciał. Wymyślił sobie jakiegoś innego Leona, Leona, który nie istnieje. Tak, tak, to bolało, bolało jak diabli, ale wciąż jeszcze nie był to powód, by zachowywać się lekkomyślnie.

Szedł w górę ulicą Fredry. Kałuże świeciły odbitym blaskiem lamp i reflektorów oświetlających budynki. Minął gwarny przystanek przed Collegium Maius. Akurat podjechał tramwaj, lecz Leon do niego nie wsiadł. Z całą pewnością natknąłby się w nim na Tośka, a w tej chwili kulił się na samą myśl o takim spotkaniu. Szedł dalej, skupiony na samym marszu. Wróci pieszo do domu. Ochłonie trochę. Minąć skrzyżowanie, przejść na drugą stronę ulicy, przemierzyć rozległy skwer z fontanną, wyjść na plac Mickiewicza – planował skrupulatnie, wszystkie jego myśli były tą marszrutą, dobry sposób na zepchnięcie całej reszty poza świadomość. Kiedy skręcał w aleję wysadzaną platanami, usłyszał mokre plaskanie podeszew i prawie wpadła na niego przysadzista dziewczyna w czarnym stroju biegowym. Uskoczył na bok. Roksanna! Nie rozpoznała go, pobiegła dalej wzdłuż fontanny i zniknęła w mroku alei po drugiej stronie sadzawki.

Wszystkim się chwali, że wystartuje z Witoldem w Biegu Par – usłyszał w głowie nieznośny, szyderczy głos Tośka. – Nikt poza nią w to nie wierzy, nawet Witold, ale ona swoje. Zasapie się dla niego na śmierć.

Miała całkiem niezłe tempo, pomyślał przelotnie Leon, przeskakując kolejne kałuże. Tosiek potrafi tylko drwić. Nigdy nie doceni cudzego poświęcenia w żadnej sprawie, bo sam się nie poświęca. To inni mają się dla niego poświęcać i zmieniać. Słuchać musicali. Obżerać się trawą i tofu. Myśleć jak on. Całować na zawołanie. Grać według jego scenariusza. O, nie. Nigdy więcej, myślał Leon, przyspieszając kroku. Gniew znów uderzył mu do głowy. Dosyć tego. Nigdy więcej randek z Tośkiem na jego warunkach. Astronauta pieprzony. Kosmiczny idiota. Przypomniał sobie, że Tosiek wyśmiał jego własne plany życiowe, i tak go to wpieniło, że z całej siły trzasnął pięścią w daszek mijanego kosza na śmieci. Aż się zwinął, a-ach, jak to boli, cholerny, cholerny Tosiek.

Masując nadgarstek, przeciął ukośnie plac Mickiewicza. Teraz wszystko będzie inaczej. Zero randek, żadnego przymilania się, żadnych ustępstw, dopóki Tosiek nie zrozumie, że zdanie

Leona też się tu liczy. Priorytet numer jeden: zespół. Odbudować relacje nadszarpnięte tymi bezsensownymi wyborami. Witold jest teraz szefem, ale na gruncie towarzyskim wszystko może zostać po staremu. Trzeba tylko wykazać dobrą wolę. Współpracować. Pomagać. A Tosiek niech sobie buja w kosmosie. Szybko mu się znudzi, kiedy się zorientuje, że lewituje sam.

Tak się zapamiętał w tym gniewie, że z początku nie zwrócił uwagi na towarzyszące mu uczucie niewygody, ale ono rosło i zaczęło się przebijać przez gruby mur rozżalenia, wkrótce nie mógł go już dłużej ignorować. W jego rozumowaniu tkwił jakiś błąd. Nie potrafił go namierzyć. Coś przeoczył, coś istotnego, coś, co mogło rozbić jego plany w pył. Przemyślał wszystko jeszcze raz. Tosiek – sam? Tosiek – znudzi się?

Tosiek zawsze świetnie się bawił we własnym towarzystwie. Tosiek kochał się w sobie z wzajemnością i była to miłość absolutnie bezwarunkowa. Biada temu, kto chciałby stanąć jej na drodze, próbować go upokorzyć albo zranić. Tosiek walczył tak ciężko i wytrwale o prawo do bycia sobą, że nie dałby sobie odebrać ani skrawka autonomii, bez względu na cenę. To nie Tosiek panicznie bał się samotności.

Lęk szarpnął Leonem, przykry i bolesny. Tosiek był pierwszy do pocałunków i łap też nigdy nie potrafił utrzymać przy sobie, ale czy kryło się za tym cokolwiek głębszego? Nie potrafił sobie przypomnieć, by Tosiek deklarował kiedyś jakiekolwiek uczucia. Na pewno nie ostatnio.

Właściwie to nigdy dotąd.

2.

Leon dotarł do domu znacznie mniej rozzłoszczony, za to bliski załamania nerwowego. Jego buty i skarpetki przemokły, zmarzł mu tyłek, ssało go z głodu i nikt go nie kochał. Był już tego stuprocentowo pewien. Jak ktokolwiek mógłby pokochać takie oklapnięte, użalające się nad sobą stworzenie? Chciał się rzucić na tapczan w akcie rozpaczy, ale najpierw zmienił skarpetki i to trochę pomogło, więc w ramach eksperymentu zjadł jeszcze kolację. Kiełbasa. Grube kanapki z kiełbasą, cały talerz. Żuł je z satysfakcją i czuł, że z wolna wraca do niego życie. Sprawdził powiadomienia w telefonie. Żadnych pełnych skruchy błagań o przebaczenie. Wczołgał się pod koc i odpalił na laptopie swój ulubiony kanał z pazurami, bo tak. Postanowił przez cały wieczór robić wyłącznie to, na co miał ochotę. Śledząc jednym okiem skomplikowany tutorial o efektach 3D, a drugim zerkając wciąż na komórkę, pochłonął kanapki do ostatniego okruszka.

Trochę mu ulżyło, kiedy przed północą Tosiek opublikował markotnego selfika na tle szafki łazienkowej. Przynajmniej dotarł bezpiecznie do domu. I dobrze. Niech tam teraz siedzi i się nad sobą zastanawia. W końcu tyle razy się już kłócili. I zawsze do siebie wracali. Tyle razy Tosiek wrzeszczał, że nikogo nie potrzebuje, sam sobie da radę z tym scenariuszem, obiadem, bólem istnienia czy tam brzucha, wyjdź, do cholery, i zamknij drzwi. A potem przymilał się jak gdyby nigdy nic. Co prawda nigdy dotąd nie ranili się nawzajem z premedytacją, ale może to po prostu taki nowy etap związku. Wchodzą na wyższy level. Normalna sprawa. To właściwie nawet dobrze o nich świadczy. Trzeba przywyknąć. Do wszystkiego w życiu da się przywyknąć.

Dzwonek telefonu wdarł się w jego myśli. Z zaskoczenia o mało nie zrzucił talerza z kolan.

– Cześć – usłyszał głos Sandry. – Nie za późno dzwonię?

Szybko wyciszył dźwięk w laptopie.

– Nie – powiedział i odstawił talerz na stolik. Znowu ona? Co tym razem, chrzciny? A może jednak odwołuje ten cały ślub?

– Przyjechałam na weekend do domu – odezwała się Sandra dość smętnym głosem. – Nie uwierzysz, jak tu się wszystko pozmieniało. Wszyscy moi znajomi wyjechali albo mają dzieci, trudno się z kimkolwiek umówić na wieczór.

– Uhm.

– Rodzice na dole oglądają telewizję, a ja siedzę u ciebie w pokoju i przeglądam zdjęcia…

– Jakie zdjęcia?!

– Nasze. W albumie. Tak mi się aż smutno zrobiło – wyżalała się Sandra. To brzmiało jak wstęp do dłuższych wynurzeń i Leon się zirytował. Jakim prawem ona mu to robi, przez rok ani jednego telefonu, a teraz nagle jest jej ulubionym powiernikiem. Wtrącił ironicznie:

– Aż tak smutno, że właśnie do mnie musiałaś zadzwonić? Najpierw o mnie zapomniałaś, a teraz dwa telefony w ciągu tygodnia! Taki zaszczyt!

Sandrę chyba zatkało, bo nie odzywała się dłuższą chwilę.

– Nie zapomniałam – szepnęła. – Po prostu kiedyś zupełnie nie dało się z tobą gadać.

– Nie?

– Nie. Czasem był z ciebie naprawdę wredny dzieciak, wiesz? Smarkacz, który ma wszystko podane na tacy. Któremu się wydaje, że jest och-taki-mądry z tymi swoimi odzywkami i dokuczaniem. Myślałam, że wyrosłeś z tego wreszcie.

Teraz to Leon nie mógł pozbierać myśli. Nigdy nie patrzył na siebie w ten sposób. Owszem, wytykał Sandrze to i owo, ale wyłącznie z troski! Była taką rozlazłą, obciachową starszą siostrą. Chciał tylko, by zauważyła swoje liczne niedostatki i coś z nimi wreszcie zrobiła, zamiast ciągle chlipać i marudzić. Wciąż miał ochotę jej uzmysłowić, jak potwornie go irytowała z tą swoją płaczliwością, obsesją grubych ud i upodobaniem do gryzących się ze sobą kolorów, ale po namyśle uznał, że po tylu latach może jej już chyba darować.

– Wyrosłem – odparł tylko ze skruchą. – Przepraszam. Więc mówisz, że ci smutno? – zagadnął zamiast tego z życzliwym zainteresowaniem. – Może ty wcale nie chcesz wychodzić za mąż?

– To nie o to chodzi – obruszyła się Sandra. – Tylko że… wszystko tak nagle przyspieszyło. Kiedyś człowiek miał czas na wszystko, a teraz każdy miesiąc mija jak mignięcie. Próbowaliśmy ustalić, co trzeba zrobić przed ślubem, i tyle tego jest, a dni tak szybko lecą. A przecież zostało jeszcze całe pół roku. Mama mówi, że życie będzie coraz bardziej przyspieszać, i to mnie przeraża. Prawie się nie znamy, ty i ja. Jakoś tak żyliśmy obok siebie. Kiedy się mamy poznać, jeśli nie teraz? Ja wyjdę za mąż, ty też zaraz dorośniesz i znikniemy sobie z oczu na dobre. Nie chcę tak.

Cierpka czułość w jej głosie całkiem go stopiła. Nie zdawał sobie sprawy, jak bardzo jej potrzebował, właśnie dzisiaj. Była jak słabe echo dawnego życia, kiedy miał tej czułości po czubek nosa i wykłócał się, że nie chce być już traktowany jak dziecko, chwalony publicznie na imieninach u cioci, całowany na dobranoc i okrywany w nocy dodatkowym kocem. W złą godzinę wypowiadał te życzenia, spełniły się co do joty, choć nie tak, jak przewidywał.

– Ja… ja nie zniknę.

– Tak, też to sobie obiecywałyśmy z przyjaciółkami. A teraz Maja siedzi w Dublinie, Nina w domu z dziećmi, a Wiktoria w kółko nawija o jakichś nowych znajomych, których zupełnie nie kojarzę! – skarżyła się Sandra. – Nawet nie ma z kim iść wybierać suknię, bo z mamą nie da się pogadać. Chce, żebym kupiła odciętą i do tego bolerko.

– Bolerko! – wykrzyknął Leon, zdegustowany. – Może od razu garsonkę!

– Sam widzisz. Welonu też nie chcę, więc jest płacz i dramat, bo co ludzie powiedzą. Jezu. Jacy ludzie? Wszyscy, którzy mnie znali, gdzieś powyjeżdżali – Sandra pociągnęła nosem. – O paznokcie też była chryja, jak wyguglałam to ombre. Mówi, że wygląda, jakby lakier był kiepski i zszedł z płytki, a ty się nie znasz.

– Ja się nie znam?! – zdenerwował się Leon.

– A znasz się?

– Mam... mam znajomą, która się zna.

– A właśnie, skoro już jesteśmy przy znajomych... – Sandra w słuchawce zaszeleściła kartką. – Robię listę gości. Powiedz mi, przyjeżdżasz z kimś?

Leonowi zrobiło się zimno. Podciągnął koc pod samą brodę.

– Z kimś?

– No, z dziewczyną.

– No, nie sądzę.

– Aha. Jakby coś się zmieniło, to zaraz daj znać, dobrze? Bo mama dopycha na listę jakichś wujków, których w życiu na oczy nie widziałam. To już wolę kogoś młodego.

Leon ujrzał oczami wyobraźni tych wujków, cały tłum wujków, ciotek i innych rzadko widywanych krewnych, którzy jednak dziwnym trafem wiedzieli o nim wszystko. Całe mrowie ciekawskich, lepkich spojrzeń. Jak się miewa? Do której klasy chodzi? Czemu zmienił szkołę? Czemu wyjechał? Czemu już się go nie chwali publicznie na imieninach u cioci?

Ze wstrętu zadygotał pod kocem. Nie, nie da rady. Nie przeżyje tego znowu. Nie będzie nawet próbował.

– Ja chyba nie przyjadę wcale – wymamrotał do słuchawki.

– Proszę?

– Będę bardzo zajęty. Matura…

– Wiem, wiem, maj odpada. Celujemy w czerwiec.

– Aha. A wtedy będę bardzo zmęczony. Wiesz, jak taka matura człowieka wyczerpuje?

– Leon – powiedziała Sandra groźnie. – Niejaki Wincent, syn, kuźwa, szwagra naszego dziadka, przyjeżdża na mój ślub, a ty się migasz?

– Po co ci w ogóle ten ślub?! – wybuchnął Leon. – Stać cię na więcej. Masz studia, masz pracę, ogarnęłaś się wreszcie, wszystko możesz robić w życiu, co tylko chcesz! To nie, za mąż idziesz, bo się trafił jakiś pierwszy lepszy. Zakład, że tylko rodzicom chcesz się przypodo… – zamilkł, bo zdał sobie sprawę, że słyszy w słuchawce sygnał przerwanego połączenia. Ona też miała go dosyć? Zadzwonił, ale nie odebrała. Zadzwonił znowu, przerwała połączenie.

Więc jeśli chodzi o rodzinne ciepło, które przemknęło mu przed nosem jak powiew gorącego wiatru w środku stycznia – chyba właśnie wyczerpał do dna swój skromny przydział. Naciągnął na głowę koc i leżał tak, aż zasnął – sam jak palec, odepchnięty przez wszystkich i rozżalony na cały świat.

rozdział VII

piątek 23 września 2016

1.

Bladym świtem obudził go popiskujący telefon. Wymacał komórkę i zerknął jednym okiem na ekran – w rogu pulsowało przypomnienie, że dziś po lekcjach jest próba. Wyłączył alarm i chciał spać dalej, ale jakaś myśl, uporczywa jak bzycząca na oknie mucha, usiłowała przedrzeć się do jego świadomości. Próba. Scenariusz. Ten bałwan miał przynieść scenariusz. Leon otworzył oczy. Tosiek na bank o tym zapomni. Witold znów dostanie pretekst do złośliwości, morale spadnie i zespół, zamiast skupić się na wspólnym celu, jeszcze bardziej się podzieli.

Zgrzytając zębami, znów sięgnął po komórkę. Wysłał oschłe przypomnienie i prawie natychmiast otrzymał bełkotliwą odpowiedź.

Chba dziś zostnę wdomu – donosił Tosiek.

Cholerny tchórz.

To chociaż prześlij mi plik – odpisał Leon i zwlekł się z łóżka pod prysznic. Kiedy wrócił po kwadransie, naciągając na grzbiet świeży T-shirt, w telefonie wciąż nie było żadnej odpowiedzi. Zjadł śniadanie i nadal zerkał na ekran. Poczekał jeszcze parę minut, wysłał kolejną prośbę, ale nie doczekał się reakcji.

O nie, kochany – pomyślał. – Tym razem nie będę świecił za ciebie oczami.

Ubrał się, chwycił plecak i wybiegł przed blok, trzaskając po drodze wszystkimi drzwiami.

2.

Idąc, przypominał sobie te wszystkie sytuacje, kiedy Tosiek skrewił, a on musiał wszystko naprawiać. Kiedy nie pamiętał o własnych obietnicach, zmieniał zdanie, opuszczał próby i jako sufler celowo podpowiadał Witoldowi zły tekst. Nie było tych sytuacji aż tak wiele, ale Leon obracał każdą w pamięci po kilka razy, aż nabrzmiała do rozmiarów skandalu. Bo Tosiek zawsze to. Bo Tosiek nigdy tamto. Kiedy zgrzany i wściekły dotarł pod jego blok, miał już przygotowaną całą mowę oskarżycielską. Wygarnie mu wreszcie. Punkt po punkcie. Zobaczymy, kogo tym razem zaboli.

Drzwi do klatki otworzono mu bez słowa komentarza, więc wbiegł na górę jak po ogień, przeskakując kilka stopni naraz. Wyhamował na drugim piętrze i nabrał powietrza w usta.

– Ty…

W drzwiach stał rosły mężczyzna przed pięćdziesiątką. Trzymał w ręku kubek, pod pachą gazetę, na nogach miał domowe kapcie i nie dało się ukryć, że wyglądał jak ktoś, komu brutalnie przerwano relaks przy kawie.

– O – powiedział Leon z respektem. – Dzień dobry. – Całkiem zapomniał, że jest piątek. Marcin Graczyk, ojciec Tośka, wrócił na weekend do domu. – Tosiek jeszcze jest?

– Śpi – powiedział Marcin i upił kawy. – To źle?

– No raczej, idzie dziś na ósmą.

– Cholera – mruknął Marcin. Wycofał się dwa kroki i zabębnił pięścią w drzwi pokoju. – Wstawaj! Do szkoły!

Ze środka dobiegło oburzone mamrotanie i przeraźliwy kaszel.

– Wstawaj! – powtórzył Marcin, ignorując te symptomy galopujących suchot. – Będziesz jadł z nami? – rzucił w stronę Leona, który wciąż stał w progu drzwi i zastanawiał się, co teraz.

– Ja tylko na chwilę.

– Nie jadasz tu śniadań?

– Ostatnio rzadko – wyjaśnił Leon ostrożnie i wszedł jednak do środka, choć ostatnia rzecz, na którą miał w tej chwili ochotę, to kurtuazyjne rozmówki z tym małym tchórzem pod czujnym okiem jego ojca. – Zbyt często chodzę na ósmą. – Nie dodał, że kiedyś, przed wakacjami, wszystko było inaczej, na przykład z zawartości lodówki dało się przyrządzić pełnowartościowy posiłek, nie to co teraz. No i Tosiek był wtedy inny, przedlondyński, zapatrzony w niego jak w obrazek, uroczo rozczochrany i zalotny. Było, minęło. Marcin i tak nie chciałby znać szczegółów. W przeciwieństwie do Idalii właściwie nie wtrącał się do ich spraw. W stosunku do Tośka był zawsze nieporadnie nadopiekuńczy, ale Leona ledwo zauważał, a Leon nie był do końca pewien, czy to z powodu braku zainteresowania, czy jakichś osobistych uprzedzeń. Na wszelki wypadek trzymał się na bezpieczny dystans i nie mówił za dużo.

Wszedł za Marcinem do kuchni. Zaraz potem skrzypnęły drzwi i Tosiek w piżamie pojawił się w przedpokoju – blady, obrażony i wyniosły. Bez słowa zniknął w łazience.

Jego ojciec odstawił kubek na blat i z pośpiechem zaczął szykować śniadanie godne hotelu Ritz – bułeczki, twarożek, jajka, pomidor w plasterkach. Leonowi trafiła się do szatkowania rzodkiewka i szczypiorek. Potulnie chwycił za nóż, a w tym czasie jaśniepan szorował zęby w łazience, pokasłując od czasu do czasu.

– Jak w szkole? – burknął Marcin znad rondelka z jajkami.

– Dobrze.

– A Tosiek?

Leon z frustracji prawie zaciął się w palec. To teraz Marcinowi też ma składać regularne raporty o jego latorośli?

– Nie wiem, ja z nim nie chodzę do jednej klasy – wyjaśnił buntowniczo. – Ale nie słyszałem, żeby coś było nie tak.

Marcin przetrawiał tę dyplomatyczną odpowiedź z nachmurzonym obliczem. Odłowił jajka z wrzątku i przestawił solniczkę na kuchenny stół.

– On musi zdać tę maturę, musi – zamruczał do siebie. – Bo mi Idalia łeb urwie! – Przypomniał sobie, że nie jest sam, i zerknął na Leona posępnie, jakby się obawiał, że ten zaraz się zerwie i poleci z jęzorem do jego szwagierki. Bez obaw. Leon dojrzewał właśnie do decyzji, by w drastyczny sposób ograniczyć swoje związki z rodziną Graczyków. Opletli go jak bluszcz, domagali się jego uwagi, przysług oraz informacji, a on nic z tego nie miał, no, może poza ciepłym posiłkiem od czasu do czasu. No dobra, masaże w salonie u Idalii też były w porządku. I darmowe próbki. I katalogi. Okej, nawet te zniewalające Tośkowe karesy, pod warunkiem że nie przychodziły w pakiecie z dziwnymi randkami. Westchnął mimo woli na samo wspomnienie. Rozdarty między potrzebą swobody a pokusami tego świata trwał w emocjonalnym impasie, a tymczasem Tosiek wyszedł wreszcie z łazienki i pokasłując, stanął na progu kuchni. Miał na sobie czarne bojówki i białą koszulę z perfekcyjnie odprasowanym kołnierzykiem, w oczach błękit i foch.

– Siadaj – popędził go Marcin. – Co ci jest?

– Nic – odparł Tosiek porywczo. – Chyba jestem chory.

– Jasne, jasne – zbył go Marcin. – Jedz już.

Tosiek przyczłapał do stołu i usiadł na krześle, ignorując Leona. Ugryzł kawałek bułki i przeżuł niechętnie. Był bardzo blady, wręcz zielonkawy na twarzy. Czy to wyrzuty sumienia tak

go sponiewierały? Leon nie śmiał w to wierzyć. Prędzej nocny maraton filmowy albo nowy fanfik.

– Chcesz jajko? – spytał Marcin.

– Nie jem jajek – fuknął Tosiek i rozkaszlał się nad talerzem. Kaszlał, aż poczerwieniał cały na twarzy, a po policzkach pociekły mu łzy.

– Co tobie? – nie wytrzymał Leon.

– Zak-rztusiłem się bułką – wyjąkał Tosiek i znów zakasłał. – Nic… khh… nic… nic mi nie jest.

– Hm. – Marcin zerknął na niego koso. – I tak pójdziesz do szkoły, więc równie dobrze możesz przestać się wygłupiać. Jedz.

– Nie jestem głodny – oświadczył Tosiek i nadął się jak obrażone dziecko.

Leon miał wielką ochotę kuksnąć go z całej siły łokciem i obiecał sobie, że kiedyś, gdy po wielu latach treningów Tosiek wyhoduje wreszcie te upragnione muskuły Schwarzeneggera, tak właśnie zrobi, bez względu na konsekwencje.

– Pomidora?

– Co? Ja? Tak, proszę – zreflektował się, widząc talerz pod swoim nosem.

– Nadal robicie ten teatr? – zainteresował się Marcin, odcinając czubek jajka.

– Właściwie to nie wiem. Robimy?

Tosiek nie odpowiedział na to pytanie, bo znowu pokasływał, klepiąc się dłonią po mostku.

– Suche powietrze, khh, khh – wystękał. – To na pewno smog.

– Chciałbym kiedyś zobaczyć wasze przedstawienie – powiedział Marcin.

– Kto by nie chciał – mruknął Leon. – Na razie nie mamy scenariusza.

– A o czym... CZY TY PRZESTANIESZ WRESZCIE BŁAZNOWAĆ?! – ryknął Marcin, tracąc ostatecznie cierpliwość.

Tosiek poderwał głowę, oczy miał mokre, nos czerwony, a usta sine.

– Co tobie? – przestraszył się Leon.

– Nic – zaparł się Tosiek słabym głosem. – Duszno tu. Ciężko się... khh... oddycha. – I znów się rozkaszlał, i to tak, że Marcin zerwał się z krzesła.

– On się dusi! – krzyknął Leon.

– W-wcale nie – wycharczał Tosiek. – N-nie mam czym oddychać. Ten smog... khhhh... ten smog.

I osunął się z krzesła na podłogę, spazmatycznie zaciskając rękę na mostku.

3.

Leon przekonał się już nie raz, że w obliczu sytuacji ekstremalnej z człowiekiem robią się niesamowite rzeczy. Mózg impregnuje się na nieistotne rozproszenia, myśl się wyostrza i skupia na prostych zadaniach: przetrwać następną minutę; i następną; i jeszcze kolejne trzy. Emocje się kurczą jak ściśnięte gorsetem. Bez mrugnięcia okiem przeżył więc szaloną jazdę buspasem w wykonaniu Marcina. Powieka nie drgnęła mu nawet wtedy, gdy na czerwonym świetle przelatywali łukiem i wbrew zakazom przez ruchliwe skrzyżowanie Bukowska/Szpitalna. Skupiony był tylko na jednym: nie dopuścić, by Tosiek, wiotki i sinawy, znowu wpadł w histerię.

Słyszał jego oddech na swoim ramieniu, szybki, płytki i niepokojąco świszczący. Tosiek dygotał, wciąż na granicy paniki, a Leon powtarzał głosem spokojnym i, można by pomyśleć, całkiem obojętnym:

– Oddychaj. Spokojnie. Oddychaj.

W nim również coś wrzeszczało i rzucało się z przerażenia, ale z uporem spychał to głęboko w siebie, zdumiony tylko, że tam, w tym kłębowisku zakazanych emocji, w ogóle jest jeszcze miejsce na nowe.

Marcin wjechał z piskiem opon na teren szpitala i zatrzymał samochód na wprost wejścia na izbę przyjęć. Wzięli słaniającego się Tośka między siebie i jakoś dowlekli do środka. Wewnątrz wił się ogonek ludzi czekających na planowe przyjęcia, obok kłębił się tłum nagłych przypadków. Leon z Tośkiem usiedli w poczekalni, a Marcin zniknął wśród dzieci z gorączką, niemowląt opitych chemią gospodarczą i przedszkolaków po bliskim spotkaniu z blenderem. Strasznie długo go nie było, ale Leon starał się o tym nie myśleć, skupiony na swojej mantrze. Tosiek trząsł się jak przerażone zwierzątko, to znów niecierpliwił się i chciał wracać do domu. Co jakiś czas wstrząsał nim ten dziwny kaszel, po którym nie mógł złapać oddechu i tylko wytrzeszczał załzawione oczy, i dygotał jeszcze bardziej.

Kilka wieków później podszedł wreszcie młody lekarz, by zgarnąć Tośka do gabinetu. Charczącego pacjenta położono na kozetce. Pielęgniarka uniosła nieco wezgłowie i Tosiek przestał kaszleć, a zaczął niepokojąco poświstywać.

Marcin krążył wokół z założonymi rękami, ciskając spojrzenia spode łba.

– Pan gdzieś tam stanie spokojnie – opieprzyła go pielęgniarka i wsunęła Tośkowi jakiś klips na palec. – Saturacja osiemdziesiąt osiem – zaraportowała ponuro.

– Hm! – chrząknął lekarz. To było bardzo znaczące chrząknięcie i nie zwiastowało niczego dobrego. Leon, który po przekazaniu Tośka w fachowe ręce zdążył już nieco odetchnąć, spiął się znowu i dopiero teraz poczuł ściskający mu krtań lęk.

Bezwiednie podszedł krok bliżej, a Tosiek, dotąd zwiotczały na kozetce, natychmiast chwycił go za rękę i boleśnie ścisnął.

– Astma? Alergie? – dopytywał doktor, rozglądając się za stetoskopem.

– Nic mi o tym nie wiadomo – jęknął Marcin i wykonał taki ruch, jakby chciał sięgnąć po komórkę, ale się jednak powstrzymał. Leon też uważał, że ktoś powinien zadzwonić do Idalii. Ona wiedziałaby wszystko. Ale Marcin, choć wił się w przekonaniu, że znowu coś skrewił, postanowił poradzić sobie z sytuacją sam. – Może to zapalenie płuc?

– Może – mruknął doktor. – Bierze jakieś leki?

– Chyba nie – odparł Marcin z rozpaczą, ostatecznie utwierdzony w przeświadczeniu, że jest najgorszym ojcem na świecie.

Pielęgniarka podeszła do kozetki i rozpięła Tośkowi kołnierzyk jego pięknej koszuli. Leon jęknął z bólu, bo uścisk Tośka prawie zgniótł mu place.

– Co to jest? – zdziwiła się pielęgniarka.

– Binder – syknął Leon przez zęby, usiłując wyrwać rękę z miażdżącego chwytu.

Pielęgniarka i doktor wymienili szybkie spojrzenia.

– Trzeba to zdjąć – zadysponował lekarz, zakładając stetoskop. – Nie mogę osłuchać pacjenta.

Tosiek wierzgnął, jakby chciał go kopnąć, i natychmiast zaniósł się kaszlem.

– Tylko jak – zrzędziła pielęgniarka, rozdrażniona tą nieoczekiwaną komplikacją w protokole. – Usiądziesz?

Tosiek ze złością kręcił głową, siniejąc coraz bardziej.

– Uspokoisz się?! – krzyknął Marcin.

– Muszę to rozciąć – burknęła pielęgniarka. – Inaczej nie dam rady, skoro pacjent nie chce współpracować.

Tosiek poderwał się do siadu, ale natychmiast zaczął się dusić, więc sama pielęgniarka popchnęła go z powrotem na kozetkę. Leon przyglądał się temu ze zgrozą. Miał wrażenie, że tylko do niego w całym gabinecie dociera dramatyzm sytuacji. Dla nich Tosiek był tylko nadpobudliwym szczeniakiem. Przypadł do wezgłowia, zginając się w niewygodnym przyklęku. Tosiek odwrócił błagalny wzrok w jego stronę, oczy miał szalone, nieprzytomne.

– To tylko kawałek materiału – szepnął Leon. Obaj wiedzieli, że nie mówi prawdy. – Kupię ci dziesięć takich. – Usłyszał metaliczny szczęk nożyczek. Tosiek się wykrzywił. Leon położył rękę na jego policzku, mokrym od łez, zdecydowany przytrzymać go siłą, gdyby znów zaczął się szamotać. – Zaraz ci zamówię, we wszystkich kolorach tęczy – szeptał, nie spuszczając z niego wzroku. Tosiek leżał spokojnie, ale jego oczy były martwe w środku. Uciekł gdzieś wewnątrz siebie i go nie słyszał.

– Bierze hormony? – spytał doktor. Marcin bezradnie potrząsnął głową.

– Nie. Chyba nie. A powinien?

– To nie moja działka – wykręcił się doktor i podszedł bliżej ze stetoskopem. – Przygotować tlen – rzucił w stronę pielęgniarki i zabrał się za osłuchiwanie.

Pielęgniarka wyrzuciła strzępy materiału do śmieci i otworzyła z hałasem szufladę. Leon bezradnie przeciągał palcem po mokrym policzku. Tosiek patrzył na niego wzrokiem całkiem pozbawionym wyrazu i to było przerażające. Zazwyczaj kipiał emocjami i ciężko się z tym żyło, ale człowiek przynajmniej wiedział, co tam się roi pod tą płową czupryną. A teraz nic, odmowa dostępu, brak hasła. Po prostu nie myśl o tym za dużo – zaklinał go w swojej głowie Leon. – Udawaj, że to się nigdy nie przydarzyło, zobaczysz, dasz radę, ja tak potrafię…

Na twarz Tośka opadła zielonkawa maska z przytwierdzoną doń rurką. Z głośnym sykiem popłynął z niej sprężony gaz. Tosiek rzucił się i zamamrotał coś w proteście.

– Oddychaj, oddychaj – zaburczała pielęgniarka. – Zaraz będzie lepiej. Całą buzią, no! – poprawiła maskę, którą Tosiek w pierwszym odruchu prawie z siebie zerwał.

Doktor odłożył stetoskop i notował coś w formularzu. Pielęgniarka zapięła Tośkowi koszulę i znów zacisnęła mu na palcu pulsoksymetr.

– Sto procent – mruknęła po chwili.

– I co, i co ? – dopytywał się Marcin.

– Obturacja płuc – mruknął doktor, smarując sążnistą notatkę. – Pewnie zrobimy jeszcze prześwietlenie. – Zerknął znad kartki na pacjenta. – Na pewno nie masz nam nic do powiedzenia, kolego?

Leona coś tknęło.

– Tosiek – powiedział. Nie bardzo go było słychać, bo tlen wciąż z sykiem uchodził z rurki. – Tosiek – powtórzył głośniej, błagalnie. – Coś ty znowu odwinął?

Tosiek łysnął szybkim spojrzeniem znad maski i utkwił buntowniczy wzrok w suficie.

– Tosiek! – zdenerwował się Leon, teraz już pewien, że coś tu nie gra. – My tylko chcemy ci pomóc!

Tosiek wzruszył ramionami. Rozkaszlał się od tego aż do łez. Pooddychał łapczywie tlenem z rurki, pomedytował chwilę i wreszcie wymamrotał w maskę jedno niewyraźne słowo.

Leon zerwał się na równe nogi.

– No chyba żartujesz? – powiedział z wyrzutem. Tosiek nie zaszczycił go spojrzeniem. – Ile ty masz lat, dziesięć?! – wrzasnął Leon z pretensją.

Tosiek wywrócił oczami na znak, że nie zamierza nawet podejmować dyskusji w tym tonie. Marcin szarpał Leona za rękaw, domagając się wyjaśnień.

– Jakiś. Cholerny. Dopalacz – wyjaśnił Leon ze złością. Marcin sapnął i natarł na kozetkę.

– Kochany, gdy tylko wrócimy do domu…

– Za chwilkę, za chwilkę – przerwał mu doktor. – Masz gdzieś jakieś resztki? Opakowanie? Cokolwiek?

Tosiek przymknął oczy na znak, że jest zbyt zmęczony, by kontynuować rozmowę.

– I co teraz? – jęknął Marcin.

– Weźmiemy na oddział, dotlenimy, odtrujemy – mruczał doktor znad formularza. Jego długopis przyspieszył, gdy wydawał pielęgniarce kolejne dyspozycje. – Krew na jonogram, morfologia, próby wątrobowe… – Odwrócił się znów do Marcina. – Tam mogło być wszystko, w dodatku każdy reaguje inaczej. Przy odrobinie szczęścia wyjdzie stąd po weekendzie.

Tosiek rzucił się na kozetce, impetycznie wymachując rękami. Zacharczał pod maską.

– Co mówisz? – zatroskał się Marcin.

– Miał plany na sobotę – przetłumaczył Leon zjadliwie. – Spacerek ze znajomymi po mieście. No chyba nie w tym roku – dodał nie bez satysfakcji. Oczy Tośka zwęziły się w wyrazie pasji, ale efekt zepsuła pielęgniarka, poprawiając mu maskę na twarzy.

– Oddychaj, dziecko – burknęła.

Marcin otarł pot z czoła. Leon spiął łopatki. Zabolało. Chryste, Edytka będzie miała co robić podczas następnego masażu. Pielęgniarka sięgnęła po słuchawkę i dzwoniła na oddział.

– Macie wolne łóżko na zaraz? – zapytała. – Dzieciak, duży, podtruty. Ile masz lat? – spytała Tośka.

– Prawie osiemnaście – zasyczało spod maski.

– Na pewno nie osiem? – upewniła się pielęgniarka i podała dalej: – Prawie osiemnaście. Narkotyk. Tak? Trochę rozpaskudzony, ale co to dla was. – Pielęgniarka zachichotała w słuchawkę, a Leon zdał sobie sprawę, że to będzie dla Tośka niezapomniany weekend.

4.

Grzechocząc kółkami i podskakując na nierównościach szpitalnego linoleum, długie łóżko z Tośkiem na pokładzie wjechało na Oddział Pulmonologii Dziecięcej. Pielęgniarka wraz z salową z pewnym trudem wmanewrowały je do sali i zaparkowały na wolnym miejscu pod oknem. Obok stały dwa inne, mniejsze łóżka. W jednym przez opuchnięty nos pochrapywał śpiący kilkulatek, w drugim fikało niemowlę przewijane właśnie przez matkę.

Sala była jasna i świeżo odmalowana, słońce przez wielkie okno padało Tośkowi prosto na twarz, ale nikt się tym szczególnie nie przejął. Założono mu znów maskę i podpięto go do kilku monitorów, po czym zrobiło się zamieszanie, bo przyszły dwie nowe lekarki i wzięły Marcina w krzyżowy ogień pytań. Wypytywały go o wszystkie możliwe schorzenia i urazy Tośka, począwszy od niemowlęctwa. Leon rzucił na parapet swój plecak i wszystkie kurtki, które dotąd ofiarnie dźwigał, i opuścił nieco papierową roletę. Tosiek patrzył na niego spod zmrużonych powiek, ale nic nie powiedział. Monitor na szafce wskazywał optymistyczne sto procent, ale Leon zdążył już wywnioskować z podsłuchanych fragmentów rozmowy między pielęgniarkami, że to jeszcze nic nie oznacza.

Okno wychodziło na betonowy placyk i krzaki, dalej były płot i ulica. Przez najbliższe dni to będzie jego widok na świat.

Z przymglonej pamięci wracały wspomnienia – dyżury na niewygodnym krześle, szpitalny rygor, turkot wózka po linoleum, podejrzliwe spojrzenia personelu. Przymilna życzliwość, małe przysługi dla zmęczonych pielęgniarek, by zaskarbić sobie ich przychylność. Zapomniał już, jak to jest, a teraz wszystko wróciło. Nie przypuszczał, że jeszcze kiedyś będzie musiał korzystać z tej wiedzy.

Za to Marcin o takich niuansach nie miał bladego pojęcia. W towarzystwie kobiet próbował szarżować po swojemu, czyli je zakrzyczeć, ale był bez szans. Lekarki natychmiast dały mu do zrozumienia, że w przypadku utrudniania procedur błyskawicznie wyląduje po drugiej stronie drzwi na oddział. Spokorniał więc i wyznał wreszcie, że nie zna odpowiedzi na większość ich pytań. Nie wyglądały na zdziwione.

– A mamusia kiedy wróci z pracy? – spytała wyższa lekarka.

Tosiek zaszeleścił pościelą.

– Nie mam mamusi – odparł spod maski, robiąc wielkie oczy sierotki Marysi. – Tatuś sam się mną zajmuje.

– Ach, tak – odparła druga lekarka nieco łagodniej.

– Masz jeszcze ciocię – przypomniał mu chmurnie Marcin.

– Po co ją niepokoić – zatroskał się Tosiek. Całkiem się już wybudził z letargu. – Ona jest taka wrażliwa. Wziąłeś z domu mój telefon?

– Nie – warknął Marcin. – Co innego miałem na głowie. Czy on dostanie jakieś śniadanie? Nic nie zjadł rano.

– Zobaczymy. Może nie dać rady.

– Dam radę – zapewnił Tosiek, który pod tą swoją maską z minuty na minuty odzyskiwał siły. – Tylko proszę pamiętać, że ja nie jem mięsa. Ani jajek. Ani mleka. Chyba że sojowe. Ryżowe też może być.

Lekarka chwilę patrzyła na niego bez słowa, po czym przeniosła wzrok na Marcina.

– Pan już wypełnił kartę przyjęcia? Nie? To proszę do dyżurki.

Marcin wyszedł z sali niechętnie, odwracając się wciąż za siebie i posyłając Tośkowi krzepiące spojrzenia. Zostali sami, nie licząc małych pacjentów w sąsiednich łóżkach i ich matek. Słychać było tylko pochrapywanie kilkulatka i syk uchodzącego przez maskę powietrza.

– Pożyczysz mi telefon? – spytał Tosiek.

– Po co?

– Po pstro. Nudzi mi się.

– Nie – burknął Leon. – Nie mam ze sobą ładowarki, a kto wie, jak długo będę tutaj siedział.

– Nikt cię nie trzyma – odparował Tosiek i zamknął oczy.

Leon przypomniał sobie jego morderczy uścisk w gabinecie lekarskim i tylko dlatego nie wyszedł od razu z sali. Zagryzł wargi i przysunął bliżej twarde szpitalne krzesełko. Oparł łokieć o obleczony sztywnym prześcieradłem materac. Była dopiero jedenasta, a mięśnie go bolały, jakby nie spał trzy dni. Czy można dostać zakwasów z nerwów? Musi kiedyś spytać Edytkę.

– No i po co ci to było, co? – rzucił z wyrzutem. – Długo bierzesz to świństwo?

– Tylko raz – zabulgotał pod maską Tosiek.

– O raz za dużo.

– Arturowi nie szkodziło.

– Artur dał ci ten syf?!

– Jemu pomogło.

– Na co!

– Na stres. Przed maturą. I w ogóle – wysapał Tosiek i łapczywie złapał powietrza.

Leon prychnął.

– Na stres! Gówno wiesz o stresie – syknął ze złością.

Tosiek nic nie odpowiedział. Utkwił wzrok w suficie.

– Mogłeś wykitować jak nic...

– Arturowi nie szkodziło!

– Każdy reaguje inaczej – Leon przypomniał sobie słowa doktora. – I głowę dam, że wziąłeś więcej, niż ci kazał.

– Nic mi nie kazał – zaświszczał Tosiek z furią. – Sam chciałem.

– Debil.

Wózek z lekami z głośnym grzechotem wtoczył się do sali, zagłuszając odpowiedź Tośka. Za nim, kłapiąc crocsami, nadciągnęła pielęgniarka z płowym koczkiem.

– Graczyk Antonina! – zakrzyknęła na pół oddziału. – Czy jest tu Graczyk Antonina?!

Tosiek pozieleniał pod maską i naciągnął kołdrę na twarz.

– Tak, to tu – potwierdził Leon przez zaciśnięte zęby. – Ale...

– Kroplóweczka będzie – zapowiedziała pielęgniarka, przyciągając bliżej łóżka metalowy stojak na kółkach. – Rękę poproszę.

Spod kołdry jak spod wieka trumny wychyliła się chuda blada dłoń z rozcapierzonymi palcami.

– Tę z wenflonem – zirytowała się pielęgniarka. – Ja nie mam czasu na takie zabawy!

– Nie mam – doleciało spod kołdry.

– Ręki?!

– Wenflonu.

Pielęgniarka zamruczała pod nosem, co myśli o takim bałaganie w procedurach, i wycofała się po odpowiednie akcesoria. Leon w trosce o funkcje życiowe Tośka ściągnął mu kołdrę z głowy.

– Chcesz się udusić?

– Tak – odparł z bólem Tosiek i poprawił sobie maskę.

– Wiem, co czujesz, ale…

– Nie – powiedział Tosiek, gapiąc się pustym wzrokiem na plątaninę rurek nad swoją głową. – Nie wiesz, co czuję. Nikt nie wie. Dajcie mi spokój. Wszyscy.

Leon chętnie spełniłby jego prośbę, ale pielęgniarka nie miała zamiaru. Wróciła z wenflonem i strzykawką, zażądała ręki i podjęła pierwszą próbę wbicia się w chudy przegub. Tosiek znów pozieleniał, ale nic nie powiedział. Pięć wkłuć później pielęgniarka znalazła wreszcie odpowiednią żyłę i podpięła go do zasilania.

– Jak się skończy, proszę tu zakręcić zaworek – poleciła rześko Leonowi, zawieszając worek z kroplówką na stojaku. – Leżeć spokojnie, ręka na kołdrze.

Kłapiąc obuwiem, podjechała z lekarstwami do łóżek maluchów. Tosiek, trochę bardziej wystraszony niż przed chwilą, patrzył sowim wzrokiem na płyn skapujący niemrawo do wężyka.

– Jak już przestaniesz nienawidzić nas wszystkich – odezwał się ze współczuciem Leon – mogę ci dać na moment telefon.

Szybkie spojrzenie Tośka podpowiedziało mu, gdzie może sobie wetknąć tę propozycję.

Wrócił Marcin, zmięty i wyczerpany. Leon zerwał się z krzesła, żeby zrobić mu miejsce, ale Marcin nie usiadł.

– Naprawdę nie ma żadnych resztek do przebadania? – zapytał nieprzyjaznym głosem.

– Nie wiem – odparł Leon, po czym dotarła do niego oburzająca prawda. – Pan… pan myśli, że to ja mu dałem to gówno?!

– Nic nie myślę – burknął opryskliwie Marcin. – Plączesz się wokół niego cały czas. Po co?

Leon osłupiał. Nie miał pojęcia, co powiedzieć. Dotąd wydawało mu się oczywiste, że Marcin skądś wie o nim i o Tośku.

Ale Marcin chyba wciąż nie był niczego świadomy, kompletnie niczego! Fakt, nigdy mu o tym nie mówili. Ale Idalii też nikt niczego nie mówił, a wydawała się doskonale poinformowana. Leon zerknął z popłochem na Tośka, oczekując jakiegoś wsparcia w tej kłopotliwej sytuacji, ale się go nie doczekał. Tosiek uważnie słuchał całej wymiany zdań, ale nie uznał za stosowne wtrącić choćby słówka. Widocznie nie czuł potrzeby. To ubodło Leona nawet bardziej niż zarzuty Marcina. Zaciął usta i spuścił głowę, choć wiedział, że to tylko utwierdzi ojca Tośka w jego podejrzeniach.

– Jak tam, ładnie leci? – upewniła się pielęgniarka, podchodząc bliżej. Poprawiła wężyk. – Proszę tu pamiętać o zaworku.

– Po co to jest? – Marcin się pogubił.

– Niech pan pyta lekarzy. Ja nie jestem od udzielania informacji. – Pielęgniarka przewierciła go ostrym spojrzeniem. – Pan jest ojcem?

– Tak.

– Kurtki do szatni, buty zmienić, nie bałaganić i nie brudzić, rzeczy osobiste trzymać w szafce – zarządziła i pociągnęła nosem z dezaprobatą. – Nie palić papierosów.

– Przecież wiem! – zirytował się Marcin.

– A pan to kto? – pielęgniarka przerzuciła uwagę na Leona.

Zmieszany Leon przedstawił się imieniem i nazwiskiem, ale przerwała mu w pół słowa.

– Kim pan jest dla pacjenta, się pytam!

– Ja? – Leon rzucił cierpkie spojrzenie na tego tchórza pod maską. Nie zamierzał dla niego kłamać. Zresztą żadna dobra odpowiedź nie przychodziła mu do głowy. To Tosiek był dobry w etykietkach, nie on. A Tosiek wciąż milczał jak głaz. – Nikim – zeznał Leon z goryczą.

– To proszę wyjść! – zachrypiała z oburzeniem pielęgniarka. – Tylko rodzina przy łóżku i tylko jedna osoba naraz. Tak mówi regulamin!

– No idę – burknął Leon i nie patrząc na nikogo, porwał plecak oraz kurtkę z parapetu. Był już na korytarzu, gdy usłyszał z głębi sali dramatyczny wrzask:

– Leon!!! – I okropny kaszel.

– Wszystko będzie dobrze – uspokoiła go pielęgniarka, blokując mu powrót do sali swoim wózkiem z lekami. – Wyjście jest po lewej stronie, na końcu korytarza. – Coś musiało być w jego twarzy, bo dorzuciła łagodniej: – Od siedemnastej są odwiedziny, można wpaść na chwilę. I nie martwić się, pacjent jest pod dobrą opieką. To w końcu szpital.

5.

Szedł za strzałkami, szukając miejsca, gdzie dadzą mu jeść, i wreszcie za parkingiem odnalazł skryty wśród drzew bar mleczny – parterowy pawilon z niewielkim ogródkiem. Zamówił naleśniki i wyszedł z tacką na zewnątrz. Usiadł przy stoliku pod rozłożystym parasolem. Świeciło słońce na bezchmurnym niebie, w koronach drzew darły się ptaki. Wydawało się niemal niemożliwe, że tuż obok, za murami szpitala rozgrywają się prawdziwe dramaty. Zjadł naleśniki i sprawdził godzinę – było już po dwunastej. Do szkoły i tak nie miał po co dziś iść. Odwołał jeszcze wieczorne korepetycje i nie bardzo wiedział, co ze sobą zrobić. Do siedemnastej jeszcze mnóstwo czasu. Jechać do domu, uczyć się? Myśli miał w takiej rozsypce, że nie byłby w stanie skupić się na niczym.

Tak sobie wszystko ładnie rano poukładał. Mieli poważnie porozmawiać. Wyjaśnić pewne sprawy raz na zawsze.

A tymczasem Tosiek znów wywrócił wszystko do góry nogami. Biedna, zestresowana sierotka. Tak się przejął tym, że Leon mu się w końcu postawił, że aż musiał się znieczulić jakimś prochem. No, oczywiście, że go teraz Leon nie zostawi samego, będzie wokół niego skakać, tak samo jak jego rodzina i cały szpitalny personel. Jak zwykle.

Jeśli Marcin pozwoli – przypomniał sobie, dopijając kompot z plastikowego kubka. Zakłuło go pod żebrem z gniewu i rozżalenia. Ojciec Tośka praktycznie oskarżył go o dilerkę, a ten nic, ani słowa, jakby go to wcale nie obchodziło. Bo może i nie obchodzi. I o tym też trzeba będzie kiedyś porozmawiać.

Ekran jego telefonu zaświecił się, rozległo się buczenie. Ktoś dzwonił, ale to nie był numer Tośka. Komórka Tośka została przecież w domu. Dzień bez internetu, smarkacz ciężko to przeżyje, może nawet ciężej niż wbijanie wenflonu i śniadanie ze szpitalną mortadelą. Odebrał niechętnie.

– Znów mam kłopot z Karolkiem.

– Niech mu pani narysuje lokomotywę – burknął z roztargnieniem. Nie był dziś gotowy na problemy klasy średniej z willowych dzielnic. Ale mama Karolka nie dała się łatwo zbyć.

– Może pan dziś przyjechać?

– Dzisiaj! – prychnął drwiąco. – To aż takie pilne?

– Naprawdę pana potrzebujemy – usłyszał gorące zapewnienie i nieco zmiękł.

– Mam zajęty cały wieczór – mruknął i rzucił kubkiem do kosza, ale chybił. Odruchowo zerknął w okna szpitala, chociaż wiedział, że Tosiek leży plackiem w sali po przeciwnej stronie budynku i nie ma najmniejszych szans zobaczyć, jak Leon zaśmieca planetę polimerami.

– Nie musi być wieczorem. Może być nawet teraz – kusiła mama Karolka.

– Karolek nie jest w szkole?

– Zaraz skończy lekcje. Właśnie po niego wychodzę. Będziemy w domu za pół godziny.

Leon sprawdził czas. Wpół do pierwszej. Wahał się jeszcze. Czuł się trochę jak naciągacz, choć przecież to nie on nalegał na to spotkanie. Z drugiej strony – szybka kasa, nie trzeba się jakoś specjalnie przygotowywać. Nawet nie musi wpadać do domu po materiały. Tu i tak nie ma nic do roboty aż do siedemnastej.

– Okej – powiedział. – Będę około drugiej. Znowu matma?

– Ta-ak – potwierdziła kobieta bez przekonania. – Bardzo, bardzo panu dziękuję. Do zobaczenia.

6.

Spowita w bluzę z surowego lnu i naszyjnik z rzemyków, czekała już na niego w drzwiach.

– Tak dobrze, że pan przyszedł – powiedziała z ulgą, którą Leon był gotów wziąć za szczerą troskę. Gdy sobie to uświadomił, poczuł w piersi nagłe ukłucie wstydu. Uporczywe, niskie, podłe uczucie. Zdał sobie sprawę, że zazdrości Karolkowi tego domu, oddanych rodziców, kompleksowego wsparcia. Co za upadek.

– Z czym jest problem? – spytał.

– Mógłby pan z nim znowu odrobić zadania domowe? – usłyszał odpowiedź. – Trudno go do tego nakłonić.

– Mówiłem już, niech pani rysu…

– Nie umiem rysować – przerwała mu z lekkim zniecierpliwieniem. – Karolek jest na górze. Czy mógłby pan – zawahała się – pogadać z nim chwilę? Ma iść wieczorem na basen, ale upiera się, że nie pójdzie. Nie wiem, co w niego wstąpiło. Nie chce mi wyjaśnić. Zawsze lubił pływać.

– Może mu się odwidziało – zasugerował życzliwie Leon i niemal się cofnął, bo matka Karolka ukłuła go spojrzeniem chłodnym i nieprzyjaznym, spojrzeniem, które dawało do zrozumienia, że nie po to został wezwany, by wdawać się z nią w dyskusje. Leon bez słowa odwrócił się i wspiął po schodach na piętro.

Karolek pocinał na tablecie w *Angry Birds* i Leon spodziewał się ciężkiej przeprawy podczas odrywania dzieciaka od multimediów, ale o dziwo, chłopiec natychmiast wyłączył grę i spytał z entuzjazmem:

– Przyszedłeś rysować?

– Nie, odrabiać z tobą lekcję. Co masz zadane?

– Nie wiem.

– To szoruj po zeszyt.

Szybka inspekcja zeszytu ćwiczeń wykazała, że Karolek nie ma zadane kompletnie nic. Dzieciak potwierdził.

– Powiedziała, że nic nie musimy robić przez weekend.

Leon zagryzł wargi, żeby nie powiedzieć za dużo, co myśli o roztargnionych matkach. Ta konkretna najwyraźniej uznała, że dobrym sposobem na problemy będzie outsourcing. Płaciła za jego usługi, i to całkiem dobrze, ale nie mógł się oprzeć wrażeniu, że traktuje go jak serwisanta, którego się wzywa, gdy zepsuje się domowy sprzęt. Nic nowego. Cały świat go tak traktował. Co się znowu zepsuło w Karolku? Wyglądał na całkiem zadowolonego. Przyniósł mu do stolika blok rysunkowy, a teraz dźwigał karton z kredkami.

– Narysujesz mi lokomotywę?

– No mogę.

– Ale diesla.

– Chłopie, nie przesadzasz? – syknął Leon, ale Karolek już wlókł ze sobą ilustrowaną encyklopedię.

– O, taką – podziobał palcem w obrazek.

– Spróbuję…

– Pamiętaj o wentylatorach – ostrzegł Karolek, przysuwając sobie krzesełko.

– Powiedz mi – zagadnął Leon, kreśląc koślawy kadłub pojazdu. – Co jest z tym basenem? Nie lubisz pływać?

– Lubię – mruknął Karolek, opierając łokcie o stolik.

– To dlaczego… – Leon przerwał, bo jego telefon znowu zaczął dzwonić. Wyszarpnął go z kieszeni. Emilia? Czego w piątkowe popołudnie może chcieć od niego Emilia? Już miał odebrać, gdy Karolek bardzo stanowczo położył małą dłoń na jego nadgarstku.

– Zostaw – powiedział i wcisnął mu do ręki kredkę. – Rysuj!

– Nie rozumiesz, to może być ważne – tłumaczył niecierpliwie Leon, ale Karolek wlepił w niego zbolałe spojrzenie i wyglądał przy tym tak smutno, jakby zaraz miał się zapłakać z rozpaczy. Leon skapitulował.

– Dobrze – powiedział z westchnieniem. Już chyba zawsze będzie nieodporny na takie sztuczki. Odrzucił połączenie i schował telefon. Karolek spojrzał na niego okrągłymi oczami pełnymi zadziwienia, jakby wciąż jeszcze nie wierzył, że Leon naprawdę spełnił jego prośbę.

– Te wentylatory to gdzie? – zapytał Leon, zerkając na zegarek. – I co z pływaniem? Czemu nie chcesz iść na basen?

– Bo to niebezpieczne – odparł Karolek z powagą i pokazał mu palcem, gdzie rysować.

– Czemu? Kuba Biernacki wpycha cię do wody? Czy wrzuca ci czepek za szafę?

Z niejasnych powodów Karolek uznał to za doskonały dowcip i chichotał przez minutę, wyjawiając w końcu:

– Kuba nie chodzi na basen! To całkiem inna grupa!

– Ale są tam chyba ratownicy?

– No są.

– No to jest bezpiecznie.

– Można się napić wody przy nurkowaniu – wyjawił Karolek i pokiwał ponuro głową na znak, że nie zmyśla.

– To trzymaj dziób zamknięty – mruknął Leon, kopiując niedbale przekrój silnika.

– Czasem zapominam.

– Zdarza się.

– To bardzo niebezpieczne. Nie wolno pić wody z basenu. Można się zatruć! – wyjaśniał Karolek ze zgrozą w głosie.

– Kto tak mówi?

– Trener.

– Pewnie ma rację. Ale nie umrzesz od tego. Nie bardziej niż od chipsów i coli. Wcinasz chipsy?

– Czasami.

– No widzisz. I żyjesz. Nic ci nie będzie.

– Aha – uspokoił się Karolek. Leon zerknął na niego podejrzliwie.

– Czyli co, pójdziesz na ten basen?

– Tak.

– Hm! – powiedział Leon. Nadzór pedagogiczny nad Karolkiem wydawał mu się całkiem prostym zadaniem. Nie rozumiał zupełnie, czemu matka dzieciaka ma z tym takie problemy. Skończył swój rysunek, wręczył smarkaczowi linijkę, by ten samodzielnie dorysował tory, i korzystając z tego, że mały się zaangażował, szybko umknął na dół.

Matka Karolka już na niego czekała.

– Szybko dziś poszło – zauważyła.

Zastanawiał się, czy wspomnieć jej o tym, że dzieciak nic nie miał zadane, ale odpuścił. Co by to dało? Oboje wiedzieli, że tu nie chodzi o matematykę.

– Pójdzie na ten swój basen – mruknął, wbijając się w kurtkę.

– Naprawdę? To wspaniale. Możemy się umówić na przyszły tydzień?

– Po co? Pani syn nie ma żadnych problemów z matmą. – Leon chwycił za klamkę, bo już bardzo chciał wyjść. A co, jeśli Emilia ma dla niego jakąś wiadomość od Tośka? Załóżmy, że pożyczył telefon od ojca, a pamiętał tylko jej numer. Może ma akurat łatwy do zapamiętania. Załóżmy, że…

– Chciałabym, żeby pan przychodził regularnie.

– Naprawdę nie widzę powodu.

– Przecież ja panu zapłacę – zapewniła go kobieta, grzebiąc w torebce. Podała mu pieniądze. Podwójną stawkę.

– Tu zapłata za następny raz?

– Nie, to za dzisiaj.

– Nie rozumiem – jęknął Leon. – Bardzo się spieszę…

– Pan ma na niego dobry wpływ – wyjaśniła mama Karolka obojętnym głosem. – Mnie tak nie słucha. Nic mi nie mówi.

– Zdarza się. – Leon schował pieniądze do kieszeni. Wymacał komórkę. – Naprawdę, bardzo się spieszę – rzucił zamiast pożegnania i uciekł z tego domu, nie przyznając się nawet przed samym sobą, jak bardzo jest rozżalony. Zatrzasnął drzwi i ścieżką między wrzosami dotarł do furtki. Jednocześnie wybierał połączenie. Trzasnął i furtką. – Halo? Nie mogłem rozmawiać. Co tam?

– Nie mogę się dodzwonić do Tośka – wyjaśniła Emilia po drugiej stronie. – Nie było go dziś w szkole i nie przyszedł na próbę…

Na próbę! Na śmierć zapomniał o tej cholernej próbie.

– …a miał przynieść scenariusz.

– Witold był zły?

– No był. Mówi, że jak dalej będziecie się tak obijać, to poradzi sobie bez was i sam coś napisze.

Leon prychnął i ruszył w stronę przystanku.

– No właśnie – powiedziała Emilia. – Nie róbcie nam tego. Czemu was nie było? Obraziliście się?

– Nie, Tosiek jest w szpitalu.

– Chryste, czemu?

– Podtruł się – odparł Leon wymijająco.

– Można go odwiedzić?

– Nie wiem. – Leon nie był przekonany. Nic absolutnie nie miał do Emilii. Nic. Poza tym, że chodziła z Arturem, o którym od kilku godzin nie myślał inaczej jak o tym-przeklętym-gnojku. Wszystko, co miało z nim związek, wydawało się teraz nieco podejrzane. W przypadku Emilii był to związek wyjątkowo ścisły.

– To może chociaż lekcje mu przyniosę? – napraszała się. – Gdzie on jest?

– Na Szpitalnej.

– Mogłabym tam być około czwartej.

– Też będę. W takim barze z ogródkiem, za parkingiem.

– Okej, to się zdzwonimy – odparła Emilia i się rozłączyła.

rozdział VIII

piątek, 23 września 2016

1.

Kiedy Leon wracał na swoje stanowisko w ogródku pod parasolem, słońce świeciło już niżej, a drzewa rzucały długie cienie. Przelazł na skróty przez niski żywopłot i prawie wpadł na Marcina, który strzepywał popiół z papierosa do popielniczki nad śmietnikiem. Stropili się obaj.

– Przepraszam – mruknął Leon.

– Nie ma za co – zaburczał Marcin. Spojrzał ponuro spod daszka bezkształtnej czapki i zaciągnął się papierosem.

Czy to oznaczało zawieszenie broni? Leon skwapliwie je wykorzystał.

– Jak… jak on…

– Wymęczyli mi go trochę – odparł Marcin bezbarwnym tonem. – Śpi teraz. Chcesz iść do niego?

– Mogę?

Marcin dmuchnął dymem w bok.

– Każdego czasem nerwy poniosą – burknął przepraszająco i zgniótł niedopałek w popielniczce. – Idź, przypilnuj go, a ja tu coś szybko zjem.

– Wpuszczą mnie?

– Tamta zołza już skończyła dyżur. Inne są w porządku, byle nie robić zamieszania.

– To idę. – Leon wciąż nie wierzył we własne szczęście. Pobiegł natychmiast, na wypadek gdyby Marcin jednak zmienił zdanie. Trochę błądził, nim odnalazł właściwy oddział. Nie musiał się nikomu tłumaczyć, wślizgnął się za salową, która pchała przed sobą wielki wózek ze świeżą pościelą. Swoje rzeczy zostawił w szatni, regulaminowo wyszorował ręce w łazience dla rodziców i bez żadnych przeszkód stanął w progu sali.

Tosiek spał. Spały też oba maluchy. Jedna z matek drzemała na krześle, wsparta łokciami o szafkę, druga przeglądała coś na smartfonie. Tlen wydobywał się z rurki z jednostajnym sykiem. Leon na palcach podszedł bliżej okna. Maska zjechała Tośkowi na brodę, monitor wyświetlał na czerwono dziewięćdziesiąt pięć procent. Najostrożniej, jak mógł, Leon podciągnął maskę wyżej, ale Tosiek i tak się poruszył, westchnął i otworzył oczy, otoczone sińcami.

– Cześć – powiedział Leon przez ściśnięte gardło. Tosiek był mizerny i biały jak szpitalna pościel, spojrzenie miał zaspane i nie do końca przytomne.

– Co tak długo? – wymruczał pod maską.

Leon przysunął sobie krzesło.

– Miałem coś do załatwienia. Ale już wróciłem. Spotkałem twojego ojca i pozwolił mi przyjść.

– No spróbowałby nie. – Tosiek rozbudzał się powoli. – Powiedziałem mu, że jesteś moim najlepszym kumplem i że nie masz z tym wszystkim nic wspólnego, i że jak jeszcze raz wywinie ci taki numer, to się chyba zabiję.

– To go na pewno uspokoiło – mruknął Leon. Najlepszym kumplem, hm? Niech będzie, że kumplem. To nie był dobry moment na czepianie się słówek. – Jak się czujesz?

– Tak sobie – jęknął Tosiek. – Pobrali mi sto litrów krwi, co chwila jakaś kroplówka, przysięgam ci, że tamte prochy to nic w porównaniu z tymi dragami, co mi je tu pompują. Była jakaś baba, pytała o wszystko, potem inna baba, też pytała, potem przyszedł psycholog. – Tosiek wykrzywił się z niesmakiem. – Potem był obiad, jakaś ryba, chciałem zjeść chociaż ziemniaki, ale mnie zemdliło. Chyba z pół godziny się zastanawiali, czy mogę iść do toalety. Jak zaczęli mówić o cewniku, to się wypiąłem z tych kabli i sam poszedłem, bo ile można czekać? Strasznie się pieklili, ale już tego nie pamiętam, bo zasnąłem.

– Tę saturację to masz prawie w normie – pocieszył go Leon, zerkając na monitor.

– Tylko jak leżę pod maską – odparł Tosiek ponuro. – Ale mówią, że jutro będzie lepiej. Tłoczą we mnie jakiś steryd, myślisz, że od tego rosną mięśnie?

– Mięśnie rosną od ćwiczeń, kretynie, i niech ci się nawet nie wydaje inaczej – zdenerwował się Leon.

– Tylko pytam – mruknął Tosiek i przymknął na chwilę oczy. – Powiedzieli cioci, że wieczorem będę mógł wreszcie coś zjeść...

– Idalia tu była?

– Uhm, ale nic nie wiem, bo spałem – wymamrotał Tosiek. – Rozmawiała z lekarzami, ale nie chcą mnie wypuścić wcześniej niż w poniedziałek...

– Bardzo była wściekła na ciebie?

– Nic nie wiem, bo spałem – powtórzył Tosiek z naciskiem. – Naprawdę głęboko. Przez cały czas. Teraz pojechała po moją piżamę i szczoteczkę do zębów. Gdzie jest tata?

– Wyszedł na fajka.

– Biedny. Trochę się zdenerwował – zatroskał się Tosiek i zaraz dorzucił: – Myślisz, że tu jest wi-fi?

– I tak nie masz telefonu.

– Ciocia mi przywiezie.

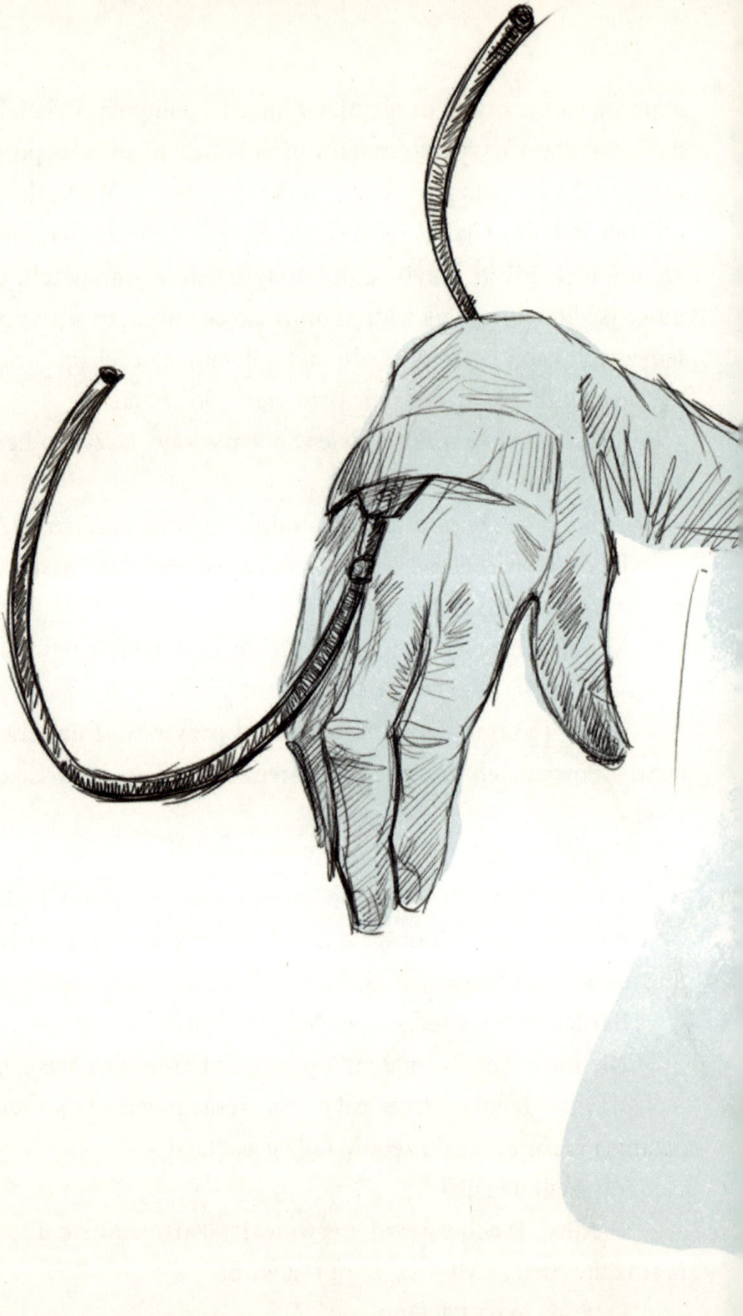

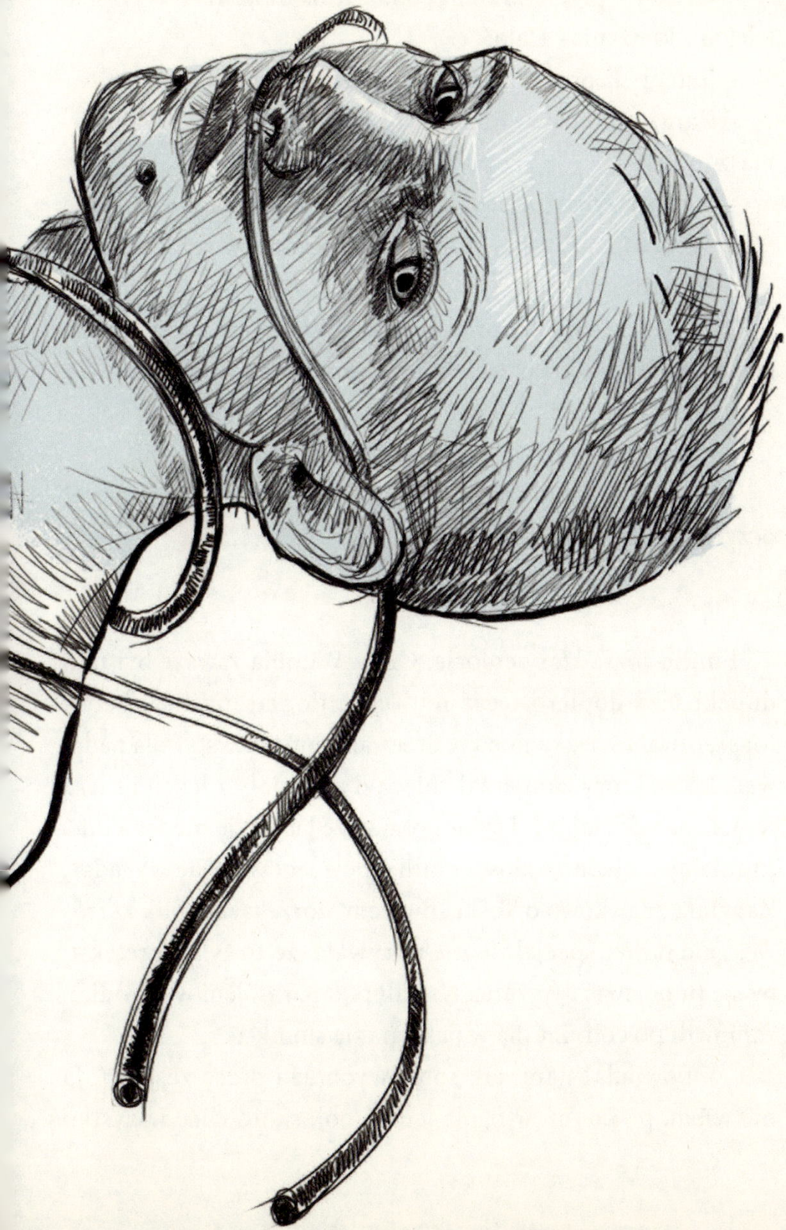

– Skąd wiesz?

– Poprosiłem ją. Przez sen – wyjaśnił Tosiek. – Trochę się mogłem rzucać w malignie. Powiedziałem jej…

– Czekaj – przerwał mu Leon. – Ktoś dzwoni. – Wyłuskał telefon z kieszeni. – Halo?

– Jestem już przy szlabanie – usłyszał głos Emilii.

– Zaraz schodzę. – Rozłączył się. – Muszę wyjść. Wytrzymasz tu sam?

– A mam wybór? Ale wrócisz jeszcze? Wrócisz, prawda?

– Wrócę. To Emilia, przyniosła ci zeszyty. Chcesz, żeby weszła na górę?

– W życiu – zaprotestował Tosiek. – Wyglądam jak trup i ciągle ktoś wyjeżdża z tą przeklętą Antoniną, choć ciocia im mówiła, że mają tego nie robić. Nikogo nie przyprowadzaj! Nie waż się!

– Już dobrze, dobrze. Leż i się nie ruszaj. Najlepiej śpij.

– Cały czas śpię i śpię – wymamrotał Tosiek i przymknął oczy.

2.

Emilię rozsadzały emocje. Czy z Witolda zawsze był taki dupek? Czy dopiero teraz mu odwaliło, co myślisz, Leon? Maszerowała ścieżką między drzewami i nie przestawała nadawać. Leon, który zamierzał zbiec po materiały z lekcji i zaraz wrócić na oddział, zdał sobie sprawę, że łatwo się nie wywinie. Emilia była blada ze złości i pilnie potrzebowała się wygadać. Zapytała zdawkowo o Tośka, owszem, i przekazała plik kserówek, ale nawet specjalnie nie ukrywała, że to tylko pretekst, by się tu pojawić i wyżalić. Usiedli pod parasolem w ogródku, zamówili po coli. Emilia w pasji gryzła słomkę.

– Opowiadał nam, jak sobie wyobraża pracę zespołu. Ja nie wiem, po co mu w ogóle ten zespół, skoro chce wszystko robić sam. O swoich pomysłach na przedstawienia też nam opowiadał.

– I co?

– Nuda. Smęty. Trupy. Flaga łopocze.

– Brzmi jak Witold – przyznał ostrożnie Leon.

– Żadnych ról dla dziewczyn. Żadnych. Zwróciłam mu na to uwagę, to powiedział, że możemy zawsze grać tło, rozumiesz, TŁO.

– To przykre.

– Dziewczyny siedziały jak słupy. A tyle im obiecywałam, że zadbam o role dla nich. Mam znajomych w Zamku, może by się udało wystawić spektakl u nich na scenie…

– No, tego to akurat nie mówiłaś – zauważył Leon z żalem.

– Wiem. Zapomniałam. Wydawało mi się, że i tak na mnie zagłosują, w końcu też jestem dziewczyną i…

– To tak nie działa.

– Teraz już wiem – burknęła Emilia. – Same się przekonają, jaki zrobiły błąd, jeśli znowu będą musiały grać w kółko aniołki albo zwłoki.

– Hej, czasem pisałem fajne role dla dziewczyn! – upomniał się Leon.

– Ale nie PRAWDZIWE role. Bez urazy, Leon, ale ty się kompletnie nie znasz na dziewczynach.

Leon przyjął przytyk z godnością, to znaczy utkwił wzrok w koronach drzew i udawał, że marzy o karierze ornitologa.

– Wspominał coś o Tośku? O tym jego kanale?

– Przelotnie – prychnęła Emilia. – Powiedział, że to drobiazg i że sobie z nim poradzi. Że już rozmawiał z Jastrzębską. Nie wyglądał na przejętego.

– Aha – mruknął Leon, kryjąc niepokój. Zapiął kurtkę. Słońce już powoli chowało się za drzewami, na parkingu za jego plecami trwał nieustanny ruch – wyjeżdżał personel z porannej zmiany, przyjeżdżali pierwsi goście.

– Cały czas mówi „mój zespół" i „moja widownia", jakbyśmy byli tylko dodatkiem. Mnie się już nawet nie chce grać – ciągnęła Emilia, grzebiąc słomką w swojej pustej szklance. – Nie na jego rachunek. Słuchaj... może odejdziemy i założymy własny teatr? Ty, ja, Tosiek. Matylda też da się przekonać.

Leon pokręcił głową.

– To nic nie zmieni – powiedział i podzielił się z nią własnymi przemyśleniami: – Bo to jest tak: jeśli ci się nie uda, ośmieszysz się tylko. A jeśli odniesiesz sukces, zaraz pojawi się ktoś taki jak Witold i zagarnie go dla siebie. I albo działasz razem z nim, albo wcale.

Emilia patrzyła na niego wzrokiem pełnym oburzenia.

– Nie rozumiem – oświadczyła porywczo. – Dlaczego mam się godzić na to, że jakiś osioł chce mi mówić, co powinnam robić?

– Bo szkoda nerwów? To się zawsze kończy tak samo. Widziałem to w redakcji gazetki i jak działałem w samorządzie szkoły.

– I ty się na to godzisz?!

Leon ze znużeniem wzruszył ramionami.

– A co mogę zrobić?

Emilia kipiała ze złości.

– Nie wiem, walczyć o swoje? Mam lepsze pomysły niż Witold. Nawet Tosiek to potwierdził. Mówiłam mu, czego powinno być więcej w scenariuszach, a on obiecał, że to uwzględni.

– No, nieźle.

– Kanał na YouTubie też jest w naszych rękach. Witold się chwali, że ma dobre układy z Jastrzębską, ale co, może on jeden? Ja też umiem ściemniać – indyczyła się Emilia. – Wygrał wybory i świetnie, niech lata i załatwia, co trzeba, ale od przedstawień ma się odpieprzyć, tak mu powiem…

Leon patrzył na nią z podziwem i pewną zazdrością. Perorowała z takim przekonaniem. Czeka ją oczywiście bolesne zderzenie z rzeczywistością, ale tego nie zamierzał jej mówić. Niech się napawa poczuciem mocy. To zawsze dobrze robi na samopoczucie.

– I jeszcze możesz poprosić Artura o wskazówki – podsunął uszczypliwie. To chyba nie był najlepszy pomysł, bo Emilia zaczerwieniła się, jakby zaraz miała eksplodować.

– Poradzę sobie bez! – prychnęła i dodała niechętnie: – Już od dawna nie jesteśmy razem. Od lipca.

– O – zdziwił się Leon.

– Nie każdy ma tyle szczęścia co ty i Tosiek.

– Hm – mruknął Leon sceptycznie. – Szczęściem bym tego nie nazwał. – Trochę dziwnie się czuł, mówiąc jej o takich rzeczach, bo nie miał w zwyczaju się zwierzać. – Nie bardzo się rozumiemy ostatnio. Kto wie, jak to się skończy.

– Ale przynajmniej jesteś tu z nim. W szpitalu. – Emilia utkwiła szklany wzrok w oknach budynku. – Na dobre i na złe – dodała drwiąco. – A ja i Artur…

Umilkła na chwilę. Po chwili podjęła z wysiłkiem:

– To nie tak, że ja go rzuciłam z powodu jakichś bzdur. Ja się naprawdę nie czepiam o drobiazgi. Wciąż myślę, że jest fajny i świetnie tańczy, no, trochę mi tego brakuje. Ale czasem są takie kłótnie, że się dochodzi do ściany i, no, naprawdę, nie ma innego wyjścia.

– Nie musisz mi się tłumaczyć.

– Tak ci tylko mówię, bo wiem, że się przyjaźnicie.

– Mhm – mruknął Leon wymijająco. – Lubisz tańczyć?

– Bardzo.

– A gdybym cię zaprosił na wesele mojej siostry, poszłabyś?

To był ślepy strzał, jeden z tych pomysłów, na które człowiek wpada znienacka i w pierwszej chwili wydają się tak oszałamiająco genialne w swojej prostocie, że po prostu musi się nimi podzielić ze światem. Zdumiona mina Emilii utwierdziła go w przekonaniu, że przestrzelił, i to sporo.

– To żart? Czy ja wyglądam jak facet? Może trochę z profilu, o, patrz!

– Nie rozumiem, o co ci chodzi – nadąsał się Leon, już żałując swoich słów.

– No bez jaj – chichotała Emilia. – Kogo ty chcesz oszukać. Masz mnie za idiotkę? Tosiek to teraz chłopak, tak? Wszyscy się już przyzwyczaili. Nikogo to nawet nie rusza. Nie wiem, jak on to robi, ale gdyby nie to, że go znam od pierwszej klasy, nigdy bym się nie domyśliła, jaki był przedtem. A ty, zamiast znaleźć sobie inną dziewczynę, oczy masz coraz bardziej maślane, o takie – Emilia zademonstrowała maślane oczy, a zmieszany Leon musiał przyznać w duchu, że ona jest naprawdę świetną aktorką. – No to co się dziwisz, że ludzie potrafią dodać dwa do dwóch. Poza tym to widać.

– Co widać? – zdenerwował się.

Emilia spojrzała na niego z politowaniem i zaczęła wyliczać na palcach:

– Paznokcie. Same z siebie chyba tak nie błyszczą? Olej kokosowy. Używasz go do włosów, nawet teraz czuję. No i nikt mi nie wmówi, że nie regulujesz brwi…

– Okej, okej – przerwał Leon, oszołomiony tempem, w jakim Emilia odziera go z ostatnich złudzeń. – Już łapię, nie musisz się tak nabijać.

– Ja się nie nabijam! – obraziła się Emilia. – Tylko wpienia mnie, gdy ktoś mnie traktuje jak kretynkę. Myślałam, że chociaż z tobą będę mogła porozmawiać jak z poważnym człowiekiem, a ty mi tu jakieś kity wciskasz. Jak dzieciak.

– Jak… jak dzieciak?! – Czy oni wszyscy powariowali? Najpierw Tosiek, a teraz Emilia, cały świat zarzuca mu niedojrzałość, choć to przecież właśnie jego wrzucono brutalnie w dorosłość, nie pytając nawet o zdanie. – Z Tośka też się kiedyś nabijałaś, pamiętam…

– Zmieniłam się – oświadczyła Emilia chłodno. – Ludzie czasem się zmieniają.

Nie widział niechęci w jej spojrzeniu, tylko gniew i jakby żal. Zmieniła się? Może. Czy na lepsze? Nie był przekonany. Ambitna i zapatrzona w czubek własnego nosa była od zawsze, teraz dodatkowo Witold nadepnął jej na odcisk. Ale jakoś nie chciało mu się wierzyć, że znajdzie w sobie tyle samozaparcia, by przeprowadzić jakieś spektakularne zmiany w zespole. Witold minimalnie ustąpi, da jej jakąś małą rolę i na tym się skończy. Zawsze tak jest.

– Muszę lecieć – powiedziała Emilia. – Następne spotkanie jest w środę. Jeśli nie przyniesiecie tego cholernego scenariusza, Witold na sto procent wyskoczy z własnym tekstem i wtedy to już na pewno odejdę. Nie będę więcej grać zwłok.

– Zwłoki na Dzień Nauczyciela?

– Miał pomysł na trupa na pierwszy dzień wiosny – przypomniała Emilia ponuro.

– Zobaczę, co się da zrobić – obiecał jej Leon. Obejrzał się przez ramię, bo wydało mu się, że słyszy znajomy odgłos. Stukając obcasami po chodniku, nadciągała objuczona pakunkami Idalia, rześka i odprasowana, cała w pastelach. Podniósł się z krzesła. – Też muszę spadać. Do środy.

– Pozdrów Tośka.

Skinął jej na pożegnanie, zgarnął ze stołu kserówki i przeciął szybkim krokiem szpitalną uliczkę.

3.

– Weź to. – Idalia rzuciła mu w ramiona nową, jeszcze zafoliowaną karimatę zwiniętą w rulon. – I to. – Na karimacie wylądował śpiwór w pokrowcu. – I jeszcze to. – Dociążyła go ceratową torbą z zakupami. Pozbywszy się balastu, wygładziła żakiecik, poprawiła włosy i już była gotowa do dalszych zmagań z przeciwnościami losu. Spojrzała na Leona z zatroskaniem.

– Źle wyglądasz, Leonku.

– To był długi dzień – sapnął i skręcił w stronę wejścia. Tuż za nim stukały jej obcasy. – Po co to wszystko?

– Marcin się uparł, że będzie tu spał.

– W szpitalu? Gdzie, na ziemi?

– Podobno tylko tak można.

– Ale…

– …ma schorowany kręgosłup, tak, wiem. Zaraz będę z nim o tym rozmawiać – wyjaśniła pogodnie Idalia. Weszli do windy. – Widziałeś się z Tośkiem? Jak on się czuje?

– Bywało lepiej.

– Powinien się cieszyć, że żyje – mruknęła Idalia z dezaprobatą i wcisnęła guzik. – Znowu muszę cię prosić, żebyś miał na niego oko, nie wiem, co się z nim dzieje. Już było tak dobrze. – Zamyśliła się. – Tak się staramy, żeby mu niczego nie brakowało, a on znowu rozrabia.

Bezmiar zaufania, jakim go obdarzała, wprawił go w zakłopotanie. Nie zasługiwał na tyle łaski. Gdyby ona wiedziała! Gdyby widziała, jak nawrzeszczał na Tośka przed Amarantem, gdyby była świadkiem ich kłótni przed teatrem, czy nadal byłaby tak wyrozumiała? Sam sobie nie potrafił wybaczyć, czy ona by potrafiła? Obracał wciąż w pamięci wczorajszy wieczór i zadręczał się, że mógł to jakoś inaczej rozwiązać. Taktowniej. Delikatniej. Może wtedy biedny Tosiek, cholerne niebożątko, nie zestresowałby się tak bardzo tym swoim strasznym życiem.

Idalia poruszała się po szpitalu z taką swobodą, jakby spędziła tu pół życia. Poprowadziła Leona jakimś skrótem i weszła na oddział bez najmniejszego problemu, wpisując odpowiedni kod w domofon przy drzwiach. Po siedemnastej sztywne zasady obowiązujące przed południem podlegały najwyraźniej poluźnieniu, bo w sali u Tośka było tłoczno i gwarno. Wokół łóżeczek młodszych pacjentów siedziały szeregiem rozszczebiotane ciocie i babcie, po pościeli walały się zabawki i torebki po prezentach. Za to przy łóżku Tośka siedział tylko Marcin z wyrazem boleści na twarzy i wiercił się na twardym krześle. Chuda pielęgniarka wstrzykiwała nadętemu Tośkowi lek przez wenflon. Zawór tlenu był zakręcony, maska zwisała smętnie z wysokiego wezgłowia.

Leon z ulgą zrzucił na parapet karimatę wraz ze śpiworem i oddał Idalii torbę z zakupami.

– Masz moją komórkę? – ożywił się Tosiek.

– Gdzieś tu mam. – Idalia niespiesznie wypakowała na szafkę paczkę sucharków, chrupki i kilka kubków jogurtu. Wreszcie wygrzebała i telefon. Tosiek rzucił się na niego jak kocur na kocimiętkę.

– Proszę pani, czy on już może coś zjeść? – spytała Idalia.

– To się trzeba zapytać doktora – odparła pielęgniarka, wyrzucając strzykawkę do metalowej nerki.

– Po co – mruknął Tosiek znad ekranu. – Na pewno powie, że nie mogę. Tak to tu działa. Nic nie można i nic się nie da. To samo było, jak spytałem, czy mnie jutro wypuszczą. Chociaż… może jak ty spytasz…

– Skończyliśmy już ten temat – odpowiedziała machinalnie Idalia i wypakowała zwiniętą w kostkę piżamę i ręcznik.

– A binder? – mruknął Tosiek.

– Przywiozłam, ale słyszałeś, co mówił lekarz. Założysz go dopiero przy wypisie.

– Słyszałem, słyszałem – zagderał Tosiek. Jego telefon wydał z siebie słaby pisk i zgasł. – A ładowarka? Ładowarkę też mi przywiozłaś?

– Nic nie wspominałeś o ładowarce – mruknęła Idalia i wyciągnęła z torby tubkę pasty do zębów.

Tosiek przez chwilę się nie poruszał. Zatrzepotał słabo rzęsami, westchnął i osunął się bezwładnie na poduszki, jak człowiek, któremu życie zadało właśnie ostateczny cios. Zamknął oczy i dramatycznie rozrzucił ręce na kołdrze. Leon nie potrafił oprzeć się refleksji, że Witold byłby zachwycony tą pantomimą.

Marcin żmudnie rozpakowywał karimatę z folii.

– Na pewno chcesz tu spać? – spytała Idalia. – Całkiem się połamiesz na tej podłodze.

– Nie szkodzi.

– To już prędzej ja powinnam – powiedziała Idalia bez entuzjazmu i odruchowo wygładziła poły żakietu. – Jestem młodsza.

Leon zerknął z powątpiewaniem na jej dopracowany profil. Samo zmywanie makijażu szacował na jakieś pół godziny. Idalia na szpitalnej podłodze? W śpiworze? Zupełnie nie potrafił sobie tego wyobrazić.

– A to konieczne? – wtrąciła pielęgniarka od strzykawki. – Przecież ten pacjent jest prawie dorosły. Nie prześpi samodzielnie nocy?

– Oczywiście, że prześpi – odezwał się z pościeli domniemany nieboszczyk.

Marcin i Idalia obrzucili Tośka identycznym, sceptycznym spojrzeniem.

– Ja go tu samego nie zostawię – zadeklarował z uporem Marcin. – Diabli wiedzą, co mu do tego durnego łba znowu strzeli.

Pielęgniarka wzruszyła ramionami i wyszła, pchając przed sobą wózek z akcesoriami.

– Wszystko słyszę! – wrzasnął Tosiek z poduszki. – I słyszałeś chyba, tato, co ta pani mówi, tylko dzieciaki zostają tu z rodzicami. Czemu się jej nie słuchasz? Ja się muszę słuchać, a ty nie chcesz? Chyba wie, co mówi. Znowu ci dysk wypadnie. Poradzę sobie. W ogóle nie będę wstawać z łóżka.

– Mowy nie ma – powtórzył Marcin przez zęby i wstał z krzesła, żeby trochę rozruszać kręgosłup. Krzywiąc się, podszedł do okna. Idalia przyglądała się mu zafrasowana.

– Przywiozę tylko z domu podomkę i szlafrok – mruknęła z niechęcią, przeciągając czubkiem pantofelka po linoleum. Z wyrazu jej twarzy można było wnosić, że jeszcze nie do końca uporała się psychicznie z perspektywą bliskiego kontaktu ze szpitalną podłogą.

Leon gapił się przez okno. Świat już z wolna szarzał. Starał się nie myśleć o tym, co się dzieje za jego plecami. Dlaczego miałyby go obchodzić jakieś sprzeczki w rodzinie jego – ha, ha, ha – najlepszego kumpla.

– Znowu chcesz się połamać i leżeć plackiem przez dwa tygodnie? Myślisz, że ja mam czas, żeby cię doglądać?

– Nikt cię o to nie prosi.

– Zaraz jadę po swoje rzeczy.

– Ciociu, wiesz, że w łazience dla rodziców aż do poniedziałku będzie tylko zimna woda?

– Zimna… Jakim prawem? Zaraz złożę skargę!

– Po moim trupie, chcesz, żeby mi się na dziecko uwzięli?

– Trzeba tu wszystkich poustawiać, sam widzisz, jaki bałagan. Ten kurz pod szafką!

– Tylko byś wszystkich ustawiała, a biedne dziecko cierpi.

– Khy-khy, khy-khy.

– Już mu gorzej! On chyba ma gorączkę!

– Tato, mógłbyś pójść do sali obok i pożyczyć od kogoś ładowarkę do samsunga?

Leon oparł czoło o zimną szybę. O, jak dobrze. Obiecał sobie, że kiedy to wszystko się skończy, pójdzie prosto do salonu Idalii i zażąda najdłuższego i najbardziej ekskluzywnego zabiegu dostępnego w cenniku. Należy mu się za to wszystko, co musi tu znosić. Indonezyjski masaż stemplami z, psiamać, głębokim peelingiem. Właśnie tak. Odwrócił się w stronę sali.

– Może ja mógłbym tu zostać na noc? – zapytał ponuro.

rozdział IX

piątek, 23 września 2016

1.

Pojechał do siebie wykąpać się i przebrać w czyste rzeczy. Kiedy wrócił, maluchy już spały, a pielęgniarki wypraszały z oddziału ostatnich gości. Marcin wyrzucał do kosza puste opakowania po chrupkach, a Tosiek wściekłym szeptem kłócił się z Idalią, która nakłaniała go do przejrzenia kserówek od Emilii.

– Jest piątek! A ja jestem chory! I bardzo, bardzo zmęczony! No, jesteś. Przywiozłeś mi może ładowarkę?

– A poprosiłeś? – nie wytrzymał Leon.

– Będzie ci tu niewygodnie – zatroszczyła się Idalia, podczas gdy Tosiek, zły jak osa, mamrotał coś w poduszkę.

– Sypiałem w gorszych miejscach – mruknął Leon. – Najwyżej odeśpię jutro.

Zarzuciła go setką zaleceń i porad, kazała dzwonić, gdyby cokolwiek się działo, i obiecała przybiec z samego rana. Marcin pożegnał się z Tośkiem tak, jakby miał go nie widzieć przez co najmniej pół roku. Tosiek w stanie półomdlenia żałośnie pociągał nosem, lecz gdy tylko jego rodzina zniknęła za drzwiami, natychmiast odżył i zaczął się zachowywać bardziej jak człowiek. Sprzątnął śmietnik na szafce, kserówki upchnął w niej tak głęboko, jak się dało, i z cichym siorbaniem dokończył jogurt. Potem już nie bardzo było co robić. Ciszę nocną na oddziale wyznaczał rytm dobowy niemowląt, zmęczone matki przy sąsiednich łóżkach też przygotowywały się już do snu. Tosiek, nie pytając nikogo o zgodę, wlazł pod prysznic w łazience przylegającej do sali, a Leon rozłożył swój barłóg pod oknem, nasłuchując, czy zza ściany nie doleci aby odgłos ciclska upadającego bezwładnie na kafelki. Dolatywało tylko sporadyczne pokasływanie. Wreszcie Tosiek wrócił, w czystej piżamie i szlafroku, roztaczając zapach pasty do zębów i rumiankowego mydła w płynie. Jeszcze raz się upewnił, że jego telefon wciąż nie daje znaku życia, westchnął ciężko, zgasił światło i wdrapał się wreszcie na łóżko.

– A tobie wygodnie? – rzucił obojętnym tonem.

– Przeżyję – odparł Leon z podłogi.

– Mogę ci zrzucić poduszkę – padła łaskawa propozycja. – Ciocia przywiozła mi mój jasiek. Łap – pachnąca krochmalem poduszka pacnęła Leona w nos.

– Dzięki.

– Myślisz, że pozwolą mi jutro… – Tosiek urwał, bo lampy znów rozbłysły i do sali weszła pielęgniarka. Sprawdziła maluchom temperaturę, a jego podpięła pod monitoring i odkręciła tlen.

– Ja już nie mogę – zajęczał Tosiek. – Próbowała pani kiedyś zasnąć w takiej masce?

– Tosiek, uspokój się – mruknął Leon zza śpiwora. Nie był pewien, jakich argumentów użyła Idalia, by pozwolono mu zostać na oddziale. Podejrzewał, że awansował na tę jedną noc do rangi troskliwego braciszka, na wszelki wypadek wolał jednak nie pchać się personelowi przed oczy.

– Nie mogę, mam za dużo tlenu w organizmie. Jestem prze-hi-per-wen-ty-lo-wa-ny – wykłócał się pacjent. Po kilku minutach negocjacji pielęgniarka odpuściła maskę, zostawiając tylko zwisającą nad Tośkiem rurkę, z której z cichym sykiem sączyła się chmurka gazu. Burknęła, by już nie hałasować, zgasiła światło i wyszła.

– Myślisz, że mi pozwolą…

– Nie, nie pozwolą – mruknął Leon.

– Nie rozumiem dlaczego.

– Bo jest weekend. Nikt cię w sobotę nie wypisze do domu.

– Cholerne regulaminy – zżymał się Tosiek.

– Pójdziesz na ten swój marsz w przyszłym roku.

– Z tobą?

Leon jęknął w poduszkę.

– Już rozmawialiśmy na ten temat, pamiętasz?

– Trudno zapomnieć – mruknął Tosiek. – No naprawdę, raz mógłbyś się poświęcić.

– Dla najlepszego kumpla?

Przez chwilę z góry dobiegał tylko syk sprężonego gazu i szelest pościeli.

– Gryzie cię to? – spytał Tosiek niepewnie.

– Gryzie.

– Bardzo?

– Bardzo. – Leon przewrócił się na wznak. Choć lampy były zgaszone, w sali panował żółtawy półmrok, który rozpraszało światło z korytarza. W tym świetle zobaczył jasną głowę zwieszającą się z łóżka.

– Wiem, jak się czujesz – westchnął Tosiek. – Ja się tak czuję cały czas.

– Przepraszam?

– Kiedy się nie przyznajesz do mnie – uściślił Tosiek. – Kiedy na próbach siadasz zawsze jak najdalej i udajesz, że mnie nie widzisz.

– Nie chcę, żeby na nas zwracano uwagę – zaszeptał wzburzony Leon.

– Uhm. Wiem. Ale to boli – wyznał Tosiek łzawo i opadł z powrotem na swój jasiek.

On znów wszystko przeinacza – myślał Leon, gapiąc się na zwisające z łóżka kable. – Wyolbrzymia i przekręca, żeby wzbudzić poczucie winy. Cały Tosiek. – Zdławił kiełkujące w nim wątpliwości, przymknął oczy i postanowił zasnąć.

Ale usnąć na szpitalnej podłodze nie było łatwo. Od ściany ciągnęło chłodem, Tosiek się wiercił, jego łóżko skrzypiało, pościel szeleściła, dzieciak z alergią chrapał okropnie, a niemowlę pokasływało przez sen. Personel kłapał obuwiem po korytarzu, trzaskały drzwi, w sąsiedniej sali popłakiwało dziecko. Co jakiś czas wpadała z wizytą pielęgniarka, a to sprawdzić wskaźniki, a to podpiąć któremuś z maluchów kroplówkę z antybiotykiem. Tosiek chyba zasnął, bo jego łóżko przestało wreszcie skrzypieć, posnęły matki w swoich śpiworach, i tylko Leon, choć bardzo już zmęczony, nie mógł spać.

Nie opuszczało go wrażenie, że obaj z Tośkiem stoją na rozdrożu i nie bardzo wiedzą, jak podążać dalej wspólnie. Czy doszli do tej ściany, o której wspomniała Emilia? Próbował się przekonywać, że jakoś ją obeszli, w końcu bez powodu nie nabawiałby się odleżyn na tym zimnym linoleum. Ale coraz jaśniej widział, że to nie jest dalsza droga, tylko pit stop. Za kilka dni Tosiek wyjdzie ze szpitala i wszystko zacznie się na nowo. On nadal będzie trzymał się na bezpieczny dystans, zwłaszcza w szkole, tym razem już ze świadomością, jak bardzo Tośka to irytuje; Tosiek znów będzie go wyciągał za uszy na te swoje tęczowe eventy i prędzej czy później znów się pokłócą, i to tak, że już naprawdę nie będzie czego zbierać.

Zanurzył twarz w poduszce. Tlen nieprzerwanie syczał. Leon słuchał tego syku, jednostajnego jak nagranie ulewy na płycie w gabinecie Edytki, zapadał się coraz głębiej w tę ulewę i w końcu zasnął, by chwilę potem zerwać się z wrażeniem, że komuś dzieje się krzywda. Ale to tylko Tosiek – bardzo cicho, jednak w sposób niepozostawiający żadnych wątpliwości – pochlipywał w jasiek.

Leon siedział na swoim posłaniu i myślał, co dalej. Ciche siąkanie przerywane westchnieniami nie ustawało. Najchętniej wepchnąłby głowę pod poduszkę i udał, że to tylko sen. Na samą myśl, że znowu będzie musiał koić rozterki tego smarkacza, czuł osłabiające znużenie. Co tym razem, jasiek niewygodny? Łóżko za twarde? Wenflon gniecie w rączkę? Tak się nakręcił własną irytacją, że się całkiem wybudził. Przetarł oczy, obiecał sobie, że nie da się wrobić w żadne manipulacje, i podniósł się na kolana.

– Co jest? – spytał półgłosem.

Przestraszony Tosiek rzucił się w pościeli i zalśnił jednym okiem znad pasiastego jaśka.

– Nic!

– Nie mam ochoty się z tobą patyczkować – burknął Leon. – Jak mi nie powiesz, zadzwonię do Idalii.

– Świnia – syknął Tosiek i otarł łzy z policzków. – Jak tak bardzo chcesz wiedzieć, to myślałem o maturze.

– O! – zdziwił się Leon. To już był jakiś konkret. Wstał i kopnął swój barłóg pod łóżko. – Boisz się, że nie zdasz?

– Trochę.

– Ej, ale to naprawdę nie jest takie trudne – zapewnił go szeptem Leon, przysuwając sobie krzesło. – Z czym masz problem? Przecież ci pomogę. Przygotowywałem do matury takie jełopy, że nigdy byś nie uwierzył, że w ogóle skończyli podstawówkę. I zdali.

– Uhm – mruknął Tosiek z poduszki.

– Będzie łatwiej, niż ci się wydaje. Nauczyciele tylko straszą.

– Może – szepnął Tosiek. – Ale matura to jeszcze nie koniec. Ciocia ciągle mnie pyta, co dalej i co dalej. Ty masz łatwiej, bo już wiesz. – Zadumał się chwilę, wlepiając w Leona lśniące oczy. – Naprawdę chcesz grzebać ludziom w mózgach? To ohydne.

– Ale wiesz, że mamy już dwudziesty pierwszy wiek? – syknął Leon z rozdrażnieniem. Dzieciak w sąsiednim łóżku zajęczał przez sen. Leon oparł łokcie na posłaniu i ściszył głos, szepcząc do Tośka z bliska: – Nie mówimy o Igorach, tylko o chirurgach. Oni używają rękawiczek.

– Kibel też się czyści w rękawiczkach, ale to i tak obrzydliwe jest.

– Może kiedyś uratuję komuś życie. Też będziesz wtedy kpił?

– Nie – szepnął Tosiek i wymamrotał w jasiek: – Może kiedyś mój mózg też naprawisz.

– Coś z nim nie tak? – prychnął Leon, po czym do niego dotarło. – Hej! Ty myślałeś, że ja specjalnie po to chcę iść na medycynę?

– Przeszło mi to przez głowę.

– Twoja megalomania ma jakieś granice? – syknął Leon. – Nie, zwyczajnie chcę pomagać ludziom. Słowo honoru. I tak, to jest obrzydliwe i trochę... – powiedział wreszcie to słowo – ...przerażające, ale chyba wszystkiego mnie krok po kroku nauczą?

Tosiek przysłuchiwał się z zainteresowaniem.

– Ciocia stawia mi ciebie za wzór – wyjawił zgryźliwie. – Taki ten nasz Leonek ambitny. Taki rozgarnięty. Taki idealny.

– Wiesz, że nie.

– A jak jej w końcu powiedziałem, co mógłbym robić, to prawie dostała zawału.

– Mówiłeś jej o Marsie?

– Nie, to później. O wojsku.

– O czym?!

– No, bo zobacz – Tosiek przekręcił się na brzuch i wyjaśnił: – Pamiętasz, jak raz szliśmy koło koszar? I oni tak równo maszerowali? I śpiewali? Przecież to jest dokładnie to, co chciałbym robić. Zarabiać na życie śpiewem i zsynchronizowaną choreografią. – Zachichotał.

– Głupek – mruknął Leon. – Chciałbyś strzelać do ludzi?

– No co ty, przecież nas nie stać na amunicję – odparł Tosiek beztrosko. – A co bym się naśpiewał, to moje.

Zgrywał się znowu, czy mówił szczerze? Kto by tego dociekł. Tosiek zawsze miał problem z odróżnianiem realnych celów od marzeń. Leon rozpaczliwie chwytał się nadziei, że przeszkody formalne uniemożliwią Tośkowi zaszczytną służbę ojczyźnie, ale nie powiedział tego na głos, żeby mu nie psuć humoru. Tosiek chyba jednak myślał o tym samym, bo zmarkotniał i oparł brodę na jaśku.

– I tak by mnie nie wzięli – wymamrotał. – Nigdzie mnie nie wezmą, przecież wiem.

– Bzdury pieprzysz.

– Wszyscy mnie mają za wariata.

– Ja nie.

– Masz mnie już dosyć.

Leon poderwał głowę, prawie zderzyli się czołami.

– Nigdy nie będę miał cię dosyć – wykrztusił przez zęby. – Tylko nie potrafię się zmienić dla ciebie. Nie umiem. Nie mogę. – Zajrzał bezradnie w błyszczące oczy. – Jesteś to w stanie w ogóle zrozumieć?

– Ja chcę dla ciebie jak najlepiej – wyjaśnił Tosiek z pretensją.

– Mhm. Całkiem jak Idalia.

Tosiek nasępił jasne brwi, bardzo niezadowolony z tego porównania, ale musiało mu ono wpaść głęboko w łepetynę, bo

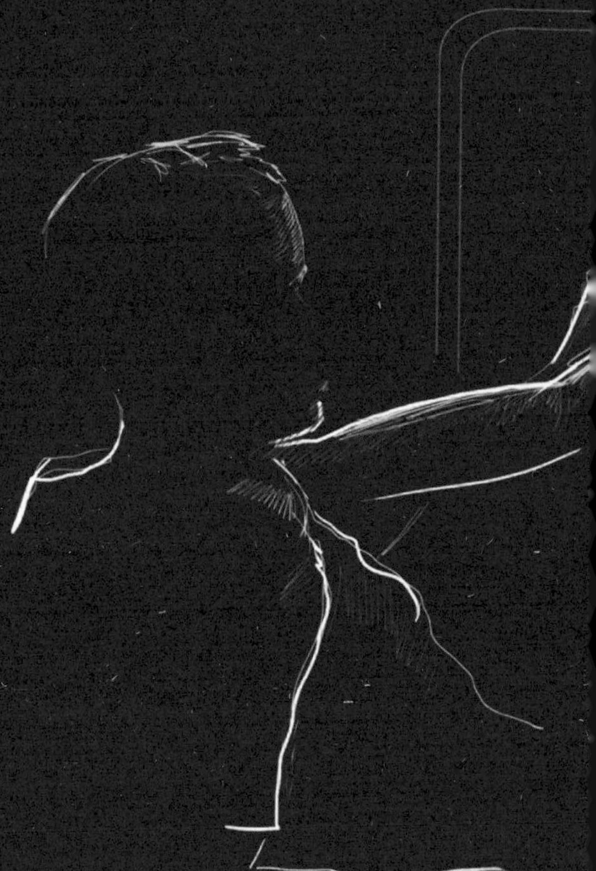

przez długi czas się nie odzywał. Wlepiał w Leona te wielkie ślepia, lśniące niesamowicie w blasku lamp z korytarza. Obłoczek gazu z rurki unosił się nad jego głową jak świetlista aureola.

– Jeśli tak bardzo chcesz sobie marnować życie, to ja nic na to nie poradzę – oświadczył gderliwie, a Leon z trudem stłumił uśmiech, bo znów słyszał w jego głosie Idalię. – Jakoś to muszę tolerować.

– Dziękuję.

– Ale ty będziesz musiał jakoś znieść mnie – zaznaczył Tosiek wyniośle. – Bo ja też nie zamierzam zmieniać się dla ciebie.

– Wiem.

– Siedzieć zawsze cicho i ciągle się bać…

Leon otworzył usta w proteście, ale co miałby powiedzieć? Lśniące spojrzenie przeszywało go na wylot jak laser.

– Właśnie dlatego cię potrzebuję – szepnął desperacko. Tosiek pachniał oszałamiająco miętą i rumiankiem i ledwo Leon zdążył pomyśleć, że to się dobrze nie skończy, a już czuł smak tej mięty we własnych ustach. – Jesteś sza-szalony… i dlatego ja już nie muszę – wybełkotał. Tosiek był wszędzie, jego pocałunki były wszędzie, i ręce, i wenflon, i rurki, i kable. – Odważny za dwóch. Pys… katy za dwóch. – Leon jęknął. Chryste. Znowu będzie musiał chodzić w golfie. – To ja mogę… być… chyba… am… ambitny… za dwóch. – Poddał się na dobre, szukając na oślep tych bezczelnych ust. Znalazły się same, śmiałe i niecierpliwe, wnikliwe jak laryngoskop.

Tętno mu podskoczyło, a za to bieg myśli zwolnił, w końcu nie myślał już nic, słyszał tylko głuchy łoskot własnego serca, wybijający stały rytm: to-siek-to-siek-to-siek…

Trzasnęły drzwi i całą salę oblało jaskrawe światło jarzeniówki. Tosiek kwiknął i padł na wznak, a Leon zarył nosem w materac i jedyne, co mógł w tej sytuacji zrobić, to udawać, że właśnie zasnął, na krześle, z czołem na zgiętym niewygodnie łokciu i drugą ręką zaplątaną w kabel. Zacisnął powieki. Serce mu waliło, płuca rozpaczliwie domagały się powietrza. Przygryzał wargi, żeby stłumić oddech. Usłyszał szuranie stojaka do kroplówki. Przymrużył jedno oko.

Pielęgniarka podłączała Tośkowi wężyk do wenflonu i jednocześnie popatrywała z zainteresowaniem na ekran urządzenia rejestrującego akcję serca pacjenta.

– To tylko zakłócenia – mruknął pacjent przez sen.

Pielęgniarka obrzuciła szybkim spojrzeniem jego policzki, płonące jak maki, i piknęła mu w czoło termometrem. Nieco uspokojona wpisała wynik w rubryczkę i odezwała się cierpkim półgłosem:

– Jeszcze raz zobaczę te zakłócenia i ktoś zaraz opuści oddział.

– Mhm? – wymruczał Tosiek jak człowiek brutalnie wybudzony z fazy REM.

Pielęgniarka przeniosła wzrok na Leona. Widział w jej oczach, że najchętniej by go stąd wyrzuciła, ale zwyczajnie nie ma już na to siły.

– To nie są kolonie. Spać! – burknęła ze znużeniem. I wyszła, nie gasząc światła.

2.

– Mogłaby chociaż pukać. – To było wszystko, co Tosiek miał do powiedzenia. Poprawił wężyk z tlenem i mrużąc oczy w jaskrawym świetle lamp, posłał Leonowi spojrzenie pełne ubolewania.

– Ona zaraz wróci po tę butlę – ostrzegł szeptem Leon, wyplątując rękę z kabla.

– Tak, wiem. – Tosiek zakasłał w dłoń. – Drzwi się tu nie zamykają. Jak człowiek ma spać w tych warunkach...

– Niedługo cię wypuszczą. Całkiem dobrze już wyglądasz. Kwitnąco.

– Mhm.

– Wrócisz do domu i wszystko się ułoży – przekonywał Leon i jego, i siebie też przy okazji. Może mimo wszystko jest jeszcze dla nich jakaś nadzieja? – Pomogę ci z tą maturą i w ogóle.

– Tak, wiem – burknął Tosiek, tracąc humor.

– Mówię ci, dasz sobie radę.

– Nie chodzi o maturę.

– To o co właściwie?

Tosiek zaplatał na palcu kabelek i wzdychał. Wreszcie wyznał z trudem:

– O papiery. Dokumenty. Osiemnastka. Dowód osobisty. Cała jazda na nowo. Myślisz, że ja tak uwielbiam tłumaczyć ludziom w kółko, dlaczego nie Antonina?

Tego się Leon nie spodziewał. Tosiek nigdy dotąd nie zająknął się na ten temat i można by odnieść wrażenie, że w ogóle nie zwraca uwagi na tak przyziemne drobiazgi jak biurokracja. Jakby zamierzał przesurfować całe życie po powierzchni swoich spraw, pozwalając, by to inni w jego imieniu tłumaczyli, łagodzili, objaśniali.

– To jeszcze nie koniec świata – powiedział Leon niepewnie. – Są sposoby, żeby to wyprostować. Nie znam szczegółów, ale...

– A ja znam szczegóły – przerwał mu Tosiek i wetknął nos w jasiek. – Właśnie wtedy nam to objaśniali, w Amarancie – wymamrotał. – Tamtego dnia, kiedy nawrzeszczałeś na mnie.

– Naprawdę przepraszam!

– Nieważne. To jest w cholerę skomplikowane. Bym musiał... no musiałbym pozwać tatę. W sądzie.

– Co?!…

– No mówię, że to chore jest. Przecież on nic złego nie zrobił. Jak ja mógłbym mu coś takiego odwinąć? – spytał Tosiek płaczliwie. – A jeszcze przedtem musiałbym wreszcie zacząć brać hormony, a to też się przeciąga. Ten łepek, do którego teraz chodzę, nie chce mi wypisać recepty. Bo niby za wcześnie. Bo jestem niestabilny, jak ja mam być stabilny, jak on mi coś obiecuje, a potem nie dotrzymuje słowa?!

– Ciszej…

– No i powiedziałem mu też niechcący, że przekraczałem dawki przy antydepresantach – dorzucił Tosiek z pewnym zawstydzeniem. – Prawie rok minął, a on się tego czepia, jakby to było wczoraj.

– Jak się dowie o tym, co dziś odwaliłeś, to pewnie też się będzie czepiał.

– Jak to?

Leon oparł brodę na dłoni.

– Bo ty musisz mieć wszystko zaraz, szybko, od razu. Kto wie, czy nie wstrzykniesz sobie trzech szotów za jednym zamachem, byleby ci biceps szybciej urósł? Ja bym się bał dać ci pudełko aspiryny, a co dopiero testosteron. Za duża odpowiedzialność.

Tosiek skrzywił się boleśnie i zamrugał.

– To nie fair – szepnął. – Od kiedy niby trzeba być odpowiedzialnym, żeby być chłopakiem? Artur wcale nie jest odpowiedzialny.

– Kto powiedział, że nie jesteś chłopakiem? Dla mnie nie ma żadnego znaczenia, czy bierzesz te hormony, czy nie. A dla ciebie ma znaczenie?

– Nie wiem – jęknął Tosiek. – Taka jest procedura. Mówią, że tak trzeba. Ja bym chciał mieć tylko święty spokój i żeby się mnie nie czepiali za każdym razem, gdy będę pokazywał dowód. Nawet piwa nie będę mógł kupić bez głupich pytań.

– A to pech – mruknął Leon pod nosem. Piwo plus Tosiek to była wybuchowa kombinacja, wiedział coś o tym. – Słuchaj, musisz mi mówić o takich rzeczach, a nie kisić wszystko w sobie, okej? Wolałbym nie sypiać zbyt często na tej podłodze.

– Nie chciałem w kółko narzekać.

– A co w tym złego?

– Tylko baby narzekają.

– Wcale nie.

– Ty nie narzekasz – zauważył Tosiek. – Nigdy nic o sobie nie mówisz.

Leon usłyszał kroki na korytarzu i błyskawicznie opadł na dół, pod łóżko. Zawinął się w śpiwór.

– Leon?

– Dobranoc.

– Leon!

– Ja już śpię – odparł Leon, choć kroki oddaliły się w stronę dyżurki pielęgniarek.

Tosiek przewracał się nad nim w pościeli, skrzypiały sprężyny.

– Ja bym to inaczej urządził – utyskiwał. – Jak u krasnoludów u Pratchetta. Wszystkich bym poubierał w takie same skafand... to jest, ubrania, i nikt by nie wiedział...

– Skafandry? – na Leona spłynęło oświecenie. – To stąd te bajki o Marsie!

– Żadnych chłopaków, żadnych dziewczyn, po prostu ludzie w skafandrach. W hełmach i tak wszyscy wyglądają jednakowo – głos Tośka był jednostajny i marzycielski.

– Jak armia lorda Vadera – wymruczał Leon.

– Liczyłoby się tylko to, co potrafisz... I nikogo by nie obchodziło, kto z kim chodzi... I czy w ogóle... Internet byłby za darmo i transfer bez ograniczeń. I program w szkole byłby całkiem inny... Zamiast rozprawek pisałoby się fanfiki, a na maturze pytaliby, co to jest angst, fluff i smut.

– Chybabym oblał...

– Ja bym ci dawał korepetycje, spokojna głowa. Oglądałoby się *Les Mis* na zaliczenie z historii, a na szóstkę trzeba by znać biogram Aarona Tveita.

– Albo Davida Bowiego – upomniał się sennie Leon.

– W ogóle teatr byłby obowiązkowy – mamrotał Tosiek monotonnym głosem. – Jak można żyć bez teatru? Jak można wszystko traktować od razu serio, bez jakiejś rozgrzewki? Ja się nie dziwię, że ludzie tyle głupot robią na świecie... przecież to jak skakać do wody na główkę, gdy się wcześniej nie ćwiczyło pływania...

– Mhm – zamruczał Leon w półśnie.

rozdział X

sobota, 24 września 2016

1.

Obudziło go trzaśnięcie drzwi i hurgot wózka po linoleum.

– Gdzie pacjent? – usłyszał rozdrażniony głos.

Otworzył z trudem oczy. Było już całkiem jasno. Przed samym nosem zobaczył duże gumowe kółko z hamulcem i krawędź szpitalnej szafki.

„Szpital" – pomyślał i zerwał się z posłania.

Przydzwonił głową w ramę łóżka, i to tak, że go zamroczyło. Jęknął i zwinął się w krewetkę, masując ciemię. W polu widzenia pojawiły się crocsy.

– Pacjent? Nie wiem – wyjęczał. – Pewnie w toalecie?

– Schować ten śpiwór – usłyszał z góry. – Już po siódmej. Na sali ma być porządek! Zaraz tu wrócę.

Kłapanie obuwia się oddaliło, a Leon, pojękując, wyczołgał się spod łóżka. Słońce wpadało do sali, cały oddział tętnił życiem. Matki smarkaczy z sąsiednich łóżek pozwijały już swoje posłania, jedna karmiła niemowlę, druga apatycznie przeżuwała kawałek bułki. Jakieś dziecko wyło w gabinecie zabiegowym. Na korytarzu dzwoniły wózki i tupały nogi, kobiecy głos wykrzykiwał ochryple:

– Dieta bezmleczna! Dieta bezmleczna!

Wygrzebał z szafki butelkę wody i wypił do dna. Łóżko Tośka faktycznie było puste, zawór tlenu zakręcony, kołdra porządnie złożona. Widok tej kołdry wywołał w mózgu Leona słabe piknięcie niepokoju. Jakoś trudno było uwierzyć, że szpitalny rygor aż tak przenicował Tośkowe nawyki.

Ziewając, schował śpiwór do pokrowca i zwinął karimatę. Za przykładem matek odniósł wszystko do szatni, a w drodze powrotnej zabębnił palcami w drzwi łazienki.

– Wyłazisz już?

Nikt mu nie odpowiedział. Zapukał ponownie.

Cisza.

Zaniepokojony zajrzał wreszcie do środka i zobaczył puste pomieszczenie z prysznicem i małym sedesem przystosowanym dla pięciolatków.

Pewnie jest w toalecie dla dorosłych – pomyślał. Ale sygnał alarmowy pikał w jego głowie coraz głośniej.

W łazience dla rodziców także nie było Tośka. Zdenerwowany Leon wrócił do sali, szukając jakichś wskazówek. Znalazł piżamę, złożoną w kosteczkę i upchniętą pod poduszką. Pusty kubek po jogurcie w śmietniku. I wyładowany telefon w szufladzie szafki.

Ładowarka. Na pewno poszedł żebrać po ludziach o ładowarkę.

Leon przeczesał cały oddział dwa razy, zaglądając do wszystkich sal po kolei, ale nigdzie nie było Tośka i nikt go nie kojarzył. Sprawdził więc jeszcze kuchnię, magazyn czystej pościeli, gabinet zabiegowy i szatnię. Zajrzał nawet do dyżurki pielęgniarek, pustej o tej porze. Tam też nie było Tośka.

Jeszcze w to nie wierzył, jeszcze wmawiał sobie, że to tylko kolejny głupi dowcip. Rozejrzał się po korytarzu, rojnym o tej porze jak tunel w mrowisku. Pielęgniarki roznosiły lekarstwa, salowe turkotały wózkami ze śniadaniem. Straszna żałość rozpłynęła się po jego ciele jak czarny atrament. Dlaczego? Dlaczego on mu to znowu zrobił?

Powlókł się do sali, łapiąc się słabej nadziei, że Tosiek już tam jest i czeka na niego, ale łóżko było puste. Kiedy po kilku minutach wróciła pielęgniarka, z twarzą zmienioną gniewem musiał jej zameldować, że pacjent samowolnie opuścił oddział.

2.

Jak dziecko. Dał się wyrolować jak dziecko.

Już, już się wydawało, że wszystko jest na dobrej drodze. Można by pomyśleć, że wreszcie doszli do porozumienia. Zasypiał ogłupiony szczęściem i przekonany, że odtąd może być już tylko lepiej. Och, jak bardzo się mylił. Tosiek po prostu uśpił jego czujność, rozbroił potokiem zwierzeń, odurzył czułościami. Tylko po to, by o brzasku wymknąć się na ten przeklęty marsz.

Leon nie miał co do tego żadnych wątpliwości i kiedy to sobie wreszcie uświadomił, zatrzęsła nim taka pasja, że gdy przybyła wezwana przez niego Idalia, wyminął ją bez słowa i uciekł, a potem błąkał się po szpitalnych korytarzach, żeby jakoś rozchodzić złość. Nikt inny na świecie nie potrafił go doprowadzić do takiej furii. Nikt. Cholerny, cholerny, cholerny Tosiek.

Jednak dopiął swego. Jednak postawił na swoim. Bo teraz przecież Leon pójdzie go szukać. Odnajdą się pośród tego pstrokatego tłumu, Tosiek znów odwróci kota ogonem, zatrzepocze rzęsą, strzeli uśmieszkiem, chwycą się za rączki i pójdą razem na czele pochodu, o nie, nic z tych rzeczy, nie tym razem, panie Tosiek.

Leon miał wielką ochotę sflekować automat ze słodyczami, który wyrósł mu na drodze, ale wtedy pozbawiłby się śniadania, więc zamiast tego wygrzebał z portek kilka monet i kupił trzy batony z karmelem. Usiadł na schodach i rozerwał opakowanie. Idalia odnalazła go, gdy kończył ostatni baton.

– Zęby popsujesz – zbeształa go. – Na górze są jogurty i zdrowy chlebek.

– W dupie mam… twoje jogurty… i chlebek – wybełkotał posklejanymi ustami.

– Wiesz, gdzie on może być? – spytała Idalia, a jej mina mówiła bardzo czytelnie, że o zasadach savoir-vivre'u porozmawiają sobie innym razem.

– Nie wiem, gdzie jest teraz. Ale wiem, gdzie będzie o trzynastej.

– A tak, prawda. – Idalia się zamyśliła. – Zaraz podzwonię po jego znajomych. Może siedzi u kogoś.

– Masz numery do jego znajomych? – wybuchnął Leon z zazdrością.

– Niektórych. Co cię trapi, Leonku?

– Co mnie trapi?! – wrzasnął Leon i zerwał się na nogi. – Wczoraj prawie się udusił, a dziś gdzieś polazł całkiem sam, a ty się pytasz, co mnie trapi?!

– Tak, też się martwię – zaświadczyła Idalia i wyrównała sobie mankiecik. – Ale nie wycieram kątów po korytarzach i nie krzyczę na ludzi. Po tobie też bym się tego nie spodziewała. Czy ty masz jakiś kryzys, skarbie?

– Nie!!!

Idalia, niewzruszona jak zwykle, uniosła tylko brwi i wyciągnęła z torebki paczkę nawilżanych chusteczek.

– Wytrzyj czekoladę z brody.

Wyjęła telefon i przytknęła go do ucha.

– Halo? Nie dzwonię za wcześnie? Tak, to ja. Tak, jego ciocia. Czy ktoś z was widział go może dzisiaj? O, to długa historia. Trochę się niepokoimy. Jeśli tylko pojawi się u was, dajcie mi znać, dobrze? Dziękuję. – Z namysłem zastukała w ekran polakierowanym paznokciem. – U organizatorów go nie ma. Może wrócił do domu?

– Jest narwany, ale nie głupi – burknął Leon, szorując podbródek chusteczką. – Wie, że będziesz go szukać. Pewnie siedzi w jakiejś knajpie. Nie, pojawi się dopiero na marszu. – Przymknął oczy, próbując wniknąć w sposób myślenia tego kretyna, ale to było zbyt karkołomne ćwiczenie i przyprawiło go tylko o bolesne łupanie w skroniach. – Idę do domu.

– Myślisz, że jest u ciebie?

– Nie. Muszę się wyspać.

– Tak, dobrze ci to zrobi – przyznała Idalia, przypatrując mu się z uwagą. Już wiedział, że ma go na celowniku. Kiedy ta awantura się skończy, zrobi mu taką analizę osobowości przy stole do manikiuru, że przez tydzień się nie pozbiera. – Gdyby jednak przyszedł, daj mi znać.

– Niezwłocznie – obiecał przez zęby. Proszę bardzo, chętnie rzuci Tośka na pierwszy ogień.

– Spotkamy się przed trzynastą i pójdziemy tam razem?

– Tak, niestety.

Idalia nie spuszczała z niego bacznego spojrzenia.

– To są jego przyjaciele. Są dla niego ważni. Gdy już tam będziemy, bądź dla nich… miły. Dobrze?

3.

Miły. Oczywiście, że będzie miły. Dla wszystkich jest miły. Miły to jego w zad kopane, pieprzone drugie imię.

Napędzany furią Leon miał pewien problem z zaśnięciem, ale kiedy już odpłynął, śnił mu się Tosiek w plątaninie kabli i kroplówek, sen był przyjemny, ale przebudzenie znacznie mniej. Alarm w komórce pikał jak wściekły, za ścianą dudniła muzyka, a na zewnętrznym parapecie siedział wróbel i wydzierał się tak, jakby obwieszczał początek wiosny, a nie koniec września. Niebo było błękitne, powietrze rześkie. Idealna pogoda na parady i pikniki.

Nie, żeby przywiązywał do tego jakąś wagę. Jeśli chodzi o niego, może nawet padać. Najlepiej, żeby lało.

W nadziei, że zobaczy tam ciemne chmury, zerknął w górę na skrawek nieba widoczny między blokami, ale widział tylko czysty lazur. Z trzaskiem zamknął okno.

Miał wielką ochotę przebrać się w czyste rzeczy, bo od ciągłego spania w ciuchach czuł się zmięty jak stara gazeta, ale stłumił tę zachciankę i jedynie umył głowę. Tylko nie zaolejował włosów. I brwi zmierzwił poślinionymi palcami, żeby wyglądały naturalnie. Zarzucił na grzbiet wytartą bluzę i dłuższy czas mierzył krytycznym wzrokiem swoje odbicie w wewnętrznym lustrze szafy. No, co teraz powiesz, panno Emilio Mądralińska?

Nienawidził Tośka za wszystko, co musi dla niego przechodzić.

4.

Idalia umówiła się z nim na przystanku autobusowym tuż obok jego bloku. Podejrzewał, że zrobiła to specjalnie, żeby się przypadkiem gdzieś nie minęli. Skoro już Tosiek zniknął, przynajmniej jego chciała mieć na oku. Świeża jak stokrotka o poranku, pogodna jak wiosna, studiowała tablicę z rozkładem jazdy. Marcin wyglądał z kolei, jakby nie spał od tygodnia. Siedział zgarbiony na ławce, brwi nasępił i w ponurym milczeniu wypatrywał autobusu.

– Żadnych wiadomości? – spytał Leon.

– Dzwonił kilkanaście minut temu.

– Dzwonił!

– Tak, z komórki znajomej. Już tam jest, na tym pikniku.

– Co mu powiedziałaś?

– Żeby uważał na to, co je, i się nie przemęczał.

– Nic o tym, że mu uszy oberwiesz?

– Wszystko w swoim czasie – mruknęła Idalia. – Zapuszczasz brodę?

– Zapomniałem się ogolić – warknął Leon. – Do innych jego kumpli też się tak przypieprzasz?

– Tylko tych, którzy przychodzą do mnie po wskazówki – odparła Idalia, a błękitne tęczówki zamigotały ostrzegawczo. – Gdybyś się zdecydował, daj mi znać, znajdę ci odpowiedni balsam. Aha, i muszę cię prosić, żebyś stonował słownictwo, bo potem Tosiek wszystko po tobie powtarza.

Leon przymknął oczy, upuścił nosem pary, zwizualizował sobie pęk balsamów na spokojnej tafli jeziora, policzył do czterdziestu i przeprosił.

– Jedzie – burknął Marcin.

Wsiedli do autobusu. Marcin stanął przy oknie i odwrócił się do wszystkich tyłem. Idalia przysiadła na wolnym miejscu. Leon wisiał nad nią na górnej poręczy i bił się z myślami.

– Gdy już go znajdziesz – odezwał się z wahaniem – i przemaglujesz na wszystkie strony... nie... nie męcz go już o tę maturę, okej? – Uciekł wzrokiem przed jej bystrym spojrzeniem. Bał się, że zarzuci go pytaniami, a Tosiek przecież zwierzał mu się w tajemnicy i Leon byłby ostatnią świnią, gdyby zrelacjonował jej wszystko wprost. Wydawało mu się jednak ważne, by zrozumiała przynajmniej ogólny zarys problemu. Na szczęście Idalia była inteligentną kobietą i pojęła wszystko w lot. Skinęła głową i spojrzała w szybę, nic nie mówiąc.

Autobus dowiózł ich do Kaponiery, dalej poszli pieszo w stronę Zamku – Idalia przodem, postukując obcasami po szerokim chodniku, za nią Leon i na końcu Marcin. Leon pozwolił się prowadzić jak dziecko, bo nie wiedział nawet, dokąd dokładnie idą. Nigdy się tym nie zainteresował, a teraz głupio było pytać. Głowę omiatał mu zimny wiatr, ale w kark grzało słońce, a niebo jaśniało błękitem. Południowe światło odbijało się oślepiająco w jasnych ścianach budynków. Taka pogoda kojarzyła mu się mętnie z rodzinnymi wyprawami ze święconką albo na festyn w Dzień Dziecka. Słońce, balony, łopot flag, euforia pomieszana z uczuciem, że jest zbyt pięknie, by mogło trwać, że za chwilę coś się zepsuje. Gdy skręcali w aleję Niepodległości, naprawdę usłyszał łopot flagi i kiedy podniósł wzrok, aż go coś skręciło w środku. Na samym środku miasta! Jak gdyby nigdy nic!!! Powiewała na wietrze w całej swej wyzywającej pstrokatości.

Na latarniach wzdłuż alei wisiało tego więcej i Leona najpierw lekko zemdliło, a potem zamroczyło, jakby przepaliły mu się jakieś styki, te od kontaktu z rzeczywistością. Już się niczemu nie dziwił. Mijali go obojętni przechodnie. Czy domyślali się, dokąd zmierza? Musieli się domyślać, w końcu nadchodzili właśnie stamtąd, skąd dobiegało to dudniące *Y.M.C.A.*, które z każdym krokiem słyszał głośniej. Zaglądał im w twarze bez lęku, jedynie z ciekawością. Co o nim pomyśleli? Stuk, stuk, stuk – słyszał obok siebie równy rytm wybijany obcasami Idalii. Z drugiej strony szurał butami Marcin. Czy ludzie myślą, że to jego rodzice? To już było zbyt absurdalne przypuszczenie, zakręciło mu się w głowie. Trzeba jednak było zjeść normalne śniadanie, a nie te mdląco słodkie batony. Jak we śnie szedł dalej, do parku udekorowanego pstrymi paskami, w tłum ludzi piknikujących na kolorowych kocach, jedzących wegańskie burgery i kanapki, między dzieci goniące się z wrzaskiem wokół stoisk i rzucające w siebie kłaczkami waty cukrowej.

– Rozdzielmy się – usłyszał głos Idalii, dziwnie odległy. – Pójdę go szukać w punkcie medycznym. Ty idź pod ten namiot z pamiątkami.

– Dobrze – burknął z drugiej strony Marcin.

Zdezorientowany Leon rozejrzał się i zdał sobie sprawę, że został sam.

5.

W chwilach totalnego zagubienia najlepiej ustalić proste cele i skupić się tylko na nich, ignorując piętrzące się wokół fale chaosu. Leon skupił się na szukaniu Tośka. Szukał go w tłumie ludzi, którzy słuchali przemówień wygłaszanych z niewielkiego podestu. Szukał w piętrowym, oklejonym plakatami londyńskim autobusie. Szukał w alejce z cateringiem, gdzie tak zgłodniał, że musiał sobie kupić kanapkę. Otrząsnął ją skrupulatnie z tęczowej posypki i ruszył dalej, w stronę dmuchanego zamku ze zjeżdżalnią. Po Tośku mógł się spodziewać doprawdy wszystkiego. Ale Tośka nie było w zamku, nie było go też wśród klaunów ani pomiędzy ludźmi na kocach i leżakach. Już, już wydawało mu się, że tym razem go ma, ale to zawsze był ktoś obcy, choć też z kolczykami i czubem.

Przysiadł na jakiejś skrzynce i lustrował czujnym wzrokiem ten roześmiany, hałaśliwy tłum. Niektórzy chodzili w kolorowych perukach albo owinięci we flagę, ale większość była przeraźliwie nudna i zwyczajna, nie zwróciłby na nich uwagi w szkole ani na ulicy. Bardzo go to oburzyło. Miał nadzieję, że będzie się jakoś spośród nich wyróżniać, ale nikt się nim nie przejmował, każdy zajęty rozmową we własnym gronie. Złapał się na tym, że śledzi zawistnym wzrokiem żylaste dłonie jakiegoś chłopaka i czarno-białą kratkę na jego paznokciach. Chłopak odwrócił się i speszony Leon zobaczył znajomą twarz.

Konrad. Ze wszystkich ludzi na świecie akurat on! Konrad chodził do klasy równoległej i na początku zeszłego roku łączyła ich przyjaźń oparta na niedopowiedzeniach, przyjaźń, która skończyła się z chwilą, gdy Tosiek pojawił się na scenie. Leon nie potrafił rozstrzygnąć, czyja to była wina. Tośka, który absorbował uwielbienie jak gąbka i nie znosił konkurencji? Konrada, który nigdy Tośka nie polubił? Czy jego samego, bo nie znalazł żadnego zadawalającego wszystkich kompromisu? W każdym razie Konrad znikł mu z oczu, by jak zjawa z przeszłości pojawić się w najmniej odpowiednim momencie. Teraz zauważył go, nim Leon zdołał wykonać choć ruch.

– To ty? – spytał ze zgryźliwym uśmieszkiem. – Właściwy człowiek we właściwym miejscu! Powinieneś mieć to wydrukowane na koszulce. Tak jak masz na twarzy.

– Szukam kogoś – warknął Leon i wstał.

– No tak. – Konrad przesiał swoją grzywę przez palce, odgarniając włosy do tyłu. Leon patrzył jak urzeczony na czarno-białą kratkę. – Twoja primadonna siedzi za sceną i robi sobie zdjęcia z gwiazdami.

– Jakimi… Chcesz w ryj? – zezłościł się Leon, bo paskudny uśmieszek wciąż nie schodził Konradowi z ust.

– To mnie najbardziej pociągało, ten wdzięk i elegancja – naigrywał się Konrad. – Aż się nogi uginają.

– Dasz już spokój? – Leon spuścił trochę z tonu i obejrzał się niecierpliwie w stronę sceny, na której przemawiał prezydent miasta. – Czepiasz się, jakby było o co.

Konrad błysnął złym okiem.

– Pewnie nie pamiętasz, ale zamierzaliśmy mieszkać razem – syknął. – Nawet powiedziałem o tobie starym. O nas. – Wykrzywił się ironicznie.

– Och. I co?

– Jakoś żyją – odparł oględnie Konrad i dodał z sarkazmem: – W końcu pogodzili się z tym, że nawet nie mieli okazji cię poznać.

– Ja... ja przepraszam.

Leon już dawno odkrył, że kiedy się nie wie, co powiedzieć, najlepiej po prostu przeprosić. Najczęściej to działa. Ale chyba nie tym razem. Konrad spochmurniał i burknął spod grzywy:

– Obędzie się. – I odszedł, tratując trawę ciężkimi buciorami.

Leon stał zmieszany. Znowu coś zrobił źle, chociaż nie miał takich intencji. Wzruszył ramionami i odwrócił się w stronę podestu z nagłośnieniem otoczonego gęsto półkolem ludzi. Już chciał zanurkować w tłum, gdy zobaczył obok siebie Marcina.

– Znalazł się? – spytał z nadzieją.

– Nie – odparł Marcin. Minę miał dziwną. Leon trochę mu współczuł. Co innego hodować w domu pojedynczy egzemplarz, a co innego wpaść w sam środek takiego zgromadzenia.

– Gdzieś tu jest – pocieszył go. – Spotkałem kumpla, mówi, że go widział.

Marcin słuchał jednym uchem. Zdjął czapkę i łokciem otarł pot z czoła.

– Też spotkałem kumpla – wymamrotał. – Elektryk. Robiliśmy kiedyś kuchnię w Pobiedziskach. – Chciał coś dodać, ale nie znalazł odpowiednich słów.

– Może z dzieckiem przyszedł – podsunął Leon.

– Tak, pewnie tak – uczepił się tej myśli Marcin. Rozejrzał się wokół. – Dużo ich tu... dzieciaków.

– Zaraz ruszają.

Leon usłyszał za sobą stroskany głos Idalii:

– Jak my go znajdziemy w tym tłumie, to ja nie wiem. O, witaj, rybeńko! Co się stało?

Leon błyskawicznie okręcił się na pięcie, ale nie zobaczył Tośka. Przed Idalią stało za to nieszczęśliwe stworzenie w blond lokach i jęczało, zakrywając pół twarzy jedną ręką:

– Rzęsa mi się odkleiła...

– To jeszcze nie powód, żeby się mazgaić – fuknęła bezlitośnie Idalia. – Zaraz coś z tym zrobimy. Usiądź. Głowę podnieś. Nie ruszaj się... moment... no i już dobrze. – Mokre rzęsy zatrzepotały, a Leon rozpoznał w ich właścicielce Julię z teatru, tę od żółtej sukienki.

– Sama się malowałaś, żabko?

– Próbowałam, tak jak pani kazała – wyznała Julia z rozpaczą. – Ale ciągle wyglądam tragicznie, po prostu tragicznie.

– Nic łatwo nie przychodzi – pouczyła ją Idalia, sięgając po torebkę, która musiała mieć chyba magiczne właściwości, bo wysunęła się z niej pełna paleta cieni, róż, aerozol do dezynfekcji pędzli oraz same pędzle w eleganckim puzderku. Człowiek zaczynał się zastanawiać, czy w razie potrzeby Idalia nie wyciągnęłaby również zestawu do manikiuru i składanego stołu do masażu. – Policzki wciągnij na moment. Dobrze. Tośka gdzieś nie widziałaś?

– Obżerał się baklawą – wymamrotała Julia przez usta ściągnięte w kaczy dzióbek.

– Już ja mu dam baklawę. Przez tydzień będzie piszczał po turecku – zamruczała Idalia z pasją, chowając pędzel.

Ryknęła muzyka. Tłum przed sceną zafalował. Piętrowy autobus odpalił silnik i bardzo wolno potoczył się boczną uliczką w stronę alei Niepodległości. Ludzie zaczęli formować kolumnę i Leon w lot pojął, że jeśli chce odnaleźć wśród nich Tośka, powinien jak najszybciej wysforować się przed pochód. Tosiek na pewno nie będzie się wlókł gdzieś w ogonie.

Ale przebić się przez tłum nie było łatwo. Ludzie szli za autobusem coraz bardziej zwartą grupą, nie miał szans przepchać się na czoło. Przebił się więc na drugą stronę uliczki i ruszył na przełaj przez skwer ku alei Niepodległości. Jeśli się pospieszy, wyprzedzi wszystkich i będzie miał widok od frontu. Wpadł

POLICJA

POLICJA

w krzaki, przeskoczył jakiś niski płotek i rabatki, wreszcie wypadł na chodnik.

Od razu pojął, że się przeliczył. Owszem, wyprzedził pochód, ale odgradzał go teraz od niego zwarty policyjny kordon w pełnym rynsztunku. Skąd oni się tu wzięli? Dałby głowę, że jeszcze przed chwilą ich nie było!

Stanął bezradnie i patrzył, jak wolno mija go autobus, jak ponad hełmami policjantów przesuwają się platformy, flagi i transparenty. Przepadło. Już go teraz nie znajdzie.

Gdy całkiem stracił nadzieję, w kolorowej masie głów i flag mignęła mu szczupła dłoń z chorągiewką.

I wenflonem.

– Tosiek! – wrzasnął Leon i rzucił się w pogoń.

Pobiegł wzdłuż kordonu, roztrącając ludzi, którzy przypatrywali się pochodowi z chodnika. Wyciągał szyję, żeby nie stracić z oczu tego głupka. Już się prawie z nim zrównał, miał do niego może z pięć metrów, gdy platforma z nagłośnieniem, skręcając w ulicę Święty Marcin, zasłoniła mu widok.

– Tosiek, ty debilu! – ryknął Leon i rzucił się na kordon.

Odbił się od niego jak piłka i poleciał na gapiów. Ktoś pomógł mu wstać. Znów rzucił się do przodu i zobaczył wycelowaną w swój brzuch gumową pałkę.

– Dwa kroki do tyłu – padła sucha komenda.

– Ale ja chcę tam wejść! – wrzasnął zrozpaczony Leon i zacisnął pięści, jakby chciał utorować sobie drogę do Tośka gołymi rękami.

– Kto by nie chciał – usłyszał drwiący głos człowieka, który przed chwilą pomagał mu się podnieść. – Sami się proszą, żeby im skopać tyłki.

Leon strusiał. Opuścił pięści. Bardzo, bardzo powoli odwrócił głowę w bok. Dorodny młodzieniec z rękami skrzyżowanymi na piersiach wykrzywiał się do niego porozumiewawczo, a jeden z jego licznych kompanów dorzucił niechętnie:

– Psy pilnują. Pełna obstawa.

Leon skinął ostrożnie głową i zerknął na policjantów, którzy patrzyli przed siebie pustym wzrokiem. Na nich nie miał co liczyć. Już go odpowiednio zakwalifikowali, a ci tutaj gapie wzięli go za swojego.

Wzięli go za swojego.

Przecież o to mu właśnie chodziło, prawda?

Stał zdrętwiały i patrzył na sunący za kordonem pochód. Tosiek gdzieś tam był, daleko, coraz dalej. Leon mógł tylko mieć nadzieję, że nie słyszał obelg, które w stronę tłumu rzucali jego nowi znajomi. Mdliło go. Gdyby mógł wyjść z siebie, stanąć obok i sprać się na kwaśne jabłko, pewnie by to zrobił. Nigdy jeszcze nie czuł do siebie tak wielkiego obrzydzenia.

Jeśli zaraz czegoś nie zrobi, pochoruje się chyba na chodnik.

– Nie – powiedział bardzo cicho, ale to już było coś. – To pomyłka – powtórzył głośniej. – Tosiek tam jest. Mój chłopak tam jest. Muszę iść do niego.

Policjanci go zupełnie zlekceważyli, za to atmosfera wokół wyraźnie stężała. Usłyszał śmiech i drwiące zaczepki, ale nikt go nawet nie tknął. Wiedział dlaczego: policjanci. Mogli ignorować jego, ale na pewno nie zignorowaliby rozróby pod własnym nosem.

– No, to chyba pójdę do domu – oznajmił bardzo głośno i wyraźnie i czule pomachał wszystkim na pożegnanie. – Buziaczki!

Wycofał się, roztrącając tłumek ramionami. Kordon zniknął mu z widoku. Przeszedł przez pustą, wyłączoną z ruchu ulicę i obejrzał się za siebie. Chciał się tylko upewnić, że idą za nim.

rozdział XI

sobota, 24 września 2016

1.

Jeden z halogenów oświetlających gabinet się przepalił. Pozostałych, gryzących w oczy zimnym blaskiem, było siedem. Leon półleżał na odchylonym w tył siedzisku przypominającym nieco fotel dentystyczny. Mrużył powieki.

– Mogę ci kiedyś wymienić tę żarówkę.

– Leż i się nie ruszaj – ofuknęła go Idalia. Kończyła dezynfekować mu skroń jakimś potwornie piekącym środkiem. Pobrała z pojemnika czysty wacik i przejechała nim po jego żuchwie. – To na brodzie to tylko otarcie, ale łuk brwiowy mi się nie podoba. Powinieneś z tym jechać do szycia.

– Żadnych szpitali – syknął Leon. Poprawił się w fotelu i jęknął, bo zmaltretowane nerki znów zaczęły go rwać. Idalia zacisnęła usta w linijkę.

– Mam tu gdzieś plasterki do zamykania ran – burknęła i odwróciła się w stronę szafek. Jej ruchy, pełne profesjonalnego spokoju, nie zdradzały wcale, jak bardzo jest poruszona, słyszał to tylko w jej głosie, cichym jak pomruk burzy. On sam pławił się w morzu łagodnej obojętności, co miało zapewne bezpośredni związek z koktajlem środków przeciwbólowych, który zaserwowała mu już od progu. Ostatnie godziny plątały się w jego pamięci jak oniryczna nić wydarzeń, dziwnych decyzji i nieracjonalnych zachowań. Cieszył się, że ma to już za sobą.

Widział świat znów spójny i poukładany, zmieniła się tylko perspektywa, jak gdyby patrzył na niego pod innym kątem. To pewnie proszki Idalii zakłócały mu percepcję. Nie chwytał sedna tej zmiany, rozpoznawał ją tylko po skutkach: na przykład nie złościł się już na Tośka, a przynajmniej nie aż tak. Jego brawurowa ucieczka nie wydawała mu się już tak straszną zdradą jak przed południem, wręcz przeciwnie, dziwił się, że jej nie przewidział i nie uznał za coś oczywistego. Powinien był się domyślić, jakie to dla Tośka ważne, osobiście go tam zaprowadzić i dopilnować, by pozostał po właściwej stronie kordonu...

– Być może zostanie blizna – uprzedziła Idalia i nakleiła mu plaster nad okiem.

– Nie pierwsza i nie ostatnia.

– Wystarczy, że będziesz bardziej uważał.

– Jeszcze powiedz, że ich sprowokowałem ubraniem – zachęcił ją Leon. – No dalej. POWIEDZ TO.

– Rękę pokaż – fuknęła w odpowiedzi Idalia. Cmoknęła z niezadowoleniem. – Obawiam się, że zejdzie ci ten paznokieć. Owinę go czymś na razie.

– Pociągnij wszystkie purpurowym lakierem – zaproponował Leon. – Wtedy na pewno nikt się nie zorientuje, że coś jest nie tak, ha, ha, ha.

– Uspokój się. To wcale nie jest zabawne.

– No pewnie, że nie jest. Ale czego można się było spodziewać po takiej imprezie? Oto są skutki – oświadczył przekornie.

Idalia z wyniosłym spokojem wyrzuciła waciki do kosza i tylko kwaśny grymas na jej ustach sygnalizował, co myśli o tak pokrętnej argumentacji. Leon walczył ze sobą. Tłumił pytanie, które miał na końcu języka już od dłuższego czasu, właściwie od momentu, gdy brocząc krwią, stanął w drzwiach jej mieszkania i z zakłopotaniem wyznał, że nie umie sobie sam poradzić z tym cholernym rozcięciem. Tylko westchnęła na jego widok i zaciągnęła go natychmiast do gabinetu. Liczył na to, że w końcu sama się wygada, ale najwyraźniej postanowiła go podręczyć i nie pisnęła ani słówka... Wreszcie spasował.

– Jak Tosiek?

– Dobrze – powiedziała zwięźle Idalia. – Nie ruszaj się teraz.

– Wrócił do szpitala?

– Nie, jest w domu. Marcin go wypisał – wyjaśniła, sypiąc mu na brodę żółty proszek do dezynfekcji. – Dostał receptę na leki. Ma siedzieć w domu i odpoczywać.

– Jak długo?

– Nie wiem – odparła z pewnym rozdrażnieniem. Aha, czyli Marcin wziął się za osobiste wychowywanie potomka. Czasem miał takie zrywy. Idalia przeważnie przeczekiwała je na dystans, dobrze wiedząc, że prędzej czy później szwagier przybiegnie z błaganiem o pomoc. Wychowywanie Tośka to nie była robota dla jednego człowieka.

– Mogę go odwiedzić?

– Z taką obitą buzią?

– Niech wie, w co się pakuje.

– On wie, w co się pakuje, skarbie. Nigdy go to przed niczym nie powstrzymało. Zmartwi się tylko.

– Gdyby się o mnie martwił, nie wyciągałby mnie na takie spędy.

Idalia nie odpowiedziała. Strzepnęła proszek z oparcia fotela i przetarła jeszcze papierowym ręcznikiem.

– Też się martwię o ciebie – mruknęła. – Plaster łatwo nakleić, ale na to, co się w twojej głowie kotłuje, nie mam lekarstwa.

– Nic się nie kotłuje – zaprotestował natychmiast Leon i poderwał się z fotela. Idalia go jednak powstrzymała:

– Poczekaj, poczekaj. Tu też masz jakieś siniaki.

– Tu? To nic, to tylko Tosiek – burknął, nieco zakłopotany faktem, że Idalia bez skrępowania zagląda mu w dekolt. Omal nie wybuchnął śmiechem, widząc jej minę. Otworzyła szeroko oczy, brwi podjechały jej do połowy czoła. Cofnęła się o krok i skrzyżowała ręce na piersiach.

– Co to ma znaczyć?

– Jak to, jemu nie kazałaś ślubować cnoty? – spytał zgryźliwie. – Nie kazałaś mu przysięgać, żeby trzymał łapki przy sobie?

Idalia wciąż nie mogła dojść do siebie. Nigdy dotąd nie widział jej tak zszokowanej. Nawet snejki zniosła lżej. Zdawał sobie sprawę, że stąpa po kruchym lodzie, ale z dwojga złego wolał już jej gniew niż domową psychoterapię.

– Leonku – odezwała się takim tonem, że natychmiast odechciało mu się żartów. – Czy Tosiek się tobie narzuca?

Zadumał się nad właściwą odpowiedzią. Środki przeciwbólowe rozleniwiały mu umysł i rozmywały granicę tego, o czym wypada prowadzić salonową konwersację, ale wciąż jeszcze miał świadomość, że kiedy mówi o tej niewinnej owieczce, jej ukochanym pupilku, powinien z najwyższą uwagą dobierać słowa.

– To taki jego sposób na wygaszanie sporów – wyjaśnił najoględniej, jak potrafił.

– I ty to lubisz – indagowała Idalia tonem prokuratorskim.

– No chyba, że lubię – jęknął. – Nie widać?

– Pytałam, czy ci się podoba, że zawsze stawia na swoim – uściśliła Idalia z nieprzeniknionym wyrazem twarzy. Wracała do zwykłej formy.

Wzruszył ramionami.

– Można się przyzwyczaić.

Idalia nie była zadowolona. Przysiadła na taborecie i złożyła ręce na podołku.

– Czy ty w ogóle słyszysz, co mówisz? Pozwalasz mu się wykorzystywać?!

Skrzywił się.

– Do diabła, no, to mój chłopak. Niby co innego miałbym robić?

– Wyznaczyć. Jakieś. Granice – wyjaśniła bardzo łagodnym głosem.

– Znasz go przecież.

– Co to ma do rzeczy. Już ja sobie z nim porozmawiam.

– Będziesz go umoralniać?

– Będę go uświadamiać.

Leon utkwił wzrok w przepalonym halogenie i skupił się na trzymaniu języka za zębami, bo dotarło do niego, że wpadł po uszy w bagno. A Idalia dopiero się rozkręcała.

– Koteczku, jeśli teraz pozwolisz sobie wejść na głowę, potem będzie tylko gorzej. Spróbuj wykrzesać choć trochę szacunku dla siebie, dobrze? W głowie mi się nie mieści, że muszę to kolejny raz powtarzać.

– Nie przypominam sobie… – Leon umilkł i spojrzał na Idalię z pierwszymi oznakami wesołości na twarzy. – Zaraz… Rozmawiałaś tak samo z Tośkiem?

Wyobraził sobie tę scenę: Tosiek siedzi jak na kazaniu, ręce w małdrzyk, buzia w ciup i grzecznie potakuje. Idalia z namaszczeniem pakuje mu do głowy mądrości z poradnika dla podlotków: szanuj się. Nie pozwalaj innym na zbyt wiele, skarbie. Taki Leonek to niby ułożony chłopiec, ale na pewno drzemią w nim nieopanowane chucie. Tak go ta wizja ubawiła, że skręcił się w pół ze śmiechu i chichotał przez dobre pół minuty, jednocześnie pojękując, bo znów zaczęły go rwać nerki. Idalii nie drgnęła nawet powieka.

– Nie wiem, co cię tak śmieszy – oświadczyła z wyrzutem. – Chciałabym tylko, żebyś wreszcie uwierzył, że ty też jesteś coś wart.

Spochmurniał natychmiast i posłał jej niechętne spojrzenie.

– To nie twoja sprawa.

– Za to Tosiek to jak najbardziej moja sprawa. A on jest chyba dość żywo tobą zainteresowany, więc pozwól, że pomęczę cię jeszcze przez chwilę. – Przypatrywała mu się z zafrasowaniem. – Obiecaj mi, że...

– Nic ci nie będę obiecywał! – krzyknął Leon. – Ciągle mi mówisz, co mam robić, i wciąż są przez to kłopoty!

Idalia, która miała wszechstronne doświadczenie w dyskusjach z krnąbrną młodzieżą, skarciła go tylko wzrokiem.

– Bardzo ci ładnie wychodzi to stawianie granic, kochanie. Następnym razem przetrenuj na Tośku. A teraz posłuchaj mnie. – Wygładziła żakiet. – Całkiem podoba mi się życie, które obecnie prowadzę. Pracowałam na to ciężko. Udało mi się zorganizować wszystko tak, jak zawsze planowałam. Może z tym wyjątkiem, że nigdy nie zamierzałam mieć dzieci, a wyszło, jak wyszło, i spadł mi na głowę ten łobuz.

– Ale przecież go tak kochasz! – przypomniał Leon z uczuciem.

– Tak – odparła Idalia z zakłopotaniem, jakby przyznając się do wstydliwej słabości. – Ale cieszę się na myśl, że już dorasta. Nic mnie nie denerwuje bardziej niż perspektywa powtórki z rozrywki.

– Wystarczy, że będziesz się zabezpieczać – wyrwało się Leonowi i natychmiast złapał się za usta. Naprawdę to powiedział? Te proszki przeciwbólowe do cna stępiły mu instynkt samozachowawczy. Idalia się nasrożyła, nadęła i wypuściła powietrze w długim, pełnym irytacji westchnieniu.

– Właśnie o to chciałam cię prosić.

Nie zakumał od razu, ale gdy już przetrawił tę prośbę, jego reakcja była nad wyraz gwałtowna.

– Mnie?! – wrzasnął i zerwał się z fotela.

– Oczywiście tylko wtedy, gdyby zaszła taka konieczność – zastrzegła pospiesznie Idalia. – Broń Boże cię do niczego nie nakłaniam. Próbowałam rozmawiać o tym z Tośkiem, ale zupełnie nie chce mnie słuchać. On czasem w ogóle nie myśli.

Leon gapił się na nią tępo, masując sobie dolne partie pleców. Jakim cudem w ciągu minuty przeskoczyli od utwierdzanego w cnocie Tośka do tej ze wszech miar niestosownej rozmowy, nie miał pojęcia, ale wiedział jedno: Idalii chyba odjęło rozum.

– Proszę, obiecaj mi, że chociaż ty będziesz myślał. Za was dwóch, jeśli zajdzie potrzeba.

– Wydaje mi się, że zupełnie nie masz się czego obawiać – wymamrotał, nerwowo szukając wzrokiem drzwi wyjściowych.

– To wspaniale – mruknęła Idalia. – Obiecasz?

Wiedział, że nie wyjdzie z tego gabinetu, póki tego nie zrobi.

– Obiecuję – syknął. – Ale i bez tego możesz spać spokojnie.

– Minie jeszcze dekada, nim będę spać spokojnie – odparła Idalia z rezygnacją. – Masz ochotę na herbatkę?

– Nie, nie, pójdę do domu.

– Dobry pomysł. Prześpij się porządnie. Rano zobaczysz wszystko w jaśniejszych barwach.

– Mhm. Tęczowych – nie wytrzymał.

– To już tylko od ciebie zależy. Bądźmy w kontakcie, dobrze? Bardzo się zmartwiliśmy, kiedy tak nagle zniknąłeś i nie można się było do ciebie dodzwonić.

Leon wyciągnął z kieszeni portek swoją komórkę. Westchnął tylko, widząc pękniętą szybkę. Telefon przez dłuższą chwilę nie dawał żadnego znaku życia, ale po minucie energicznego potrząsania i wciskania odpowiednich guziczków ekran w końcu zamigotał i ożył. Z popiskiwaniem zaczęły spływać zaległe powiadomienia, ale nie było wśród nich żadnych wiadomości od Tośka. Och, Idalio, Idalio. Masz zdecydowanie zbyt bujną wyobraźnię.

– Zamówię ci taksówkę – powiedziała, widząc, że Leon zawiesił się nad swoim telefonem i patrzy w ekran niewidzącym wzrokiem. – Jedź prosto do domu, dobrze?

2.

Miała naprawdę spaczone wyobrażenia na jego temat. Dokąd miałby pojechać, jeśli nie do domu? Zrozumiał, gdy po wytoczeniu się z taksówki, dotarciu do mieszkania i padnięciu na tapczan obudził się jakiś czas później w całkowitym mroku. Znalazł po ciemku telefon i sprawdził godzinę: druga w nocy. Na ekranie pulsowała też informacja o sześciu nieodebranych połączeniach od Tośka. A nawet nie wyciszył telefonu! No tak. Idalia i jej piorunujące mieszanki przeciwbólowo-nasenne. Niezawodne.

Czuł się wciąż trochę otumaniony, ale zasnąć już nie mógł. Wysłał Tośkowi wiadomość, że nie śpi, i dłuższy czas leżał, wpatrując się w ciemny sufit. Wypadki dnia powoli do niego wracały. Szpital, marsz, przejście podziemne pod rondem. Przechodnie, którzy zamiast epatować tą osławioną znieczulicą, przybiegli go ratować. Ktoś wyjął komórkę, by nakręcić całe zajście, ktoś krzyczał o dzwonieniu na policję. Tyle się mówi o zobojętnieniu społeczeństwa, a tu, proszę, znaleźli się obrońcy uciśnionych. Wcale im nie był wdzięczny.

W końcu odbierał tylko to, na co sobie zasłużył.

Dźwignął się na nogi i zapalił lampkę. Nie ma co tracić czasu na bezpłodne rozpamiętywanie. Musi coś zjeść. Od rana nie miał w ustach nic poza trzema batonami i kanapką. Ugotował sobie makaron w rondelku i zalał go zupą pieczarkową z paczki. Ledwo przełknął pierwszą łyżkę, jego poobijany telefon zaczął wydawać chrypliwe piski. Dzwonił Tosiek.

– Bardzo jesteś zły? – spytał na wstępie.

Leon przeżuł makaron, zastanawiając się uczciwie nad odpowiedzią. Jadł powoli, bo bolała go żuchwa.

– Nie – powiedział w końcu.

Tosiek po drugiej stronie czekał na coś więcej, ale się nie doczekał, więc ostrożnie sondował dalej:

– Nie obraziłeś się?

– Nie.

– Jestem już w domu, wiesz?

– Uhm.

– Niby do końca tygodnia. Albo dłużej, jeśli będę kaszleć. Ale w środę jest próba zespołu, więc powiedziałem tacie, że muszę przyjść. Tak go męczyłem, że się zgodził... – Tosiek zawiesił głos z nadzieją i oczekiwał aplauzu.

– Masz scenariusz?

– Tak! Jeszcze dopracowuję szczegóły.

– To dobrze.

– Co ci jest?

– Nic.

– Aha – mruknął Tosiek. – Tata dał mi szlaban, wiesz? Ale taki szlaban-szlaban, z torturami. Nigdzie nie mogę wychodzić. Przeszukał mój pokój. A najgorsze – umilkł na chwilę dla zwiększenia efektu – że zmienił mi hasło do wi-fi!

– Masz internet w komórce – burknął Leon.

– No wiem, o tym nie pomyślał. Ale muszę oszczędzać transfer – przypomniał Tosiek z bólem.

– Naprawdę go wkurzyłeś.

– On tak czasem ma, jak na dłużej wyjedzie. Wraca i musi się nawychowywać na zapas. W czwartek znowu wyjeżdża, wytrzymam. Nagrywam sobie filmiki offline. Będę miał na potem.

Pokora, z jaką więzień godził się na te wszystkie szykany, była zdumiewająca i mogła świadczyć tylko o jednym: Tośka gryzie sumienie.

Leona też coś gryzło, coraz intensywniej. Im dłużej słuchał Tośkowej paplaniny, tym bardziej nieswojo się czuł. Wspomnienia z ostatnich kilku godzin kłębiły się w jego głowie coraz wyraźniej i nagle twarz mu pobladła, a łyżka wypadła z ręki i z efektownym rozbryzgiem chlapnęła do talerza. Rozmowa z Idalią. Aż się zwinął z zażenowania. Ta niedorzeczna obietnica. I jeszcze wcześniej… Jezu. Praktycznie naskarżył jej na Tośka. Czy ona naprawdę powiedziała, że sobie z Tośkiem porozmawia?

O, cholera. O, cholera.

Kiedy Tosiek się o tym dowie…

Jego wyobraźnia kończyła się w tym punkcie. Dalej widział już tylko przygnębiający krajobraz postapo, połamane drzewa, zawalone domy i opadający powoli pył.

– Usmażył mi na kolację jajecznicę z boczkiem i się obraził, jak mu powiedziałem, że nie mogę tego zjeść – nadawał tymczasem Tosiek z pogodną beztroską.

– A jak się czujesz? – spytał Leon w nagłym przypływie tkliwości. Być może to już ich ostatnia rozmowa, nie czas na dąsy.

– Bardzo dobrze – odparł Tosiek i stłumił kaszelek.

– Jak było na marszu?

– Bajecznie! Pozwolili mi chwilę jechać na platformie, wiesz? I kupiłem sobie flagę, taaaaką dużą!

– Powiesisz ją na ścianie? – spytał Leon z nieco wymuszoną uprzejmością. Kiedyś się w końcu pogodzi z tym, że ile razy odwiedzi Tośka, ten pstrokaty łachman będzie atakował jego oczy. Jeśli w ogóle dostanie jeszcze kiedyś szansę go odwiedzić...

– Już wisi. Tata się wpienił, bo nie mogłem znaleźć wiertarki, więc przybiłem ją na chama gwoździami i tynk trochę popękał...

– Mogłeś spytać.

– Nie odzywam się do niego. Niech sobie nie myśli. Już się trochę łamie. Może jutro da mi chociaż internet. Umieram tu z nudów. Chciałem ściągnąć ten film, który mieliśmy razem oglądać, a tu dupa, transfer przerwany, wołam do niego, że router się zepsuł, a on na to, że mi zmienił hasło. Nawet nie wiedziałem, że potrafi! – wyjęczał Tosiek z rozpaczą.

– Chciałeś oglądać *Labirynt*?

– Wiem, że mieliśmy razem, ale ty nigdy nie masz czasu.

– Skarbie, na to zawsze będę miał czas – zapewnił go w pośpiechu Leon i rzucił się na poszukiwanie terminarza. Wydobył go z plecaka i zaczął szybko przerzucać strony. – Może jutro. – Przypomniał sobie, jak wygląda jego twarz, i szybko się wycofał. – Albo lepiej środa. Myślisz, że Marcin mnie wpuści?

– No myślę, że tak, tylko pamiętaj, że nie mam wi-fi – przypomniał Tosiek boleśnie.

– Przyniosę plik. Ale do wtorku na pewno da ci to hasło, nikt nie wytrzyma pod jednym dachem z takim jęczydłem.

– Tak myślisz? – poweselał Tosiek. – To super, bo muszę powrzucać moje filmy do sieci.

– Będzie relacja z marszu?

– Nie, no za kogo mnie masz?

– Wrzucaj, co tylko chcesz.

– Nie, bo się będziesz znowu pieklił.

– Nie, nie będę.

– Hm – powiedział Tosiek nieco podejrzliwie. – Pogadamy, jak się zobaczymy.

– Już niedługo – zapewnił Leon z przymilną czułością w głosie.

– Dobranoc?

– Dobranoc – powtórzył całkiem już miękko i choć Tosiek zaraz się rozłączył, Leon siedział jeszcze długo z telefonem przy policzku, rozrzewniony i struchlały jednocześnie.

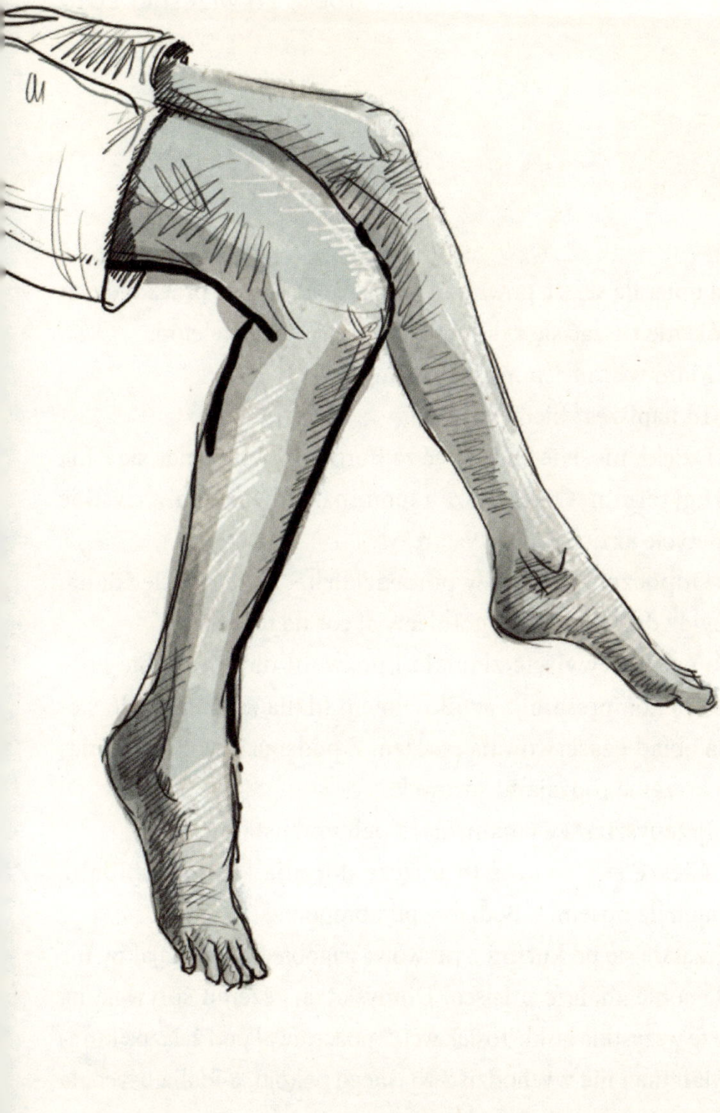

rozdział XII

środa, 28 września 2016

1.

Idalia upierała się, że powinien wziąć sobie wolne i przez tydzień w ogóle nie ruszać się z domu. Wyśmiał ją przez telefon.

– Mam w środę sprawdzian z anglika.

– To napiszesz kiedy indziej.

– Dzięki, nie. Nie będę latać za Borowską i umawiać się z nią na drugi termin. Ona zawsze zapomina. Odwołałem wszystkie korepetycje aż do środy, wystarczy.

– Odpocznij chociaż w poniedziałek – upierała się Idalia. – Przyjdź do salonu, przygotujemy ci coś na te plecki.

To go rzeczywiście złamało i pozwolił obłożyć sobie kość ogonową kompresami z arniki. Potem Idalia zabrała go do siebie na obiad i zaserwowała pieczeń. Z podsmażanymi ziemniakami i trzema rodzajami surówek.

– Przepyszna – wymamrotał z pełnymi ustami.

– Cieszę się, że ktoś to jeszcze docenia – odparła Idalia i pociągnęła nosem. – Będziesz pił kompocik?

Krzątała się po kuchni z nerwową zapobiegliwością, jakby nie mogła sobie znaleźć miejsca. Domyślał się, czemu spływają na niego te wszystkie łaski. Tosiek wciąż pozostawał pod żelazną kuratelą Marcina i nie wychodził z własnego pokoju, a Idalia usychała z tęsknoty i niepokoju. Czy biedny mały Tosiek przeżyje tyle czasu na suchym chlebie? Czy ma wystarczający zapas odprasowanych koszulek? Czy nie wpadnie znowu w te swoje dziwne humory? Nie mogąc zadbać o dobrostan siostrzeńca, przerzuciła się zastępczo na Leona, który nie próbował się nawet opierać tej fali szczodrobliwości. Wypił kompocik, zjadł dwa kawałki szarlotki i pozwolił się obdarować słoikami z resztką pieczeni i kotletami. Potakiwał głową, wysłuchując narzekań na Marcina, który nie ma pojęcia o wychowywaniu dzieci i bezmyślnie niszczy owoce jej wieloletniej pracy. Sam trzymał język za zębami. Pilnował, by rozmowa nie zeszła znów na grząskie tematy. Nie dał z siebie niczego wyciągnąć, choć Idalia usilnie próbowała mu wmówić, że na pewno nosi w sobie jakąś straszną traumę.

– Nie przesadzaj – burczał. – Tak to już jest, że czasem obrywa się w ryj. Jesteś przewrażliwiona.

Prześwietliła go wzrokiem, ale utrzymał obojętny wyraz twarzy. Przecież mówił prawdę. Nic mu nie doskwierało. Spędził ostatnie dwa dni, bycząc się w domu, grając na gitarze i oddając się zaległym lekturom – dlaczego miałby narzekać? Bo czasem budził się w nocy zlany potem, z męczącego snu, którego treści nawet nie pamiętał? Bo czasem urywała mu się myśl, przecięta niespodziewanym wspomnieniem? Wielka rzecz. Każdemu to się zdarza. Nie ma o czym mówić.

– Potrzebujesz jeszcze czegoś na ból? – spytała Idalia.

– Dzięki, nie. Nie chcę zasnąć w ławce podczas lekcji. Kupię sobie w aptece paracetamol.

– Więc jednak idziesz jutro do szkoły – zmartwiła się. – Szkoda, Edytka już zarezerwowała półtorej godziny przed południem.

– Na co?

– Właśnie dotarł jej dyplom z masaży ajurwedyjskich, więc pewnie chce na tobie poćwiczyć, zanim dodamy je do cennika. Nic pilnego.

Tym oto sposobem jego zwolnienie przeciągnęło się o jeszcze jeden dzień, ale w środę poczucie obowiązku jednak przeważyło i Leon powlókł się do szkoły na sprawdzian z angielskiego. Nawet nieźle mu poszło, ale na następnych lekcjach to już właściwie tylko wegetował, próbując znaleźć jakąś wygodną pozycję na krześle.

– Co ci się stało w brodę? – spytała półgłosem Zuza.

– Zaciąłem się przy goleniu – odparł bez mrugnięcia okiem.

– A w palec?

– Przytrzasnąłem klapą od laptopa.

– A po co ten plaster?

– Voldemort mnie dziabnął i musiałem czymś zakryć bliznę.

– Ha. Ha. Ha – mruknęła Zuza znad zeszytu, ale już nie drążyła. – Zostajesz na próbie?

– Jeśli Tosiek raczy się pojawić – odparł Leon i westchnął. Nie tylko Idalię zżerała tęsknota. Odkąd wymogła na nim tę niedorzeczną obietnicę, przepadło, wciąż teraz o tym myślał. Tosiek nawiedzał go w snach i nie były to sny, z których chciałby się zwierzać komukolwiek. Powtarzał sobie, że Tosiek to wciąż ten sam irytujący smarkacz co przed tygodniem, ale nie potrafił sobie przypomnieć ani jednego dobrego powodu, dla którego właściwie ostatnio się z nim kłócił. Jakby wspominał wydarzenia sprzed wielu lat, wyblakłe i w sumie nieistotne.

Tłumaczył sobie, że to tylko efekt rozłąki. Reguła niedostępności: jeśli coś jest niedostępne, staje się bardziej pożądane. Kilka minut rozmowy z żywym Tośkiem na bank wyleczyłoby go ze wszelkich tęsknot, ale Tosiek jak na złość prawie się nie odzywał. Marcin okazał się twardzielem o nerwach z tytanu i nie oddał mu wi-fi – tyle Leon się dowiedział z tych kilku lakonicznych esemesów, które do niego spłynęły. Internet bez Tośka był przeraźliwie pusty, żadnych porannych selfików, mądrości życiowych i błazeńskich komentarzy, nic, żadnego śladu życia. Co on właściwie robił przez cały ten czas? Odseparowywanie Tośka od internetu nieprzyjemnie kojarzyło się Leonowi z rozszczepianiem jądra atomu. Bardzo wybuchowy eksperyment. Czy Marcin to na pewno przemyślał?

– Przez cały weekend szlifował scenariusz – mruknęła Zuza jakby w odpowiedzi na jego myśli. – Pojawi się. Dopiero co mi napisał, że wprowadził moje poprawki.

– Też wysyłałaś poprawki?

Tajemnicza mina Zuzy utwierdziła go w przekonaniu, że coś tu się rozgrywa za jego plecami.

– Wysyłać każdy może – mruknęła wymijająco. Pochyliła się nad zeszytem i zaczęła notować jak szalona. Już nic więcej z niej nie wyciągnął.

Ledwo doczekał końca lekcji, zerkając co kilka minut na popękany ekran telefonu. Ale to Zuza doczekała się wiadomości.

– Jest już w auli – mruknęła znad komórki.

Dlaczego do niej pisze, a do mnie nie, głowił się Leon, przedzierając się przez gwarny korytarz. Nagle trzyma sztamę z dziewczynami, a przecież dopiero co był małym, zdeklarowanym mizoginem, który pogardza wszystkim, co babskie. Wsunął się do auli za Zuzą i od razu go zobaczył. Tosiek potrafił zadbać o to, by go dostrzeżono.

Siedział na stole ustawionym na samym środku sceny, odziany w śnieżnobiałą koszulę i swoją ulubioną skórzaną kurtkę. Czubek sczesał do przodu na Danny'ego Zuko, huśtał długimi nogami obleczonymi w dżinsy i vansy i nikt by nie uwierzył, że jeszcze kilka dni temu ledwo mógł się zwlec z łóżka. Głowę pochylił nad plikiem wydruków, a Matylda i Emilia, które siedziały po obu jego bokach, pokazywały sobie palcem co lepsze kawałki ze scenariusza i chichrały się jak wariatki. Zuza natychmiast przyłączyła się do sabatu. Tosiek powiedział coś półgłosem i dziewczyny zaniosły się śmiechem, a Leona ugryzła zazdrość. Czuł się nieprzyjemnie wykluczony z tego wesołego zgromadzenia. Gdyby tam podszedł, dziewczęta natychmiast umilkłyby i się rozproszyły. Nic już nie rozumiał. Tosiek napisał sztukę, która im się spodobała? Jakim cudem? Czy Tosiek w ogóle pohańbił kiedykolwiek swój kruchy męski honor pisaniem o dziewczynach?

Usiadł na widowni. Obok Darek, klęcząc na ziemi, przycinał nożykiem kartę SIM do rozmiarów nano.

– Sprawdź, czy pasuje – mruknął do Sebastiana. – Powinno działać.

Witold, który nadszedł w towarzystwie Roksanny, otworzył oczy w udanym zdziwieniu.

– Nie wierzę, mamy komplet? Słyszałem, że w zeszły piątek byłeś ciężko chory.

– Prawie umarłem – poświadczył Tosiek i zmierzył go ze swojego stołu wyniosłym spojrzeniem. – Błagałem, żeby mnie wypuścili na próbę. Przyjechałem praktycznie prosto z OIOM-u, doceń to.

Witold, wielbiciel faktów i prawdy historycznej, prychnął tylko i zażądał scenariusza.

– Rozesłałem plik mailem – odparł Tosiek niepokornie. – Przeczytaj sobie w telefonie. Mam nadzieję, że wszystkim się spodoba, Jastrzębskiej też.

– Jak tym razem zamierzasz ją ogłupić? – warknął Witold.

– Ogłupić? Panią dyrektor? Nigdy bym nie śmiał. Byłoby jej przykro, gdyby wiedziała, jak niskie masz o niej mniemanie. Jastrzębska mówiła, że mamy pokazać nauczycielom, że doceniamy ich wysiłki, no więc myślałem, jak to przedstawić, i myślałem, i myślałem…

– I wymyślił, że pokażemy im, że jednak czytamy lektury – nie wytrzymała Matylda.

– Tak się martwiła, że nic nie czytamy – ciągnął Tosiek, rzucając jej karcące spojrzenie. – No więc napisałem, z małą pomocą dziewczyn, sztukę na podstawie *Trylogii*.

– Sienkiewicza? – nie dowierzał Witold.

– Sienkiewicza? – upewnił się Tosiek, zerkając na Emilię. – No, takie grube, zakurzone. Przegadane. Musiałem trochę stjuningować tego gniota, więc powstał taki bardziej fanfik, ale dziewczynom się podoba. Przeczytajcie sobie.

Leon za przykładem innych otworzył pocztę w telefonie i zaczął ściągać plik na komórkę. W przypadku jego smartfona trwało to bardzo długo. Niecierpliwie bębnił palcem w ekranik. Nie mógł się pozbyć wrażenia, że Tosiek go w ogóle nie dostrzega. Wręcz omija wzrokiem. Ale to pewnie tylko przewidzenie. Efekt tej tęsknoty, która toczy go od kilku dni. Z niewiadomych powodów wyobrażał sobie, że gdy się zobaczą, Tosiek po swojemu rzuci mu się na szyję, a tu nic, Tosiek całą uwagę skupił na scenariuszu.

– Opowiem może tak w skrócie, bo widzę, że jeszcze nie wszyscy mają tekst przed oczami – nawijał z powagą i Leon poderwał głowę, przekonany, że teraz wreszcie mówi się o nim. Ale Tosiek patrzył surowym wzrokiem na Sebastiana, który w pośpiechu składał telefon do kupy. – No więc te wszystkie smętne laski od Sienkiewicza mają dosyć siedzenia po domach i zakładają własną organizację. Trochę jak S.H.I.E.L.D., tylko że w osiemnastym wieku.

– Siedemnastym – mruknęli jednocześnie Sebastian i Witold.

– Siedemnastym – powtórzył Tosiek potulnie. – Ale ostatecznie sprzymierzają się z tymi tam zbójcerzami…

– Rycerzami!

– ...i razem walczą ze złem.

– Jakim złem? – spytał czujnie Witold.

– Ze mną. – Tosiek zaświecił zębami w uśmiechu. – Z księciem Bogusławem.

– Dlaczego akurat Bogusławem? W tamtych czasach o wiele większym zagroże...

– Lubię jego stylówę – wyjaśnił Tosiek. – Zawsze chciałem zagrać czarny charakter, który wie, jak się dobrze ubrać.

– A tych rycerzy to kto będzie grał? – zainteresował się Sebastian, wstukując kod PIN do telefonu. – Bo może mógłbym zorganizować kostiumy z grupy rekonstrukcyjnej.

– No ty będziesz akurat Kmicicem. – Tosiek zerknął w swoje wydruki. – Darek Wołodyjowskim, a Witolda przerobimy na Skrzetuskiego.

– Hm! – mruknął Witold, ale Darek i Sebastian już się zapalili do ogólnej koncepcji i zaczęli za jego plecami wymieniać półgłosem uwagi na temat koniecznego uzbrojenia i umundurowania.

– Dostałeś takie piękne przemówienie, że na pewno będziesz zadowolony – zapewnił go Tosiek. – Teraz dziewczyny. Z Matyldy zrobimy Oleńkę, z Zuzy Baśkę, z Emilii Jagienkę...

– Jagienka w Trylogii? – spytał Witold z politowaniem.

– Zmieniacz. Czasu – odparł Tosiek tonem sugerującym, że nie zamierza tłumaczyć rzeczy oczywistych. – A Heleną będzie oczywiście Roksanna.

Roksanna podskoczyła na krześle i się zaczerwieniła, widząc, że wszyscy na nią patrzą.

– Masz rolę dla mnie? – spytała nieufnie.

– To jest duży projekt, wszyscy będą potrzebni. Koniec obijania się – fuknął Tosiek surowo. Roksanna łypnęła spode łba.

– Ale dlaczego Helena? – Jej okrągłe oczy lśniły nieprzyjaźnie. Roksanna była niemożliwie przewrażliwiona na punkcie swojego wyglądu. Teraz przebiegała wzrokiem po twarzach dziewczyn, szukając w nich drwiny.

Ale dziewczyny przyglądały jej się ze śmiertelną powagą.

– Masz najdłuższe włosy – wyjaśniła Emilia.

– I najgrubsze – dodała Matylda.

– Ja z moimi mogę być co najwyżej Hajduczkiem. – Zuza poczochrała swoją krótką czupryny.

Emilia zeskoczyła ze stołu i zeszła na widownię.

– Wystarczy je dobrze upiąć – powiedziała. – Mogę?

Oszołomioną Roksannę otoczyło grono podnieconych stylistek. Leon nigdy dotąd nawet nie zarejestrował, że ta dziewczyna w ogóle ma jakieś włosy – sczesywała je gładko z wysokiego czoła i splatała ciasno z tyłu w długi mysi ogon. Teraz Matylda zręcznie rozplotła jej warkocz, a Emilia ujęła jeden z falistych kosmyków w dwa palce i owinęła Roksannie wokół ciemienia.

– O, tak, wysoko – powiedziała. – A tu ci wepniemy diadem.

– Helena nie nosiła żadnego diademu! – wtrącił Witold z oburzeniem. – Nosiła warkocze!

– Oj tam, pieprzyć kanon – odezwał się ze sceny Tosiek, bimbając w powietrzu vansami. Wyglądał, jakby się świetnie bawił.

– Może sobie nosić, co chce – dodała stanowczo Emilia. – Żaden Skrzetuski nie będzie jej mówił, co ma robić.

– Skrzetuski – wymamrotała Roksanna i zerknęła spod potarganych loków w stronę Witolda, czerwieniąc się jeszcze bardziej. – Jak… jak się kończy ta sztuka?

– Będziesz żyć długo i szczęśliwie – pospieszyła Emilia. – Sama zobaczysz.

– I będę mieć diadem?

– No pewnie.

Witold ciskał z oczu ponure spojrzenia, ale nic nie mówił. Roksanna, zarumieniona i cała w lokach, pochyliła się nad telefonem i z uwagą czytała tekst sztuki. Emilia uśmiechała się pod nosem, a Leon zrozumiał, że nic z tego, co właśnie zobaczył, nie wydarzyło się przypadkiem.

– Znowu nabijacie się z poważnej tematyki – syknął Witold w stronę Tośka, ale patrzył wciąż na Roksannę.

– Wcale nie. Skrzetuski wciąż nawija o ojczyźnie – przekonywał Tosiek. – Żywcem ci wszystko przepisałem z książki, sto procent powaga.

Witold nie wyglądał na przekonanego i siał złym wzrokiem po auli, szukając ofiary.

– A Leon kogo będzie grał?

– Leon jest bardzo zajęty i nie ma czasu na kucie tekstu – odparł Tosiek, nie podnosząc głowy znad kartek.

– Nieprawda – zdenerwował się Leon, ale Tosiek jakby go nie słyszał.

– ...więc dałem mu tylko małą rólkę, żeby się mógł posnuć po scenie.

Leon spojrzał niespokojnie w telefon. Plik wreszcie się ściągnął. Otworzył tekst i przeleciał wzrokiem po liście postaci.

Leon: HORPYNA – mamrocze, marudzi i przestrzega, cała w łachmanach (kostium rogala z zeszłego roku?), paskudne szpony (czarno-sine ombre + tipsy)

Usłyszał drwiące prychnięcie Witolda, który też doczytał ten opis w swoim telefonie. Mniejsza o niego. Kogo obchodzi Witold? Leon z trudem krył ekscytację. Będzie mógł wreszcie wykorzystać ten fantastyczny kostium, którego nie miał okazji założyć rok temu, gdy Witold storpedował ich pomysł na akademię świętomarcińską. I Tosiek zrobi mu pazury. Będzie chodził po scenie w pazurach i nikt, nikt nie będzie miał prawa się przyczepić, bo przecież to jest teatr. Udawanie. Zabawa. Nic prawdziwego. Miał ochotę wyściskać tego małego spryciarza. Może by to zrobił, gdyby Tosiek poświęcił mu choć sekundę uwagi. Ale Tosiek notował coś na marginesie jednej z kartek, twarz miał poważną, wzrok skupiony. Wdzięk i profesjonalizm w jednym.

Leon rozejrzał się po auli. Dziewczyny debatowały nad tym, skąd zdobyć kostiumy, Kmicic z Wołodyjowskim pojedynkowali się długimi piankami pływackimi wydobytymi zza kulis. Atmosfera była szampańska, tak jak pamiętał to z zeszłego roku, niesmak powyborczy rozpłynął się w klimacie ogólnego podniecenia. Tylko Witold stał ponury i spod zmarszczonych brwi przyglądał się, jak Roksanna owija lok na palcu i peroruje z przekonaniem:

– Suknie, koniecznie długie suknie, z dekoltem!

A Zuza, płaska jak deska, upomina ją, chichocząc poufale:

– Ej, ej, pomyśl o innych, nie wszyscy mają do pokazania tyle co ty!

2.

Przeczytali całość na role, zarykując się ze śmiechu przy co lepszych kawałkach. Tylko Witold nie potrafił wykrzesać z siebie ani grama entuzjazmu, chociaż należał do niego cały płomienny prolog. Wydukał swoje przemówienie, po czym urwał w połowie słowa.

– Koniec – powiedział zirytowany, zerkając w telefon. – Brakuje tekstu!

– A nie, nie – uspokoił go Tosiek i zeskoczył ze stołu. – Giniesz od przypadkowej kuli.

– Teraz?!

– No. Padasz na ziemię, o tak. – Tosiek bardzo realistycznie osunął się na kolana. – I kładziesz się na podłodze. Twarzą do publiczności.

– Długo mam tak leżeć? – zaniepokoił się Witold, rozkładając swoje długie ciało w poprzek sceny.

– Aż do końca.

– Mam leżeć przez godzinę bez ruchu?!

– A kto powiedział, że aktorstwo to łatwa sztuka – fuknął Tosiek. – Jak ci się nie podoba, zawsze możemy wziąć kogoś innego.

– Ale jak on tak tu leży przez cały czas, to co chwila ktoś się będzie o niego potykał – zgłosił wątpliwość Darek.

– No i o to chodzi – wtrąciła Emilia z widowni. – To jest metafora. Nie da się zagrać niczego sensownego, jeśli wiecznie się człowiek potyka o trupa na środku sceny. Dobra, wchodzi Helena i rozpacza.

Leon przyglądał się aktorskim popisom z krzesła ustawionego z boku sceny. Wpływ Emilii na tekst sztuki był większy, niż na początku przypuszczał. Tosiek choćby skisł, nie wymyśliłby tak zgryźliwej mowy żałobnej, w której Helena, rzekomo zrozpaczona, daje upust swojej uldze i nadziei na lepsze jutro, bez absorbującego witezia u boku. Za to kawałek, w którym Helena odkrywa, że potrafi przemierzyć cały kraj w ciągu ułamka sekundy, bez wątpienia stanowił wkład własny głównego scenarzysty.

– Jakim cudem? – złościł się Witold z podłogi.

– Odkrywa w sobie supermoc – wyjaśnił Tosiek niecierpliwie. – Jak Flash. Wszystko jest w didaskaliach. Skoro już leżysz i nic nie robisz, mógłbyś chociaż przeczytać ten tekst. Przybiega w ostatniej chwili, by połączyć swoją moc z supermocami pozostałych dziewczyn…

– Jezu – jęknął trup Skrzetuskiego.

– Cicho bądź. Narzekanie to nie twoja działka. Horpyna, gdzie jest Horpyna?

– Tutaj – mruknął Leon. – „Ojej, ojej, co wy wyprawiacie?".

– Z życiem! – dopingował Tosiek, nie podnosząc jednak głowy znad komórki. – Co, nagle zapomniałeś, jak się biadoli?

– „Olaboga, olaboga, to się źle skończy" – labiedził Leon, podczas gdy dziewczyny okręcały się w dziwnym tańcu, który przypominał nieco weselną wersję Zorby.

– Nie zapomnij pomachać szponami – podpowiedział złośliwie Skrzetuski i stęknął, bo Wołodyjowski i Kmicic, nadciągający galopem z Litwy, kolejno potykali się o niego. Próba potoczyła się dalej. Helena realizowała swoje ambicje jako hetman wielki koronny. Oleńka odrzucała zaloty księcia Bogusława w sposób, który budził pewne wątpliwości, kto tu właściwie z kim flirtuje. Jagienka wędrowała w czasie, aż furczało, sprowadzając w siedemnasty wiek nie tylko wywrotowe idee, ale również mikrofalówkę i telefony komórkowe (ciekawe, skąd wezmą zasięg, mruczał zdegustowany Wołodyjowski). Spektakl zakończył się efektowną walką Bogusława ze wszystkimi: Tosiek znów padł na kolana i skonał, starając się to zrobić jeszcze bardziej spektakularnie niż Skrzetuski.

– To najgłupszy tekst, jak w życiu czytałem – oświadczył Witold, podnosząc się na nogi.

– Napisz lepszy – burknął Tosiek. – Słyszysz, żeby ktoś jeszcze narzekał?

Witold się rozejrzał. Dziewczyny umawiały się na wspólne szukanie kiecek po lumpeksach, Sebastian dzwonił gdzieś w sprawie naramienników, a Darek, który w życiu nie przeczytał niczego poza brykami, oddalił się w stronę biblioteki, bo, jak stwierdził, chciał się dobrze przygotować do roli.

– To na kiedy jest wyznaczony termin tego spektaklu? – zagadnął Leon, ale Witold nie uważał go widać za partnera do dyskusji, bo tylko błysnął morderczym spojrzeniem, okręcił się na obcasie i wymaszerował z auli.

Tosiek upychał wydruki do plecaka.

– Warto było czekać na ten tekst – mruknął Leon, nagle zmieszany.

– Uhm.

– Oglądamy dzisiaj *Labirynt*?

– Jak chcesz – burknął Tosiek, nie podnosząc głowy.

– Wpadnę około siód... – Leon przerwał. Jego telefon znów zachrypiał. Niecierpliwie odebrał połączenie.

– Słucham!

– Dzień dobry, tu mama Karolka.

Co za uparte babsko.

– Już pani mówiłem, Karolek nie potrzebuje korepetytora – zasyczał do słuchawki. Usiadł na podeście. – Nie jestem niańką.

– Tym razem mam z nim poważny problem – nadawała niezrażona kobieta. – Gdyby mógł pan dziś przyjechać...

– Nie, nie mogę dziś przyjechać.

– Zapłacę podwójnie.

– Nie.

– Potrójnie.

Zawahał się tylko na sekundę.

– Nie, jestem dziś zajęty.

– A jutro? – przycisnęła natychmiast mama Karolka.

– Czemu ja? – jęknął.

– Bo pan się z nim dobrze dogaduje.

– Nie, ja mu tylko rysuję pociągi.

– Ja też próbuję. Ale ze mną nie rozmawia. Jutro?

Zrezygnowany szukał terminarza.

– Może być jutro. Pół godziny.

– W porządku.

– Płatne potrójnie – zaryzykował. Negocjacje nieco przytłumiły przykrą świadomość, że jest żałosną mimozą bez charakteru.

– Dobrze.

Z rezygnacją wpisał termin w czwartkową kratkę. No trudno, już dość się obijał w tym tygodniu. Schował kalendarz do plecaka i cały w uśmiechach zwrócił się z powrotem do Tośka, ale zobaczył tylko pustą scenę. Za jego plecami trzasnęły drzwi.

3.

– Dobry wieczór.

– Dobry wieczór.

Marcin uśmiechał się co prawda, ale jego oczy, zmrużone podejrzliwie, zmierzyły Leona od stóp do głów, ze szczególnym uwzględnieniem plastra i zadrapań. Czego on się spodziewa? – zastanowił się Leon, odwieszając kurtkę. – Że zużyte strzykawki zaczną sypać mi się z kieszeni?

– Masz nielegalne używki?! – zawołał Tosiek ze swojego pokoju.

– Oczywiście. – Leon wygrzebał z kieszeni towar. – Plik z musicalem – wyjaśnił Marcinowi, który, zjeżony jak kocur, zastąpił mu drogę. – Stuprocentowy nielegal. Prosto z torrenta.

Marcin nieufnie obmacał pendrive'a. Uznał widać, że ten konkretny rodzaj przestępstwa jest w stanie tolerować pod własnym dachem, bo machnął ręką i dał mu przejść.

Leon zatrzymał się w progu pokoju. Tosiek siedział na kanapie i sto procent swojej uwagi poświęcał wielkiej misce popcornu, którą trzymał na kolanach. W końcu jednak musiał podnieść wzrok. Zasępił się.

– Co ci się stało w twarz?

– Dopiero teraz zauważyłeś? – nie wytrzymał Leon. – Na próbie...

– Na próbie miałem co innego na głowie – odparł Tosiek, odkładając miskę na stolik. Wstał z kanapy. – Kto ci obił dziób?

– Nikt.

Z bliska wodził oczami po jego obrażeniach. Leon przyłapał się na tym, że się gapi tęsknie na te odęte usta. Już on by scałował dąs z tej naburmuszonej twarzy, raz na zawsze. Tymczasem jednak stał nieruchomo i pozwalał, by Tosiek przeszywał go wzrokiem.

– I to pewnie ten nikt nadepnął ci na palec? – upewnił się Tosiek ozięble.

– Uhm. Gdzie masz flagę?

Nad kanapą bielała pusta ściana pokaleczona gwoździami, wokół których widniały szare plamy po wykruszonym tynku.

– Zdjąłem, żebyś nie dostał tików nerwowych – burknął Tosiek i zawrócił na kanapę. Usiadł na samym jej krańcu. Otworzył laptopa i ustawił na stoliku. – No co tak stoisz? Siadaj. Obejrzyjmy to wreszcie.

Leon przysiadł posłusznie na drugim końcu kanapy i oddał Tośkowi pendrive'a. Musiał się w tym celu maksymalnie wychylić. Naprawdę będą oglądać film jak dwie nastroszone papugi na przeciwległych skrajach żerdzi?

– Świetny ten twój scenariusz – rzucił w ramach ocieplania atmosfery. – Tylko nie wiem, po co się wtrącasz między Witolda a Roksannę, może im jest właśnie dobrze tak, jak jest?

– Nie jest – mruknął Tosiek, szukając pliku.

– Skąd wiesz?

– Roksanna robi sobie malinki odkurzaczem.

– CZYM?!

– Emilia tak twierdzi, a ona się chyba zna.

– To w końcu Emilia pisała ten scenariusz czy ty?

– Ja. Dziewczyny tylko przesyłały uwagi. Emilia ma łeb jak Hamilton – Tosiek zrobił minę lisa przechery. – Ale Horpynę wymyśliłem sam!

– Dzięki.

– Jak będziesz chciał kiedyś zrobić próbę generalną, to zwędziłem cioci wszystko, co potrzebne – dodał tonem dentysty, który zaprasza na leczenie kanałowe.

– Może nie teraz – mruknął z żalem Leon. Za ścianą, w kuchni, słychać było ciężkie kroki Marcina. Tosiek wzruszył ramionami i wrzucił buteleczki z lakierem z powrotem pod kanapę.

– Nie to nie, nie będę się przecież narzucał – burknął i podkręcił dźwięk.

Leon zdrętwiał po swojej stronie kanapy. A więc się stało. Domyślał się tego już na próbie, ale teraz wiedział na pewno: Idalia dopadła Tośka i przeprowadziła z nim Rozmowę.

– Tosiek… – jęknął.

– Cicho bądź, zaczyna się.

Tosiek podwinął kolana pod brodę i wcisnął się w oparcie. Chrupał popcorn jak wiewiórka orzechy i nie odzywał się ani słowem. Leon widział *Labirynt* już wiele razy, ale nigdy dotąd nie miał takich problemów ze skupieniem uwagi. Każda nuta z otwierającej sekwencji rezonowała w nim jak bolesna elegia, ale był z tym sam. Zazwyczaj podczas wspólnych seansów Tosiek komentował wszystko na bieżąco, lepił się do niego jak kociak, właził mu na kolana, gdy tylko akcja na ekranie siadała; chował się za jego plecami w chwilach grozy albo chlipał w rękaw z nadmiaru emocji. A teraz nic, tylko to irytujące chrupanie. Leon miał wrażenie, że odziera się go z czegoś cennego. Nie tak miało być. Minęła godzina i nic się nie zmieniło poza tym, że Tosiek wyszedł na chwilę, by uzupełnić zapas paszy. Leon z każdym dźwiękiem z ekranu coraz bardziej zapadał się w czarny smutek. W końcu nie wytrzymał.

– Podoba ci się? – spytał z nadzieją.

– A interesuje cię to w ogóle? – Tosiek na drugim końcu kanapy chrupał nieprzerwanie. – Myślałem, że niczego już sobie nie mówimy.

Leon zerknął na niego i znów zatopił oczy w ekran.

– Mówimy, no jasne, że mówimy…

– Świetnie. – Tosiek odłożył miskę i przysiadł na piętach, wpatrując się w Leona rozognionym wzrokiem. – A tobie się podoba?

– Tak.

– Dlaczego?

– Bo… bo muzyka jest dobra i kostiumy.

– Takie koszule wiszą w każdym lumpie – mruknął Tosiek z drwiną. – Widziałem ostatnio za sześć złotych…

– Cii – psyknął Leon, bo gitary zajęczały przejmująco wstęp do *As The World Falls Down* i Jennifer Connelly w balowej sukni pojawiła się w kadrze. Tosiek przycichł posłusznie i ukradkiem przerzucał spojrzenie to na ekran, to na twarz Leona. David Bowie opuścił maskę i przewiercił dziewczynę wzrokiem, pary zawirowały w swoim groteskowym tańcu, ulegając niepokojącej muzyce. Tosiek wiercił się niecierpliwie na piętach, bardzo przejęty.

– Całkiem jak w *Maskaradzie* z *Upiora*! – nie wytrzymał.

– Uhm.

– To twoja ulubiona piosenka?

– Co?… Wszystkie lubię.

Rozdrażniony Tosiek pacnął palcem w klawiaturę i obraz na ekranie zamarzł w połowie taktu. Leon odwrócił się z gniewem.

– Hej!

– Nic mi nie mówisz! Nic mi nie mówisz! – wściekł się Tosiek. – Wszystkim o sobie opowiadasz, tylko nie mnie!

– Wcale nie wszystkim – jęknął Leon. Był pewien, że teraz Tosiek na pewno wywlecze ten jego niefortunny donos do Idalii, ale Tosiek milczał, nadęty i zły. – Nie wiem, czy to ulubiona – wydusił z siebie w końcu. – Ważna, no tak.

– Dlaczego?!

Tosiek zapomniał, że ma się nie narzucać, i przylazł całkiem blisko, pochłaniając go wzrokiem.

– Bo... bo... – Leon nie mógł się skupić. Z determinacją przymknął oczy. – Zobaczyłem ten klip dawno, zanim jeszcze obejrzałem cały film, okej? Miałem ze dwanaście lat, wisiał na YouTubie, kliknąłem przypadkiem. Na ekranie pojawiła się Sarah, pomyślałem, że ładna z niej dziewczyna. Potem pojawił się Jareth i zdjął tę maskę, i zaczęli tańczyć, a ja całkiem zapomniałem o dziewczynie, klip się skończył i już wiedziałem... wiedziałem... – Przełknął ślinę. – Że chyba jestem jakiś inny.

Otworzył oczy, z lekka oszołomiony tym, że wszystko wciąż wygląda tak samo. Tosiek siedział tuż obok, przekrzywił głowę, żeby mu się lepiej myślało. Po prostu mnie już pocałuj, pomyślał Leon desperacko, niech już będzie po staremu, niech ta rozmowa się skończy, nie ciągnij jej dłużej, bo po co?

Tosiek drapał się z zadumą po policzku.

– No, i jak ci z tym było? – spytał z zaciekawieniem.

– Z czym?

– Pamiętam, jak to jest, kiedy wszystko nagle kliknie i już wreszcie rozumiesz – rozmarzył się Tosiek uśmiechnięty do własnych wspomnień. – Totalny odlot.

Leon gapił się na niego przez dłuższą chwilę.

– Nie zawsze tak jest – burknął i zwinął się w kłębek w rogu kanapy. Oparł brodę o kolano i utkwił wzrok gdzieś przed sobą. – Możemy już oglądać?

– Och, no pewnie – westchnął Tosiek i odpalił film. Jareth ożył na ekranie i uśmiechnął się sardonicznie, zegar wybił godzinę, muzyka oszalała. Leon znów przymknął oczy.

– Wciąż masz tego crusha? – spytał Tosiek, zapychając policzki popcornem.

– On nie żyje. Już prawie rok. Mówiłem ci z dziesięć razy.

Tosiek prychnął.

– Ja o postaci mówię – uściślił z pełnymi ustami. – One są nieśmiertelne. No weź, gdyby tu nagle stanął Aaron Tveit jako Fiyero, zostawiłbym cię dla niego w mgnieniu oka. I co, masz coś przeciwko?

– Jakoś przeżyję.

– No widzisz. Też możesz mi mówić takie rzeczy. Możesz mi mówić wszystko. – Tosiek serdecznie ścisnął jego rękę i szybko wycofał się w kąt kanapy. – No, to kto cię sklepał?

Leon się skrzywił i otworzył oczy.

– Dziarskie łepki na tym twoim marszu.

Miał teraz rzadką okazję zaobserwować, jak w rozwarte szeroko oczy Tośka wkrada się lęk, tylko na chwilę, natychmiast zdławiony przez system immunologiczny, który nie tolerował tego rodzaju doznań. Tosiek nasępił się i zaczął kombinować.

– A już myślałem, żeś wreszcie wtłukł Witoldowi – mruknął. – Gdybyś od początku zdecydował się pójść ze mną, nic by się nie stało – oświadczył z pełnym przekonaniem. – Poszlibyśmy razem i ja bym cię pilnował. Ja bym cię obronił.

Kocham cię – powiedziało coś w głębi Leona. Usłyszał to tak wyraźnie w swojej głowie, że przez chwilę był pewien, że wypowiedział te słowa na głos. Jego serce tąpnęło z przestrachu i przez chwilę biło w okolicach żołądka. Znieruchomiał z uchylonymi ustami, nie wiedząc, jakich słów użyć zamiast, bo w głowie miał tylko te dwa. Musiało być coś szczególnego w jego wzroku, bo piegowaty nos Tośka z wolna pokraśniał, a błękitne oczy się zamgliły i zakłopotane umknęły spojrzeniem gdzieś w bok.

– Możemy obejrzeć do końca? – spytał Leon tak spokojnie, jak tylko potrafił.

– Jasne – wymamrotał Tosiek.

I tak już siedzieli aż do napisów końcowych, bez słowa, bez ruchu, każdy na swoim krańcu kanapy. Leon miał w głowie rozedrgany chaos. Coś się stało. Coś niepokojącego, nad czym nie miał żadnej władzy. Lubił Tośka, oczywiście, bardzo; lubił go, bo tylko przy nim oddychał swobodnie; bo pochlebiały mu jego nienasycone pocałunki i porywcza zazdrość; bo czuł się przy nim podziwiany i potrzebny. Jego przywiązanie, zdał sobie teraz sprawę, było naiwne i bardzo samolubne, nie kochał się nigdy w Tośku, tylko w sobie samym widzianym oczami Tośka: pięknym, pociągającym i błyskotliwym.

Chwila olśnienia i zmieniło się wszystko. Wypełniała go nagląca, chaotyczna potrzeba robienia dla Tośka dobrych rzeczy. Czegokolwiek. Teraz, zaraz i zawsze. Chciał się w niej całkiem zatracić i zaciskał pięści aż do białości, by nic nie dać po sobie znać.

Spokojnie. To minie. Na pewno. To tylko jakiś chwilowy rzut hormonów czy inne cholerstwo. Niemożliwe, żeby człowiek miał się tak czuć cały czas. Nikt by tego nie wytrzymał. Tej nieopanowanej, rozpaczliwej tęsknoty za kimś, kto przecież siedzi tuż obok, na wyciągnięcie ręki. Jak w takiej sytuacji można w ogóle funkcjonować?!

Film się skończył. Tosiek oddał mu pendrive'a. Leon schował go do kieszeni, ledwo patrząc. Ręce miał całkiem spocone i czuł, że jeśli jego serce wkrótce nie zwolni, popękają mu wszystkie naczynia krwionośne. Twarz mu płonęła, rozcięcie pod plastrem pulsowało w zawrotnym tempie.

– Będziesz to jadł? – spytał Tosiek, zaglądając do miski.

Pokręcił głową. Rozpaczliwie szukał właściwych słów. Wszystko, tylko nie tamte dwa. Nad tamtymi musi jeszcze pomyśleć. Ustalić, co właściwie znaczą. Obtoczyć je w elokwencji, by nie trąciły banałem. Tosiek wyżerał resztki popcornu, siejąc wokół charakterystyczny zapaszek fast foodu, ale odurzony dopaminą Leon nie bardzo to dostrzegał. W jego oczach Tosiek zdawał się w tej chwili kimś absolutnie najpiękniejszym i najbardziej pociągającym na całym świecie.

– Telefon ci dzwoni – wymemlał Tosiek z pełnymi ustami i odstawił miskę.

Leon się ocknął. Telefon. Dzwoni. Sprawdził wszystkie kieszenie. Znowu nieznany numer. Mogliby mu dać spokój z tymi korepetycjami, było już po dziesiątej, a on miał tu do rozwikłania skomplikowaną uczuciową łamigłówkę.

– Halo? – burknął w słuchawkę.

– Leon? – usłyszał głos, którego w pierwszej chwili nie rozpoznał, ale wydał mu się znajomy w jakiś niedobry, alarmujący sposób. Dreszcz przeleciał mu po karku.

– To ja.

– Tu mama – powiedział głos. – Co u ciebie słychać?

rozdział XIII

środa, 28 września 2016

1.

Tosiek przyglądał się mu z natężoną uwagą. Leon widział w jego oczach, że musi wyglądać nieskończenie głupio, kiedy tak bez słowa ściska przy uchu telefon, zdębiały i zapewne blady jak ściana. Co słychać?! Co miał jej niby powiedzieć? Że właśnie w jakimś kosmicznym przebłysku pojął różnicę między szczeniackim zadurzeniem a miłością i cały jego z mozołem budowany świat huknął o podłogę jak przewrócony stół? No chyba nie tego rodzaju zwierzeń oczekiwała po roku udawania, że jej syn nie istnieje?

– Po-poczekaj – wyjąkał. – Muszę wyjść. Przepraszam – rzucił w stronę Tośka, który tylko wywrócił oczami i obrażony obrócił się do niego tyłem. Leon wyszedł do przedpokoju. Obiecywał sobie, że zaraz wróci, ale natychmiast wpadł na Marcina, który wymownie stukał palcem w nadgarstek, pokazując, że już późno. Leon skinął niecierpliwie głową, chwycił kurtkę pod pachę i wybiegł na klatkę schodową.

– Już – burknął do słuchawki. – U mnie wszystko okej. – Jego głos niósł się po ścianach i odbijał echem na wszystkich piętrach.

– To dobrze – głos matki był z kolei daleki i roztargniony, jakby wcale nie słuchała.

– Przygotowuję się do matury próbnej – dodał z rozpaczliwym uporem. Zbiegł po schodach, wbijając się jednocześnie w kurtkę i przytrzymując telefon brodą przy ramieniu.

– Rozumiem.

– Będę zdawał rozszerzoną z biologii i chemii! – już prawie krzyczał. Zupełnie jakby ciskał grochem w solidne drzwi antywłamaniowe. Wypadł przed blok. Noc, chłodna i kojąca, owinęła się wokół niego jak zimny kompres. Latarnie ledwo świeciły, wyłaniając z mroku przypadkowe fragmenty osiedla: huśtawki na placu zabaw, skrzynki z elektryką, płotek. Umysł płatał mu figle; wszędzie, minimalnie poza granicą spojrzenia, czaiły się gobliny.

– Tak, tak – usłyszał znów ten głos, całkiem jak z innej bajki. – Słuchaj, czy to prawda, że nie chcesz przyjechać na ślub Duni?

Zamrugał jak po ciosie. Nocny krajobraz wzmagał poczucie nierzeczywistości. Ślub Duni. Mógł się tego spodziewać. Chodziło o Sandrę, a on znowu był tym, który sprawia kłopoty.

– Nie chcę – powiedział, stawiając ostrożne kroki na ciemnych płytach chodnika.

– Nie chcę, nie chcę – przedrzeźniał go głos. – A mógłbyś choć raz nie myśleć tylko o sobie? Wiesz, jak Duni jest teraz przykro?

Zacisnął zęby.

– Mnie też jest przykro – wycedził – że przez cały rok nie znalazłaś chwili, żeby do mnie zadzwonić, a jak już się odzywasz, to tylko po to, żeby mieć preten…

– A pomyśl, jak nam jest przykro – weszła mu w słowo. – Że po tym wszystkim, coś nawywijał, nie znalazłeś ani chwili, żeby nas przeprosić.

Aż go zatkało.

– Przeprosić!? – krzyknął. – Za co?

Nie panował już nad tym, dokąd prowadzą go nogi. Potknął się i prawie zarył twarzą w trawnik. Na szczęście znalazła się ławka, na której mógł usiąść. Głos w słuchawce był jak lodowaty wiatr.

– Wiesz, ile ojciec musiał się naprosić i nachodzić po ludziach, żebyś ty w ogóle mógł się znowu uczyć? Myślisz, że dobre szkoły przyjmują takich chuliganów?

Nie, nie wiedział. Nic nie wiedział. Jego wspomnienia były gęstymi kokonami waty, zepchniętymi poza granice świadomości. Sam pomysł, by je stamtąd wygrzebać, wywoływał w nim bolesne turbulencje. Ze złością starł łzę z policzka.

– Przepraszam – burknął.

Bo jak już człowiek przeprosi, to potem zazwyczaj jest lepiej.

– Ojcu to powtórz – usłyszał. – Kiedy go zobaczysz na ślubie Duni.

Pokręcił głową.

– Nie.

– Co to ma znaczyć?

– Nigdzie się nie wybieram.

– Dunia znowu będzie przez ciebie płakać!

– A jeśli przyjadę z kimś? – wypalił Leon.

– Z kim!? – głos wszedł w wyższe rejestry.

Zacisnął dłoń na chropowatym oparciu ławki. Teraz albo nigdy, dotarło do niego, od tej rozmowy zależy wszystko i być może następnej już nigdy nie będzie. Stanął mu przed oczami Tosiek, zuchwały i nieustraszony, i Leon zrozumiał, że dla niego jest gotów na wszystko.

– Z kolegą.

– Wykluczone.

– Dlaczego? Pokochacie go, naprawdę. Tośka nie da się nie kochać – wyjaśnił gorąco. Marnował tylko słowa, wiedział o tym, ale nie mógł się powstrzymać, musiał to w końcu z siebie wyrzucić. – Mamo, miałaś kiedyś tak, że coś kliknie i wszystko wskakuje na właściwe miejsce? – Śmiał się sam do siebie jak pijany. – Tosiek miał rację, tak to właśnie jest. Totalny odlot.

Cierpki głos w telefonie sprowadził go na ziemię.

– Nie będę tego słuchać. Naprawdę chcesz nam teraz robić na złość? I Duni? Tam u siebie rób, co chcesz, ale u nas musisz się zachowywać przyzwoicie.

– Chyba nie będę miał okazji.

– Leon!

– Daj znać, jeśli zmienisz zdanie.

– Nie zmienię.

– Nigdy?

Milczała. To była bardzo długa chwila ciszy. Leon odchylił się w tył przez oparcie i spojrzał na niebo, bezchmurne i niesamowicie rozgwieżdżone, całe dla niego. On miał czas. Miał całą noc. Do diabła z tym, miał całe życie i prawie się zachłysnął ogromem możliwości, jakie przed sobą zobaczył.

– Nie teraz – usłyszał w końcu. – Postaraj się to zrozumieć.

– To mi wytłumacz!

Znowu ta cisza. Leon patrzył w gwiazdy. Gdzieś pośród tego kosmicznego ogromu pomrugiwał do niego Mars. Tosiek wiedziałby, gdzie go szukać. Tosiek, który zawsze sięgał wzrokiem dalej niż wszyscy i nie dałby się zepchnąć z obranego kursu. Nie będzie od niego gorszy.

W słuchawce usłyszał westchnienie.

– Ojciec kupuje ziemię dla Duni. Pamiętasz pole między cmentarzem a szosą?

– Nie – odparł zdziwiony. Co to w ogóle miało do rzeczy?

– Bardzo ciężko teraz ziemię kupić. A już taką dobrą? I tak blisko? To prawie cud. Plebania dostała ją w zwrocie za mienie i teraz będą odsprzedawać, ale chętnych jest wielu. Ojciec już trzeci miesiąc koło tego chodzi.

– No i co? – zirytował się Leon. Jak miał zawalczyć o swoje, skoro ona nie potrafiła nawet utrzymać na nim uwagi dłużej niż przez minutę? O tak wiele prosił?

– To pole w złe ręce nie pójdzie. Opinię trzeba mieć. Zasłużyć – głos w słuchawce był teraz rozdrażniony. – Tyś już nam tyle krwi napsuł, to pomyśl choć raz o Duni i nie rób żadnych skandali. Rozumiesz?

Leon nie rozumiał. Miał przed oczami miriady ciał niebieskich, w uszach wciąż jeszcze muzyczny obłęd lat osiemdziesiątych; był gotów sparować każdą rzuconą mu w twarz insynuację, ale na zawiłości rodzimej biurokracji zupełnie się nie przygotował. W miarę jak docierały do niego jej słowa, rosło mdlące poczucie niemocy. Wszystko mógł jej wytłumaczyć, do wszystkiego przekonać, ale wobec tych tajemniczych mechanizmów, które nakręcały jej świat, był bezradny. Z całą jasnością zdał sobie teraz sprawę, jak bardzo naiwne są jego zwierzenia w starciu z tą machiną, i wykrzyknął z rozżaleniem na cały głos:

– Wstydzisz się mnie z powodu jakiegoś cholernego pola?!

Jakiś pies zaszczekał na niego z trawnika. Z ciemności wynurzył się jego właściciel i obrzucił niechętnym wzrokiem wyrostka, który drze się w środku nocy na całe osiedle. Leon nie zwrócił na niego uwagi, ściskając telefon przy uchu, aż trzeszczała pęknięta szybka.

– To nie jest jakieś pole, tylko prezent dla Duni.

– Wszystko jedno! Niech to będzie pół świata!

– Chcę tylko, żebyś pojął, że są w życiu ważniejsze rzeczy niż twoje zachcianki – zbeształ go głos.

– Tosiek to nie zachcianka – zaperzył się Leon. – To... to właśnie moje życie. Innego nie będzie. – Znów zaczął się śmiać. Co za noc. Z każdą minutą dowiadywał się nowych rzeczy o sobie. Nigdy dotąd na przykład nie uwzględniał Tośka w swoich planach na przyszłość. Tosiek zdarzył się przez przypadek. Tosiek był tylko zaskakującą anomalią, którą obserwuje się z uwagą, ale bez odniesienia do jakichkolwiek mierzalnych zjawisk. Tosiek wymykał się wszelkim harmonogramom. Leon nie ośmieliłby się nawet przypuszczać, że coś tak zmiennego i efemerycznego mogłoby się stać składową częścią jego życia. A teraz w ciągu minuty, jak opiłki żelaza pod wpływem magnesu, jego przyszłość pod wpływem Tośka rozsypała się i przeformowała w coś zupełnie nowego, ekscytującego i znacznie mniej podatnego na szczegółowe planowanie. Trochę go to przerażało, ale i wypełniało podnieceniem. Może i stał właśnie w kolejce na jakiś szalony międzygwiezdny rollercoaster, ale przynajmniej wiedział, że nie będzie wirował w nim sam.

Głos w słuchawce znów biadolił na starą nutę, ale Leon po prostu przerwał połączenie i schował telefon. Stało się. Dokonał wyboru. Przydławiło go słodko-gorzkie poczucie straty wymieszane z euforią. Nowy początek! Czy jest w ogóle możliwy? Bardzo chciał wierzyć, że tak. Z Tośkiem u boku wszystko będzie możliwe.

Siedział na tej ławce długo, patrząc, jak kolejne gwiazdozbiory powoli chowają się za blokiem. Dopiero gdy ziąb zaczął przenikać mu nerki, podniósł się i ruszył do domu, pogwizdując pod nosem swój ulubiony kawałek z *Labiryntu*.

rozdział XIV

czwartek, 29 września 2016

1.

Marcin chyba uznał, że już dość tych tortur, bo z samego rana Tosiek w całej swojej glorii powrócił do sieci. Zaspamował internet autoportretami i fotkami owsianki, polajkował fanpage Davida Bowiego i zasubskrybował jego kanał z klipami. Czego on się tam jeszcze spodziewa, muzyki z zaświatów? – zastanawiał się Leon, szczotkując zęby w swojej miniaturowej łazience. W małym lusterku przyklejonym do ściany widział ponad własnym ramieniem to, co miał za sobą: fragment pokoju, stolik i otwartego laptopa. Tosiek wgrał nowy film, ale Leon wciąż go jeszcze nie obejrzał. Nie chciał sobie psuć nastroju. Jeszcze nie. Obudził się w świetnym humorze, wyspany i lekki, jakby go kto wypełnił helem. Przez pół godziny, zamiast wstać z łóżka, przeglądał Tośkowe selfiki i rozmarzony uśmiech nie schodził mu z ust. Dzisiaj mu wszystko powie. O tych gwiazdach. O nowym początku. Znajdzie w końcu odpowiednie słowa. Już się nigdy, nigdy, nigdy nie będą kłócić.

Powiadomienie o nowym filmie trochę zwarzyło optymizm. Oczywiście, cokolwiek opublikował Tosiek, jest na pewno godne uwagi i wsparcia, przekonywał się, wstając wreszcie z tapczanu. Ubrał się, umył i zjadł śniadanie, zerkając co jakiś czas na laptopa. Ekran przygasł, a po chwili wystartował wygaszacz, który Tosiek ustawił mu kiedyś ukradkiem: odbijająca się od krawędzi do krawędzi ekranu kolorowa fotka. Na fotce byli obaj w garniturach, Leon szczerzył się jak przymulony, a Tosiek, który strzelił tego selfika, całował go z uczuciem w policzek i jednocześnie zerkał jednym okiem w obiektyw. Leon zdążył już całkiem zapomnieć o tym zdjęciu. Zrobili je w pierwszy dzień szkoły, w rocznicę ich pierwszego spotkania, jak przypomniał mu Tosiek z wyraźną przyganą, oczekując chyba jakichś niespodzianek z tej okazji. Leon wyśmiał go wtedy. Następnym razem będzie inaczej – obiecał sobie. Będzie wpisywał te wszystkie dziwne święta w terminarz i zaskakiwał inwencją.

Splunął do umywalki i wytarł usta. No dobrze. Nie może tego dłużej odwlekać. Wrócił do pokoju, usiadł na tapczanie, chwilę pogapił się na fruwającą po ekranie fotkę, wreszcie odpalił Tośkowy filmik.

– No cześć. Jak się macie? Byłem w szpitalu. To cud, że w ogóle z wami rozmawiam – zagaił z dumą Tosiek ze swojego stanowiska przy biurku. Leon jęknął. Czy ten kretyn, słoneczko jego ukochane, zamierza dla zwiększenia oglądalności wyjawić teraz powody, dla których trafił pod skrzydła NFZ-etu? Najwyraźniej nie. Tosiek jakoś przemógł pokusę, bo tylko dodał z przejęciem: – Po wielu, wielu godzinach walki lekarzom udało się mnie odratować i mogłem dokończyć scenariusz przedstawienia, które wkrótce wystawi mój zespół teatralny. Zamierzamy nagrać ten spektakl i udostępnić dla was w sieci, co o tym myślicie? Napiszcie w komentarzach. Opowiem wam dziś trochę o naszych artystach. Oprócz mnie jedną z ważniejszych osób w zespole jest Emilia… – Twarz lektora na parę sekund zniknęła z ekranu, a zamiast niej pojawiła się przebitka z Emilią na tle kulis. – …która opracowała całą koncepcję spektaklu. Jest także Matylda… – Przebitka na zarumienioną Matyldę, machającą nieśmiało w stronę kamery. – …i Zuza… – Efektowna

wstawka z niedawnego meczu siatkówki, na której pani kapitan ścina piłkę pół metra nad siatką. – Nie zapominajmy o Roksannie. – Na ekranie pojawiło się rozmazane zdjęcie, chyba fragment fotografii grupowej z zeszłego roku. – Dziewczyny zagrają w naszym spektaklu średniowieczne superbohaterki. – Tu przez twarz Tośka przemknął cień zwątpienia. – Siedemnasty wiek to takie trochę średniowiecze, nie? – rzucił z wahaniem, po czym machnął ręką i nadawał dalej: – Ale nie myślcie sobie, że w zespole są same laski. W następnym odcinku przedstawię wam także Leona, Sebastiana i Darka.

Tosiek paplał teraz o kostiumach, na ekranie pojawiły się fotki z przymierzalni w ciuchlandzie, a Leon słuchał w skupieniu, ciekaw, czy ten skubaniec wspomni choć słowem o Witoldzie. Nie wspomniał. Zakończył prośbą o subskrypcje, błysnął snejkami w uśmiechu, wzniósł w górę kciuki i zniknął z ekranu.

Leon siedział przed laptopem jeszcze dobre parę minut, w końcu zgasł ekran i jak w czarnym lustrze zobaczył własne odbicie. Och. To musi być to maślane spojrzenie, które demonstrowała mu Emilia. Starł z twarzy ten głupawy grymas. Musi się go jak najszybciej oduczyć. Miał wielką ochotę obejrzeć całe nagranie jeszcze raz, co tam, jeszcze pięć razy, ale zerknął na zegarek i zerwał się z miejsca. Kurtka, buty, sznurowadła, gdzie jest ten cholerny plecak? Wypadł z mieszkania jak do pożaru. Filmik poczeka, kartkówka z matmy raczej nie.

2.

Zaraz po matmie ruszył szukać Tośka, ale znalazł tylko Emilię. Stała na korytarzu z grubym plikiem kartek pod pachą, a minę miała tak zdegustowaną i wściekłą, jakby jej ktoś właśnie chlusnął czymś zimnym w twarz.

– Co za gnój, co za gnój – powtarzała z furią.

– Kto, Tosiek? – Leon myślał tylko o jednym.

– Witold! Co on sobie wyobraża? Wydrukowałam kopie scenariusza dla każdego, chyba godzinę stałam przy ksero, i wiesz, co zrobił? Wprowadził jakieś poprawki! Pozbierał wydruki od wszystkich i przyniósł mi, żebym powpisywała te jego zmiany do pozostałych kopii! A jak mi się nie podoba, to mogę drukować od nowa. Nie mógł mi wczoraj powiedzieć, że chce coś zmieniać? Poza tym to scenariusz Tośka, czy my się w ogóle musimy godzić na te wszystkie skreślenia?!

– Nie wiem. – Leon się niecierpliwił. – Gdzie jest Tosiek?

– U Jastrzębskiej.

– A co się stało?

– Nie wiem, wezwała go. Pewnie da mu wreszcie kasę na sprzęt. Chcesz zerknąć na te poprawki? Niektóre są okej, jakieś literówki, ale niektóre nie mają sensu. Powycinał Roksannie wszystkie fajne puenty.

– Może potem – zbył ją Leon. – W sekretariacie jest szybsze ksero niż na dole. Dawno poszedł?

– Zaraz po dzwonku na przerwę. W sekretariacie mi nie pozwolą, no co ty? Prędzej zabiją i zjedzą.

– Mnie pozwalały – mruknął Leon. – Musisz być tylko bardzo uprzejma i przynieść im czekoladki.

Emilia zmrużyła drwiąco oczy.

– Albo się wystylizować na grzecznego wnuczka. Matko, przecież te baby mnie nienawidzą, nie wiem czemu. – Z pasją odgarnęła włosy z czoła. – Naprawdę korzystasz z ich sprzętu?

– Czasami. Jak już ustalicie z Tośkiem, co chcecie zmienić, wyślij mi plik, to pójdę wydrukować. Kiedy on wróci?

– Pewnie zaraz, Jastrzębska nie będzie go chyba przetrzymywać w czasie lekcji. Za chwilę dzwonek. – Przyglądała mu się z namysłem i jakby zakłopotaniem. – Jak już będziesz tam szedł… skserujesz mi kilka ulotek?

– Ile kopii?

– Ile się da.

– Zobaczę, co da się zrobić. – Wolał niczego nie obiecywać, bo choć sekretarki rzeczywiście go lubiły i mówiły do niego per „synuś", nie chciał nadużywać ich cierpliwości. Nigdy nie wiadomo, kiedy człowiek będzie potrzebował kilku dodatkowych kopii CV. Rozejrzał się jeszcze raz w nadziei, że zobaczy Tośka, ale nie widział w tłumie nikogo, z kim mógłby go choćby pomylić. Tosiek wyrastał ponad wszystkich, po prostu. Zaterkotał dzwonek i Leon musiał dać za wygraną. Pomknął do swojej klasy, a scenariusze, pliki i poprawki wyleciały mu z głowy równie szybko, jak w nią wpadły.

3.

– Nie było go na lekcji – burknęła Emilia, kiedy złapał ją na następnej przerwie. – To co, bierzesz te ulotki?

– Jak to „nie było"? – zdenerwował się Leon i odruchowo sięgnął po telefon. Szukając go po kieszeniach, zerknął w podaną mu kartkę A4. – Protest? – zdziwił się. – Bawisz się w demonstracje?

Kiedy był dzieckiem, nasyczał na niego łabędź. Dźwięk, który wydała z siebie Emilia, był do tego syku łudząco podobny.

– Tak, bawię się – fuknęła z przekąsem i wyrwała mu kartkę. – Wiesz co, sama sobie poradzę, dzięki. – Zadarła nos i odeszła, taszcząc te swoje wydruki.

Wzruszył tylko ramionami i wybrał numer do Tośka. Nie było go na lekcji? W co on się znowu wpakował?

– Gdzie jesteś? – rzucił w słuchawkę, gdy Tosiek odezwał się wreszcie.

– W bibliotece – usłyszał nadąsany głos.

– Co się stało?

– Nic.

– Ale... dobra, nieważne, idę do ciebie. – Teraz Leon naprawdę się zaniepokoił. Biblioteka znajdowała się na trzecim piętrze budynku, w bocznym skrzydle, u szczytu stromych i wąskich schodów, jakby specjalnie chciano ją ukryć przed uczniami. Znalazł Tośka w ubogim kącie z komiksami, tak sczytanymi, że większość kartek fruwała luzem.

– Powiesz mi teraz?

– Nic, czego byś się nie spodziewał – usłyszał zza okładki z Thorgalem. – Oddałem Jastrzębskiej hasło do YouTube'a.

– Ale czemu?

– Pytała o subskrybentów – wymamrotał Tosiek i opuścił książkę. Nos miał czerwony i oczy podpuchnięte, łzy wciąż jeszcze wisiały mu na rzęsach. – Czy to prawda, że to wszystko lewe konta. Powiedziałem, że nie lewe, tylko zagraniczne, ale to jej nie przekonało. Pytała, czy wyświetlam reklamy przed filmami i gdzie idzie kasa... Powiedziałem, że mogę jej przelać tę kasę, jak już ją dostanę, to i tak jakieś grosze będą... Ale nie słuchała nawet. Powiedziała, że się na mnie zawiodła i że lepiej będzie, jeśli ktoś inny poprowadzi ten kanał.

– Kto?

– Wiesz kto. – Tosiek pociągnął nosem. – Oddałem jej hasło. Powiedziała, że obniży mi ocenę z zachowania, jeśli tego nie zrobię. Jak znowu dostanę obniżoną ocenę i znowu przez Witolda, to mi ciocia z tatą zrobią taki karcer, że chyba będę musiał wyemigrować. Już jest zmienione, nie mogę się tam zalogować. Wit... ktoś wywalił wszystkie moje filmy.

Leon słuchał i zaciskał pięści.

– Możesz założyć nowy kanał – szepnął. – Nie szkolny, swój własny. Masz tyle świetnych pomysłów.

– Przyszło mi to do głowy. Może z coverami? Grałbyś na gitarze, a ja…

– Pomyślimy o tym – powiedział Leon w pośpiechu. – Zbierajmy się stąd. Zaraz dzwonek.

– O relacji z parady w Londynie też wiedziała – mamrotał Tosiek ze wzrokiem utkwionym w powietrze. – A przecież film wisiał w sieci tylko kilka godzin. Nie mogła go widzieć. Ale Wit… ktoś jej naopowiadał niestworzonych rzeczy.

– Jakich… rzeczy?

– No, że promuję różne patologie i takie tam.

– Tak powiedziała?!

– Wypsnęło jej się. Potem się wiła i przepraszała, ale wiesz, poszło w eter. Poryczałem się, żeby się poczuła już całkiem jak gówno – dorzucił Tosiek z mściwą satysfakcją.

Leon aż pojaśniał na twarzy, widząc ten wojowniczy błysk w jego oczach. Trzeba było znacznie więcej niż jedna szykana, by złamać Tośka.

– Myślisz, że to Witold jej doniósł? – zapytał.

– Trochę go zdissowałem rano – mruknął Tosiek ze skruchą. – Wiedziałem, że się spieni i będzie się odgrywać, ale myślałem, że ma trochę więcej polotu.

Wygrzebał z kieszeni chusteczkę i wytarł z hałasem nos. Leon znowu szukał właściwych słów. Moment był dobry; byli sami, wokół tylko książki i komiksy, chwilowo o nic się nie kłócili, a Tosiek wyglądał niemożliwie pociągająco, mimo czerwonego nosa. Niestety, w głowie Leona wirowały tylko fragmenty piosenek i wyświechtane komunały. Coś o gwiazdach. O nieskończoności. Nic, co choćby w małym stopniu oddawałoby ten kosmiczny odlot, którego doświadczył wczoraj w nocy. Dzwonek na lekcję poderwał Tośka z miejsca i chwila przepadła.

– Co robisz po południu? – zagadnął Leon, kiedy schodzili po stromych schodach.

– Ja? – spłoszył się nieoczekiwanie Tosiek. – Bo co?

– Moglibyśmy znów coś obejrzeć.

– Dwa dni z rzędu? Fiu, fiu. Skąd ty masz tyle czasu?

– Zawsze mogę coś przełożyć albo przesunąć. – Leon już sięgał po terminarz. Korki o szesnastej, potem Karolek – Karolka od razu skreślił w myślach – o osiemnastej korki na Łazarzu, ale od tych mógłby się wymigać, podsyłając porcję zadań mailem…

– Nie szukaj – mruknął Tosiek. – Dziś jestem zajęty.

– O – zdziwił się Leon. – Jak to?

– Wychodzę.

– Gdzie?

– Mam wielu znajomych – zezłościł się Tosiek. – Nie siedzę w domu non stop.

– A ja myślałem, że masz szlaban.

– Tata dał mi dyspensę na to spotkanie.

– Spotkanie… – Leon zaczynał rozumieć. – Z tymi tam od marszu.

– Z tymi tam. Aha – fuknął Tosiek, skręcając w stronę swojej klasy.

Leon ruszył za nim.

– To może jutro?

– Zobaczymy! – odkrzyknął Tosiek niecierpliwie i zniknął za drzwiami sali.

4.

Leon przygaszony powlókł się w kierunku własnej klasy, rozmyślając wciąż o tym, że jedynie nocą pod gwiazdami wszystko wydaje się takie proste i oczywiste. W świetle dnia nawet coś tak naturalnego jak wyznanie drugiemu człowiekowi dozgonnej miłości nieprzyjemnie się komplikuje. Może po prostu trzeba wyciągnąć kiedyś Tośka z domu pod gwiazdy, to by pewnie sporo uprościło. Ciekawe tylko, co na to Marcin...

Zatopiony w domysłach wlazł w tłumek uczniów i niechcący zawadził o kogoś ramieniem.

– Przepraszam – wymamrotał. Wrócił na ziemię, dopiero słysząc burkliwy głos Sebastiana. Oderwał wzrok od własnych butów i rozejrzał się nieprzytomnie. Stał pod pracownią historyczną, a wszędzie wokół, w grupkach pod ścianą i w rzędach na parapetach, przyszli dyplomaci i prawnicy z trzeciej A czekali na profesora Strojnego. W pewnym od nich oddaleniu stał i Witold. Przeglądał coś na tablecie.

Leon zdał sobie sprawę, że nogi same niosą go w tamtą stronę, zjawisko jeszcze niedawno nie do pomyślenia. Zawsze mu się wydawało, że nie należy do ludzi, którzy bawią się w jakieś dziecinne konfrontacje.

– Masz chwilę? – usłyszał swój głos, zimny i zaczepny.

Witold podniósł głowę i drwiący uśmieszek pojawił się na jego twarzy.

– Minutę – powiedział i wyłączył tablet.

– Doniosłeś na Tośka Jastrzębskiej?

Witold poczerwieniał i przestał się uśmiechać.

– Licz się ze słowami – syknął. – Ja nie donoszę. Dbam o dobre imię szkoły. Nie będzie mnie reprezentował jakiś matoł, który nie wie nawet, kiedy skończyło się średniowiecze.

– O, jednak się skończyło? – spytał Leon z oschłym spokojem. – Świetnie, że to w końcu zauważyłeś.

– Trudno przeoczyć. Wszędzie was pełno.

– Nas?...

– Na szczęście Jastrzębska nie jest głupia. Zgodziła się ze mną, że te wasze filmy pokazują szkołę w złym świetle i muszą zniknąć.

– Oglądałeś je chociaż?

– Wszystkie trzy – Witold wykrzywił się w grymasie. – Dyrekcja też uważa, że to nie jest ten rodzaj reklamy, której nasza szkoła potrzebuje, zwłaszcza teraz. Jeden zjeb wystarczy. Dwóch – poprawił się i zmrużył oczy. – Co, może jest was więcej?

Leon milczał. Myślał o Konradzie, o Matyldzie, tak beznadziejnie zamotanej we własnych uczuciach, o tych dzieciakach z młodszych klas, których nawet nie znał, ale nie wątpił, że istnieją, wreszcie o zapuchniętym od płaczu Tośku. Palce znów zwinęły mu się w pięści. Witold to zauważył i uśmiechnął się pobłażliwie.

– No, bez tych nerwów – uniósł ręce w geście przyjaźni. – Nikt was stąd przecież nie wyrzuca. Sam mówiłeś, średniowiecze się skończyło. Możesz sobie deptać Sienkiewicza, możesz sobie malować pazurki, wszystko dozwolone. – Jego spojrzenie znów zlodowaciało, kiedy dodał z groźbą w głosie: – Byle to poza aulę nie wyszło. Cześć.

Wrzucił tablet do plecaka i już był w połowie drogi do pracowni, gdy Leon odzyskał głos i władzę w nogach.

– Czekaj! – krzyknął. Kilka osób obróciło się w jego stronę, ale nawet nie zwrócił na to uwagi. Za to w spojrzeniu Witolda zobaczył wyraźne ostrzeżenie. – Odchodzę z zespołu – powiedział ze złością.

Witold zwęził oczy w dwie zimne szparki.

– To się jeszcze okaże – syknął. – Następna próba w piątek.

Odwrócił się i zanurkował między uczniów zmierzających do pracowni.

5.

Leon spędził następną lekcję, gapiąc się obojętnym wzrokiem w tablicę, i nawet nie próbował udawać, że to, co się na niej znajduje, interesuje go choć w małym stopniu. Ogryzał końcówkę długopisu i myślał tylko o tym, że już nigdy więcej nie wyjdzie na scenę i że go to zupełnie, zupełnie, zupełnie nie obchodzi. Skoro to ma być cena jego świeżo obudzonej lojalności wobec Tośka, niech i tak będzie. Jeśli inni członkowie zespołu mają do niego taki sam stosunek jak Witold, to... to nawet lepiej, że już tam nie wróci. Oszczędzi sobie tylko kolejnych upokorzeń.

– Zaraz zjesz ten długopis – mruknęła Zuza znad zeszytu. – Chrup trochę ciszej. Słyszałeś, że mamy dziś WDŻ?

– Co? – jęknął Leon. – Skąd wiesz?

– Z lekcji wychowawczej. Mówiła o tym w poniedziałek, kiedy ciebie nie było. – Zuza zawiesiła głos, wyraźnie czekając na jakieś wyjaśnienie z jego strony, ale Leon znów wbił wzrok w tablicę. Jeszcze to! Miał się wypisać z tych beznadziejnych zajęć na początku semestru, ale zapomniał. Prowadziła je eteryczna istota o nazwisku, którego nie pamiętał, bo wszyscy i tak nazywali ją Zosieńką. Jej pogadanki o powabach życia w kochającej się rodzinie przyprawiały go o mdłości. Były też wzmianki o „nich", okraszone zakłopotanym chichotem. Oni, kosmici, którzy tych powabów nie potrafią docenić i łączą się w konfiguracje nieobjęte podręcznikiem. Myśl, że „oni" mogą siedzieć przed nią w ławce i skręcać się z zażenowania, nigdy nie zaświtała w głowie Zosieńki. Leona już teraz wykręciło na samo wspomnienie. Pójdzie na te cholerne zajęcia, skoro musi, ale zaraz potem pobiegnie do sekretariatu po druczek rezygnacji. Zna lepsze sposoby na marnowanie czasu.

Po dzwonku poczłapał niechętnym krokiem za Zuzą. Zatrzymali się przed pracownią biologiczną.

– Mało nas – mruknął.

Zuza rozejrzała się wokół.

– Niektórzy już się wypisali – odparła z zazdrością. – Pewnie dlatego łączą nas z inną klasą. O, idą – machnęła ręką w stronę wylotu korytarza, skąd nadciągała skromna reprezentacja trzeciej humanistycznej, z jasnym czubem majaczącym na czele.

– A prosiłem – powiedział Tosiek z pretensją, gdy tylko dotarł pod drzwi. – Wypisz mnie, bo już wszystko wiem. Ale nie. – Wydał z siebie oburzone prychnięcie pod adresem Idalii. – Godzina życia w plecy. Jeśli znowu będę musiał pisać list do swojej dzidzi, odgryzę sobie chyba ręce. A mógłbym się w tym czasie przygotowywać do matury. – Zerknął tęsknie w telefon. – Jeśli w końcu coś obleję, to będzie wyłącznie jej wina. Słyszałem, że opuszczasz zespół.

Zaskoczony tą nagłą zmianą tematu Leon drgnął i się zmieszał.

– Skąd wiesz?

– Witold kazał mi wykreślić Horpynę ze scenariusza – wyjaśnił Tosiek z dąsem na obliczu. – Odpisałem mu, żeby się pocałował w kuper, bo też odchodzę.

– Nie musisz…

– Ja was nie rozumiem – wtrąciła Emilia, która przysłuchiwała się z boku. – Zabieracie zabawki i sobie idziecie?

– Nikt mnie nie będzie obrażał – odparł Leon z godnością, a Tosiek, słysząc tę deklarację niepodległości, z zapałem pokiwał głową.

– Takie z was dwa cykory? – zapiekliła się Emilia. – Co komu przyjdzie z waszych fochów? Poza tym, że trzeba będzie odwołać przedstawienie? Mamy dobry tekst, ludzie się w coś wreszcie zaangażowali, a wy spieprzacie w długą? Żarty sobie stroicie?!

– Zespół nas nie chce – bąknął Tosiek, chowając się za Leonem.

– Nie zespół, tylko Witold – prychnęła Emilia. – Ja się zajmę Witoldem, a wy przestańcie zgrywać pieprzone księżniczki.

Leon zerknął na Tośka, Tosiek na Leona. Obaj mieli na twarzach ten sam wyraz urażonej niewinności. Emilia sapnęła z nerwów i wywróciła oczami.

– Trzeba było jednak na ciebie głosować – zachichotała Zuza i zaraz umilkła, bo Emilia wlepiła w nią wściekłe spojrzenie.

– To czemu nie głosowałaś, co?

Zuza wzruszyła ramionami.

– Nie wiem, mówiłaś tak, jakby chodziło ci tylko o dobre role dla siebie.

Emilia rozwarła oczy z niedowierzaniem, potem obejrzała się na Matyldę, która, zakłopotana, opuściła wzrok.

– Dobre role mogę załatwić bez waszej łaskawej pomocy – syknęła. – Zwyczajnie chciałam, żeby coś dobrego wyszło z tych naszych wygłupów, to tak trudno zrozumieć?

Nikt się nie kwapił do odpowiedzi, ale wszyscy wyglądali, jakby im było trochę głupio.

– Wchodzimy, wchodzimy, pająćzki – usłyszeli za sobą pogodny głos. Ale to nie była Zosieńka. To Kawecka, podzwaniając kluczami, otwierała drzwi sali.

– My tu zaraz mamy WDŻ – uprzedziła ją Emilia.

– Wiem, przyszłam na zastępstwo – odparła Kawecka z przymilnym uśmiechem nauczyciela, którego skazano na zajęcia z nieznaną klasą. – Wasza pani jest chora. Zmieścicie się wszyscy?

Połączone siły humanistów i przyszłych eskulapów zajęły wszystkie możliwe ławki pracowni, ale i tak brakowało miejsca. Leon z Tośkiem i Zuzą stłoczyli się przy jednej dwuosobowej ławce. Część młodzieży przysiadła na parapetach, a pewna para w ostatnim rzędzie zdecydowała się zająć wspólnie jedno krzesło. Kawecka udała, że tego nie widzi. Opuściła wzrok na gruby skrypt i zaczęła go wertować z wyrazem konsternacji na twarzy.

– Czego was już z tego nauczono, żuczki?

– Żeby się szanować – doleciało z ostatniej ławki.

Chichot przeleciał po sali.

– To bardzo ważne – mruknęła Kawecka. – Coś jeszcze?

– Żeby nie miąć kwiatków – dodał jakiś dryblas z pierwszego rzędu.

– I żeby nie wchodzić do sieci, bo tam same świństwa są – przypomniał sobie Tosiek i ukradkiem wyjął telefon.

– I że wszyscy chcemy mieć dzieci, tylko jeszcze o tym nie wiemy – dodała Emilia z ławki obok.

– To wspaniale – ucieszyła się Kawecka. – Jesteście zatem świetnie przygotowani do założenia rodziny – Zamknęła skrypt. – No, to kto pierwszy zakłada?

Skonsternowana młodzież popatrzyła po sobie, nie bardzo rozumiejąc pytanie.

– Ale teraz? – padło z sali.

– Tak, pytam, kto zamierza założyć w najbliższym czasie podstawową komórkę społeczną – potwierdziła Kawecka z pewnym zniecierpliwieniem.

Odpowiedziało jej ponure milczenie maturzystów.

– Nikt? – upewniła się Kawecka, przysiadając na biurku, jak to zwykła często robić na swoich zajęciach z biol-chemem, po czym przypomniała sobie o powinnościach pedagoga i z ciężkim westchnieniem wstała. – Więc pewnie nauczyliście się też, jak NIE zakładać rodziny?

– Będziemy to mieli w przyszłym semestrze, pani psor – wyjaśnił jakiś bardziej zorientowany uczeń.

– Dla niektórych może być już za późno – mruknęła Kawecka, rzucając zatroskane spojrzenie na parę z ostatniej ławki. – Zresztą kto wie, czy starczy na to czasu w przyszłym semestrze. Czas przed maturami tak przyspiesza. – Odwróciła się tyłem i nasmarowała na tablicy rozległą, trochę koślawą tabelkę. – Ja przepraszam, jeśli trochę wyjadę poza program, ale informacje w waszym podręczniku są nieco przeterminowane... – usprawiedliwiła się ze skruchą i sprawdziła datę wydania skryptu. – Tak gdzieś o dekadę. Tu powpisujemy wszystkie środki... Tu skuteczność... Tutaj, kto stosuje... Bo nie oszukujmy się, dziewczyny, większość tego balastu będzie na naszej głowie... Dobrze. Kto ma jakieś propozycje, niech zgłasza.

– Nie notujesz? – spytał półgłosem Leon.

– Po co – burknął Tosiek znad ekranu z fanfikiem. – Sama powiedziała, że to dla bab.

Leon otworzył usta, jakby chciał coś powiedzieć, ale po namyśle wycofał się z tego pomysłu i sięgnął po zeszyt. Starannie przerysował tabelkę z tablicy i zaczął ją uzupełniać. Tosiek udawał, że tego nie widzi, ale w końcu nie wytrzymał i zerknął przez ramię.

– Jakie śliczne pismo – mruknął złośliwie.

– Staram się – niezrażony Leon kaligrafował z uwagą wartości procentowe. – Może ktoś zechce kiedyś pożyczyć ode mnie te notatki.

– Pff – sarknął Tosiek i utkwił wzrok w telefonie.

Nie tylko on bojkotował cenną wiedzę, notowały głównie dziewczyny i to one zadawały pytania. Męska część klasy parskała przyciszonym rechotem i trącała się łokciami.

– Już, już, spokojnie, teraz będzie fragmencik dla panów – pacyfikowała ich Kawecka, niezmordowanie skrobiąc markerem po tablicy.

– Słyszysz? – mruknął Leon.

– Dasz mi już spokój? – wysyczał Tosiek wściekłym szeptem i skrzywił się, jakby każdą minutę lekcji okupywał wielkim cierpieniem.

– Pani psor, czemu nie sto procent skuteczności? – zdenerwował się dryblas z pierwszej ławki. – Mamy dwudziesty pierwszy wiek i nikt nie potrafi wyprodukować czegoś, co działa?

– Czynnik ludzki – wyjaśniła cierpko Kawecka, nie odwracając się od tablicy. – Mamy dwudziesty pierwszy wiek, a niektórzy wciąż mają problem ze zrozumieniem instrukcji.

– A – uspokoił się dryblas.

– No i trzeba pamiętać, że zawsze może się przyplątać jakieś choróbsko – westchnęła Kawecka, zakręcając marker.

– Nawet jak się to wszystko stosuje?!

– Niestety. Ale można w dużym stopniu minimalizować ryzyko! – pocieszyła go Kawecka z matczynym uśmiechem.

– Ale jak to – denerwował się dryblas.

Kawecka ożywiła się i z entuzjazmem przeskoczyła w dziedzinę naukową, w której czuła się najbardziej kompetentna.

– Taki na przykład *Phthirius pubis*, niby mały robal, a nim się obejrzysz, hyc-hyc!, przeskoczy. – Uśmiechnęła się z rozczuleniem, jakby opowiadała o małych puchatych króliczkach. – Typ *Arthropoda* – dorzuciła rzeczowo na użytek biol-chemu i zapisała im nazwę na tablicy. – Zrobi sobie gniazdko, jajeczka złoży, a jak to potem swędzi! Jakby człowiek usiadł gołą pupą na pokrzywie!

Dryblas z pierwszej ławki zawiercił się nerwowo i sięgnął po zeszyt.

– W skrajnych wypadkach przenosi się też na rzęsy, wyobrażacie sobie? Randka, trzymacie się za rączki, patrzycie sobie głęboko w oczy, a tu ups! – mrugają do ciebie takie małe weszki! – Kawecka chichotała serdecznie z własnego dowcipu.

Teraz już wszyscy notowali i nikt się nie śmiał. Tylko Tosiek krzywił się z niesmakiem.

– Ona tak zawsze?

– Stawonogi to jej ulubiony temat – mruknął Leon, notując pilnie wszystko jak leci.

– Cykl życia trwa około miesiąca, około siedemnastego dnia dochodzi do ostatniej wylinki – Kawecka ze smakiem rozwijała temat, dryfując coraz dalej od głównego zagadnienia. – W tym mniej więcej wieku nasza mała weszka podejmuje życie płciowe...

– A pani psor to ile miała wtedy lat? – palnął ktoś z ostatniej ławki.

Odgłos długopisów skrobiących po papierze nagle przycichł, wszyscy zastrzygli uszami. Biol-chem miał na twarzach wyraz zażenowania, humaniści popatrywali z ciekawością. Jak Kawecka zareaguje? Wkurzy się i zacznie ich łajać piskliwym głosem jak Zosieńka? Kawecką niełatwo było zbić z tropu. Przekrzywiła głowę, zastanawiając się uczciwie nad odpowiedzią. Mrucząc, przeliczała coś na palcach.

– Trzydzieści jeden? – powiedziała niepewnie. – Nie, przepraszam, jednak trzydzieści dwa. Tak, trzydzieści dwa – rozjaśniła się, kiwając głową.

Skonfundowany szmerek w ławkach.

– Czemu tak późno? – przyciskał ten sam bezczelny głos.

– Wcześniej nikt mi się nie podobał – zachichotała Kawecka. – A jak już się podobał, to nie był zainteresowany. Albo był zainteresowany, ale miał żonę. Zdarza się. – Spoważniała. – Dobrze, proszę młodzieży, bo zaraz dzwonek, zanotujcie sobie zadanie domowe: Zastanowię się, na ile samodzielnie podejmuję decyzję dotyczące swojego życia, a na ile ulegam wpływom innych. Tak do przemyślenia. Wszyscy zapisali?

Znudzony na śmierć Tosiek znów zaglądał Leonowi do zeszytu.

– Ohydne te wszystkie nazwy – ocenił z obrzydzeniem. – Globu-co? Dobrze, że chociaż w fanfikach się o takich świństwach nie pisze.

– Może po angielsku ładniej brzmią – mruknął Leon z ironią.

Zniesmaczony Tosiek przypomniał sobie, że ma ostatni rozdział do przeczytania, i znów wetknął nos w telefon, ale coś widać nie dawało mu spokoju, bo Leon usłyszał, jak mamrocze do siebie znad ekranu:

– Co za głupoty! Zmarnowana godzina! Mógłbym się w tym czasie nauczyć tylu pożytecznych rzeczy!

6.

Uczniowie opuścili salę, drapiąc się bezwiednie w różne części ciała, a Kawecka z wielką starannością zmazała wszystko z tablicy, zerkając na drzwi, jakby się obawiała, że ktoś niepożądany mógłby zajrzeć do środka i zapoznać się z tajemną wiedzą z tabelki. Leon wyszedł na korytarz ostatni, zaraz za Tośkiem, osowiałym i bez humoru.

– Co ci jest?

– Brzuch mnie rozbolał, kiedy byłem u Jastrzębskiej – wymamrotał Tosiek i oparł się o ścianę. – Z nerwów to wszystko, z nerwów. Zaraz przejdzie – prychnął z rozdrażnieniem, gdy Leon wyraził troskę.

– Tabletek nie masz?

– Skończyły mi się.

– Ale chyba nie wziąłeś wszystkich naraz?

– Nic nie brałem! – wściekł się Tosiek. – Zawsze to się już będzie za mną wlokło?

Popatrywał złym wzrokiem, blady i zbolały, ale wciąż zadziorny. Leon bardzo mu współczuł i znowu zalała go ta nieopanowana fala tkliwości, znów miał ochotę mówić dużo o tym, co się w nim kłębiło, i znów nie potrafił znaleźć słów. A jeśli nigdy ich nie znajdzie? Jak ma dać mu do zrozumienia, że wszystko jest inaczej, że teraz już wszystko będzie dobrze? Czy Tosiek w ogóle uwierzyłby jego zapewnieniom? Musi uwierzyć. Trzeba zrobić wszystko, by uwierzył.

– O której masz to spotkanie dzisiaj? – zapytał.

– O osiemnastej.

– Mogę iść z tobą?

Tosiek, wyrwany ze swojej apatii, zamrugał szybko, jakby się przesłyszał.

– Ty? Ze mną?

– Nie mogę?

– Możesz, oczywiście. – Tosiek badawczym wzrokiem szukał w twarzy Leona jakiegoś dowodu na to, że jego pytanie nie jest tylko żartem. – Ale jesteś pewien? Jesteś gotowy na to?

– Tak.

– Tak normalnie pójdziesz rozmawiać z ludźmi, opowiadać o sobie?

– O sobie? – spłoszył się Leon, bo o tym nie pomyślał. – Nie mam nic do opowiadania. Nie mogę po prostu pójść i posiedzieć?

– Chyba możesz. – Tosiek popatrywał na niego sceptycznie, jakby wciąż nie dowierzał.

– Spotkamy się o wpół?

– Dobrze – szepnął Tosiek. Przez moment wyglądał, jakby zamierzał rzucić mu się na szyję, powstrzymał się jednak i zaplótł palce za plecami, a Leon, którego ciało spięło się odruchowo, by przyjąć na siebie Tośkowy impet, został sam ze swoją tęsknotą i zawiedzionym oczekiwaniem. Też zaplótł dłonie, żeby nie zrobić czegoś głupiego, w końcu wciąż stali na zatłoczonym korytarzu, nigdy jednak nie było mu to tak obojętne jak w tej chwili.

rozdział XV

czwartek, 29 września 2016

1.

Wysłał mamie Karolka wiadomość, że nie przyjdzie, i przearanżował plan dnia tak efektywnie, że o siedemnastej był już po obiedzie, odrobił własne lekcje i skończył korki. Starał się za dużo nie rozmyślać o tym, w co się pakuje. Najważniejsze, że Tosiek odzyskał humor. Poznał to po częstotliwości, z jaką przychodziły mu na telefon powiadomienia o jego aktywności w sieci. I po tych bałamutnych wiadomościach, na które ledwo nadążał odpisywać.

– Nie uwierzą, jak cię zobaczą – upajał się Tosiek, kiedy podjeżdżali autobusem na przystanek. – Tyle im o tobie opowiadam, a prawie nikt cię na oczy nie widział. Pewnie myślą, że sobie ciebie wymyśliłem!

– Co opowiadasz? – zaniepokoił się Leon.

– Jak to co? Jaki jesteś piękny i mądry, i zdolny, i w ogóle ekstra – wyliczał Tosiek z upodobaniem.

– Aha.

Wysiedli i za skrzyżowaniem musieli się na chwilę zatrzymać, bo Tosiek chciał jeszcze popatrzeć na żołnierzy ze szkoły podoficerskiej. Wetknął głowę w sztachety i czekał, aż maszerująca kolumna pojawi się między budynkami koszar. Słychać było odbijający się echem męski śpiew.

– Ale wiesz, że oni to robią za karę? – upewnił się Leon. – Wciąż jeszcze chcesz do nich dołączyć?

– Nie bardzo – wyznał niechętnie Tosiek. – Teraz to bym sobie jeszcze pomaszerował, ale zimą? Brrr. Nie, muszę wykombinować coś innego. Jeśli YouTube nie wypali, pomyślę może o studiu tatuażu.

– Tatuażu! Nie bałbyś się?

– Czego?

– Że zrobisz komuś krzywdę.

– Przecież to prawie nie boli – uspokoił go Tosiek i oderwał się od sztachet. Przecięli kolejne przejście dla pieszych i ruszyli dalej, wzdłuż szpitala położniczego. Tosiek przeciągnął wzrokiem po szybach i wzdrygnął się lekko. – Ty zamierzasz grzebać ludziom w mózgach, a ja nie mogę nawet podłubać w skórze?

– Skąd wiesz, że nie boli?

– Mnie nie bolało – wysnuł logiczny wniosek Tosiek.

– Ty masz tatuaż?!

– Dwa.

– Gdzie!

– Małe szanse, że je kiedyś zobaczysz.

Leon zmarszczył brwi, nie do końca pewien, jak ma to rozumieć, a Tosiek wetknął język pod snejka i przez kilka sekund przyglądał się Leonowi nieodgadnionym wzrokiem, nim skręcił w ulicę Jackowskiego i ruszył w dalszą drogę.

Leon dogonił go dopiero po dłuższej chwili.

– Idalia wie? – spytał surowo, choć niekoniecznie było to akurat pytanie, na które odpowiedź interesowała go najbardziej.

– Sama znalazła fachowca – odparł Tosiek. – Powiedziałem jej, że jak mi nie pozwoli, to pójdę byle gdzie i złapię żółtaczkę, no to co miała zrobić? Za drugim razem tylko prosiła, żeby nie na czole. To było wtedy, jak chciałem zrobić tunele w uszach i prawie się przez to popłakała – wspominał z nostalgią.

– A w przyszłym tygodniu wkładam sobie nostril, chcesz przyjść popatrzeć?

– Po co, ohyda.

– Jako przyszły chirurg chyba powinieneś się oswajać – zauważył Tosiek uszczypliwie.

– Idalia się już pewnie zgodziła?

– No ba. Najpierw chciałem septum, to powiedziała, że po jej trupie będę chodził z kółkiem w nosie jak krowa. – Tosiek zachichotał. – Nostril to było mniejsze zło, rozumiesz.

– Aha.

– Nie masz nic przeciwko?

– Nie – odparł z wysiłkiem Leon i przeskoczył dziurę w chodniku. Szli teraz podniszczoną jeżycką uliczką, człowiek musiał mieć oczy dookoła głowy, żeby w coś nie wdepnąć albo nie oberwać spadającym fragmentem gzymsu.

– Nawet jeśli wytatuuję się cały?

– Nawet wtedy.

– Ale nawet jeśli będę miał stippling na całym czole?

– Nawet wtedy. – Leon przystanął i przyjrzał się Tośkowi zachłannie; kto wie, ile czasu jeszcze będzie mógł go oglądać w tej nieskalanej postaci. – Słuchaj. Nie mam nic przeciwko. Nic się nie zmieni. Nic. Ale nie musisz tego robić tylko po to, żeby się o tym przekonać. Naprawdę, możesz mi uwierzyć na słowo. – Zajrzał w głąb pytających, wyczekujących oczu – Wierzysz?

– Mhm, no jasne – wymamrotał Tosiek i w tym momencie Leon aż podskoczył, bo jego telefon znów zaczął dzwonić. Tosiek uśmiechnął się smutno i uciekł wzrokiem w ciemniejące już niebo. Leon spojrzał tam, gdzie on, i zobaczył flagi powiewające wysoko nad jedną z bram.

– Jestem zajęty – warknął do słuchawki, wolną ręką przyciągając Tośka do siebie.

– Pan się z nami umówił! – usłyszał gniewne męskie sapanie. – Co to ma znaczyć w ogóle? Pan myśli, że my dla przyjemności pana zatrudniamy?

Rozpoznał głos ojca Karolka, rozdrażniony i nie całkiem hygge.

– Karolek nie potrzebuje korepe…

– To ja o tym decyduję – przerwano mu w pół słowa. – Obdarzyliśmy pana zaufaniem, a pan co?

– Coś mi wypadło – wykręcił się Leon, dając się zepchnąć w lepkie macki poczucia winy.

– Jutro chcę pana u nas widzieć! – oznajmił facet w słuchawce. – Najpóźniej o szesnastej. Lepiej, żeby pan przyszedł! Nasze zaufanie traci się tylko raz.

– Dobrze już, dobrze – burknął Leon ugodowo i przerwał połączenie.

– Kto to był?

– Klient z wymaganiami. Nikt ważny. – Zorientował się, że obejmuje Tośka na środku chodnika, jakby to robił przez całe życie. Zakłopotany, cofnął się dwa kroki i skinieniem głowy wskazał na flagi. – Tak po prostu sobie wiszą? Nikomu to nie przeszkadza?

– Ludzie gapią się we własne buty i niczego nie widzą – mruknął Tosiek szyderczo. – Znasz w ogóle kogoś, kto jeszcze patrzy w niebo?

– Ja czasem patrzę – wyznał Leon i zebrał się w sobie, by opowiedzieć wreszcie o tamtej rozgwieżdżonej nocy. Ale Tosiek go nie słuchał, pędził w stronę kamienicy.

– Kto ostatni, ten Hawkeye! – wrzasnął przez ramię.

2.

Leon popchnął ciężkie drzwi i wślizgnął się za Tośkiem do zaprojektowanej z rozmachem sieni. Przez główną bramę na podwórze kamienicy bez trudu wjechałaby mała ciężarówka. Pachniało starym drewnem. Tosiek, głośno tupiąc, wbiegł po skrzypiących schodach na wysokie półpiętro.

– Idziesz czy nie? – krzyknął zza fantazyjnych szybek wewnętrznego okna umieszczonego nad wjazdem.

Leon, ociągając się, ruszył za nim. Niespodziewanie opanowała go trema jak przed występem, za to Tosiek wpadł w nastrój towarzyski i przylepny. Czekał na kolejnym półpiętrze na parapecie, uśmiechnięty i przyczajony jak kot. Witrażowe światło oblewało go przydymioną ochrą. Zeskoczył na ziemię i pociągnął Leona za rękę jeszcze wyżej, za uchylone drzwi jednego z mieszkań.

Leon, sam nie wiedząc czemu, spodziewał się jakiegoś egzotycznego wnętrza o przerafinowanym wystroju i bardzo się zdziwił, kiedy wdepnął w dość typowy studencki bałagan. Znalazł się w wąskim korytarzu, wysokim, jak zwykle w kamienicach. W kątach na podniszczonym parkiecie leżały stosy czasopism i ulotek, niektóre powiązane sznurkiem, a niektóre luzem. Za szafę służył poziomy drąg, z którego zwisały wieszaki z kurtkami. Z korytarza kilkoro drzwi prowadziło do kilku różnych pomieszczeń. Ciągle ktoś przechodził z pokoju do pokoju, ktoś szurał krzesłem za ścianą, ktoś wołał przeciągle: „Herbataaa! Kto chce herbaty?!". Nikt nie zwrócił na nich uwagi i to dodało Leonowi nieco odwagi. W ślad za Tośkiem pozbył się kurtki i dał się pociągnąć kilka kroków dalej, w stronę kuchni. Przeżyje jakoś ten wieczór. Jeżeli trzeba, będzie duszą towarzystwa, cholernym lwem salonowym, potrafi obłaskawiać nawet panie w sekretariacie. Kilka godzin przy herbatce? Co to dla niego. Ale ten wewnętrzny dygot nie ustępował, wciąż był o krok od ucieczki. Tosiek zapewnił go przedtem, że można stąd wyjść w każdej chwili, ale jeśli to była prawda, dlaczego tak uporczywie wieszał mu się na ramieniu?

– Herbaty? – usłyszał znajomy głos. W niewielkiej kuchni stała na palcach Julia i wyciągała kubki z szafki.

– Dla nas dwie! – zadysponował Tosiek, pękając z dumy. Julia ustawiła trzy kubki w równym rządku i wypełniła je parującym płynem z dzbanka, a Leon umilał sobie czas zgadywaniem, który z kubków przypadnie jemu: ten z WOŚP-em, ten z Ellen, czy ten z tęczą, gwiezdnym pyłem i tłustym PRIDE na froncie? Nie pomylił się, Julia wręczyła mu ten z tęczą i dałby głowę, że uśmiechała się przy tym złośliwie.

– Bez obaw – mruknęła, widząc, że się zawahał. – Niczym się nie zarazisz.

Giń – przemknęło mu przez głowę, nic osobistego, po prostu coraz mniej panował nad emocjami, które pod wpływem zdenerwowania dawały o sobie znać. Tosiek niczego nie zauważył, zajęty słaniem uśmiechów i machaniem do wszystkich znajdujących się w sąsiednim pomieszczeniu ludzi. Przeszli do tego pokoju, ubogiego w meble, a za to obfitego w gości, tak się przynajmniej wydawało Leonowi w pierwszej chwili. Tosiek trzymał go przy sobie i przedstawiał wszystkim, ale on ledwo rejestrował twarze, skupiony na jednym zadaniu: utrzymać ten cholerny, pełen po brzegi kubek w drżących dłoniach. Z ulgą opadł na sofę okrytą zielonym pledem, wcisnął plecy w oparcie i postanowił, że już się stąd nie rusza.

– Dużo nas dzisiaj – mruknął Tosiek i odstawił swój kubek na podłogę. Zdjął bluzę i cisnął ją na zagłówek, prezentując wszystkim kolejną perfekcyjnie odprasowaną koszulę. Klapnął ciężko obok Leona, a na wolnym miejscu po jego drugiej stronie usiadły dwie dziewczyny. Zrobiło się ciasno, ale Tośkowi to nie przeszkadzało, wtulił się w Leona jeszcze ściślej. Leon nie mógł się pozbyć wrażenia, że Tosiek się z nim bezwstydnie obnosi. Gdy już odrobinę ochłonął, wydało mu się to nawet zabawne. Przez ostatnie dni Tosiek wyraźnie trzymał dystans, a teraz jakby go ktoś przełączył na inny tryb: powtarzał „mój chłopak Leon" ze trzy razy na minutę, smakując każde słowo jak czekoladkę; strzelał chełpliwymi spojrzeniami, skubał go za rękaw, poprawiał mu włosy nad czołem, słowem, wrócił do swojej najlepszej formy. Leon nie narzekał. Pół kubka herbaty później sam również objął go ciasno ramieniem i nawet mu się spodobało, że może wszystkim zademonstrować, że ten gagatek jest jego, jego własny.

– Często tu przychodzisz? – spytał półgębkiem, podczas gdy ludzie w pokoju rozsiadali się z wolna na poduszkach i miękkich siedziskach wypełnionych granulatem.

– Jak tylko się da – odpowiedział rozanielony Tosiek i siorbnął herbaty z kubka z Ellen. – Najgorzej było za pierwszym razem, bo tata się uparł, że przyjdzie ze mną.

– Był tutaj?!

– No, jak mu powiedziałem, że umrę z rozpaczy, jeśli mnie nie puści. Jakie on pytania zadawał! Myślałem, że się pod ziemię zapadnę. Nie wiem, za co mnie pokarało takim ojcem.

– Aha.

– Za drugim razem przyszła ze mną ciocia, to już był mniejszy obciach, no, znasz ciocię. W pięć minut wszyscy mieli u niej zniżkę do salonu. A potem to już mogłem przychodzić sam.

– I co tu robicie?

– Nic, rozmawiamy.

Leon rozejrzał się ostrożnie i zobaczył dokładnie to, czego się spodziewał: ludzi w jego wieku, którzy nie wyróżniali się absolutnie niczym poza tym, że niektórzy popijali herbatę z bardzo pstrokatych kubków.

– Użalacie się nad sobą?

– Czasami. To źle?

– Co kto lubi – mruknął Leon. Tosiek nasępił brew, szykując się do riposty, ale do pokoju weszła ruda dziewczyna, nieznacznie starsza od pozostałych, i zapytała z werwą:

– Zaczynamy?

Leon, który zdążył już uwierzyć, że bierze udział w niezobowiązującym wydarzeniu towarzyskim, spiął się na nowo. Dziewczyna zapadła się w miękki fotel, przedstawiła jako Dagny i pokrótce wyłuszczyła zasady spotkania. Dyskrecja, szacunek, szczerość – do Leona znów docierały tylko pojedyncze słowa.

– Jak tam po marszu? – usłyszał. – Podobno niektórzy dotarli prosto z ostrego dyżuru.

Chichot przeleciał wśród zebranych. Tosiek wyprostował się z dumą.

– Jak mu, to mus!

– Mnie nie puścili – zwierzył się chłopak spod okna. – Może w przyszłym roku ich przekonam.

– Ja moim nie powiedziałam, gdzie idę – prychnęła jedna z dziewczyn z sofy. – Bez sensu, i tak nie słuchają, co do nich mówię.

– Tym bardziej mogłabyś powiedzieć – zauważył Tosiek.

– Po co? Ty wszystko mówisz?

– Absolutnie – odparł Tosiek bez mrugnięcia okiem.

Leon parsknął w kubek, ale nic nie powiedział. Nie chciał ściągać na siebie uwagi rudej dziewczyny.

– O co chodzi? – burknął Tosiek.

– Nic, zasada szczerości – przypomniał Leon półgłosem.

– No i co z nią?

– Wszystko ojcu mówisz? Wszyściutko?

– Wszystko, co ważne – syknął Tosiek i dopił duszkiem herbatę.

– O nas też?

Tosiek wydał z siebie bardzo osobliwy bulgot i zaniósł się przeraźliwym kaszlem. Rozmowa o marszu zamarła. Kilka osób chciało huknąć biedaka między łopatki, ale Tosiek, wciąż pokasłując i roniąc łzy, wyjaśnił, że to tylko pozostałość po jego niedawnej niedyspozycji. Zakaszlał jeszcze raz, przyjął od Julii chusteczkę, wytarł nos, posłał Leonowi ostatnie groźne spojrzenie i przyoblekł twarz w wyraz ubolewania.

– Kontynuujcie, proszę – polecił z gracją, skinąwszy dłonią jak królowa angielska.

– Tak właśnie myślałem – zamruczał Leon na granicy słyszalności.

– Naprawdę teraz musimy o tym rozmawiać? – syknął Tosiek ze złością.

Dagny przyglądała im się z zainteresowaniem.

– Przepraszam, nie zauważyłam wcześniej – odezwała się do Leona. – Jesteś tu po raz pierwszy? Chciałbyś coś o sobie powiedzieć?

– Nie!

– Leon jest jak biała karta – wtrącił Tosiek zgryźliwym tonem. – Nie ma o sobie ab-so-lut-nie niczego do powiedzenia.

– Niczego ważnego – uzupełnił Leon z przekąsem.

– Kochani, ale to nie jest terapia par – upomniała ich delikatnie ruda. – Mogę wam dać namiar…

– Nie potrzebuję żadnej terapii! – zirytował się Leon i nie zerwał z sofy tylko dlatego, że ten mały krętacz wciąż uwieszał się na nim całym swoim ciężarem.

– Strasznie jest przewrażliwiony – poskarżył się Tosiek, nie zmniejszając uścisku.

– Nie możesz go tu trzymać siłą – zauważyła Dagny. – Takie są zasady, każdy może wyjść, kiedy chce.

– No to niech-sobie-idzie! – Nabzdyczony Tosiek złożył ramiona na piersi i usiadł w pozycji wyalienowanej, na samym brzeżku sofy.

Leon zerknął bezradnie na rudą. Uśmiechnęła się krzepiąco na znak, że nie takie dramy już tu widywała. Nie wyglądała na szczególnie przejętą i poczuł do niej sympatię, a nawet pewien respekt – nie dała Tośkowi wejść sobie na głowę. Tosiek się jej słuchał! Leon odprężył się odrobinę i wyjaśnił z takim spokojem, na jaki było go stać:

– Tosiek sobie wyobraża, że wszyscy są tacy jak on. A to nieprawda. Ja bym może nawet chciał, ale nie potrafię. Nie umiem.

– Czego nie umiesz?

– Mówić o sobie – wymamrotał Leon. – Nic tu po mnie. Nie jestem taki jak... jak wy wszyscy.

– Co to znaczy „wy wszyscy"? – spytała Julia zaczepnie. – Nie znasz nas, ale oceniasz? Masz się za kogoś lepszego?

– Julia – powiedziała Dagny z wymówką.

Julia nie wyglądała na skruszoną, a Leon nawet nie miał do niej żalu za te uszczypliwości. Najlepiej z nich wszystkich wyczuwała jego rezerwę i próbowała wysnuwać z niej wnioski, to wszystko. Zmusił się do pojednawczego uśmiechu.

– Lepszego? Nie, przeciwnie – powiedział. – Czasem was podziwiam. – Zabrzmiało to nieco protekcjonalnie, skrzywił się z niezadowoleniem. – Ale to nie moja bajka – wskazał głową na swój tęczowy kubek. – Chyba że macie do obsadzenia jakiś czarny charakter.

– To wszystko nieprawda – mamrotał Tosiek z pasją.

– Prawda.

– Dagny, powiedz mu. On sobie wymyślił jakieś głupoty na swój temat i teraz w nie wierzy, ale nikomu o nich nie mówi, więc nikt mu nie powie, że to zwykłe bujdy są.

– Bujdy to ty słyszysz na co dzień – syknął Leon, rozjątrzony tą prostacką wiwisekcją jego osobowości.

– Niby kiedy?

– Kłamię, cały czas kłamię, od pierwszego dnia, kiedy się poznaliśmy.

Tosiek odwrócił się ku niemu.

– Wiem – powiedział. – Tak było na początku, ale teraz chyba masz to za sobą? Leon, naprawdę wszyscy już wiedzą.

– Gówno wiedzą. Wciąż pozwalam ci wierzyć w rzeczy, które nie są prawdą. I serio, lepiej dla ciebie, żebyś nie wiedział wszystkiego.

– Dlaczego? – spytał Tosiek z bliska. Wlepił w Leona chciwe źrenice, zdecydowany nie przeoczyć tak ważnej odpowiedzi. Leon przygryzał wargi. Nie naciskaj, powtarzał w myślach, nie zmuszaj mnie, nic dobrego z tego nie wyniknie.

– Bo ze mną zerwiesz – szepnął.

– Nigdy z tobą nie zerwę!

– Skąd możesz to wiedzieć!

– Bo cię kocham! – wrzasnął Tosiek cienkim głosem nabrzmiałym pretensją. – Możesz mi powiedzieć wszystko! Wszystko!

W pokoju zapadła cisza jak makiem zasiał, a Leon, ogłuszony tym wyznaniem, wykrzyczanym mu prosto w twarz, zagapił się na Tośka z bezradnym podziwem. Słowa, których sam nie potrafił wykrztusić, w jego ustach zabrzmiały jak coś zupełnie oczywistego, nad czym nawet nie trzeba się szczególnie rozwodzić. Tosiek zakłopotał się odrobinę, pokrył zmieszanie kokieteryjnym uśmieszkiem i dorzucił:

– Jeśli ty zniesiesz mnie nawet z tatuażem na czole, to ja chyba zniosę ciebie razem z twoimi strasznymi tajemnicami. Może nie?

– Może – szepnął Leon z lękiem.

– Chyba nie będzie gorzej, niż jest teraz? Ciągle się kłócimy, sam nie wiem czemu. Ty się męczysz, ja się męczę. Dobrze ci z tym?

– Tosiek – odezwała się Dagny. – Daj mu trochę przestrzeni.

– Przepraszam – wymamrotał Tosiek i zlazł Leonowi z kolan.

– Pozwól mu to sobie przemyśleć. W międzyczasie…

– On ma rację – powiedział Leon ponuro. – To nas w końcu zniszczy…

– Bingo! – przerwał mu Tosiek z triumfem.

Leon spojrzał na niego i ścisnęło mu żebra bolesne przeczucie straty. Dokończył:

– …co za różnica, kiedyś czy teraz?

Tosiek wpatrywał się w niego z taką żarliwą ufnością. Już ostatni raz.

– Powiem ci, powiem ci wszystko. – Ledwo to wykrztusił, już poczuł ulgę, jakby zrzucił z barków część wielkiego ciężaru. – Wszystko, co chcesz wiedzieć.

Oczy Tośka były jak dwie roziskrzone gwiazdy. Gdyby tylko mógł mieć jedno i drugie, Tośka z jego ufną miłością i barki już na zawsze wolne od balastu, nie potrzebowałby niczego więcej od życia. Przemknęło mu przez głowę, że może tak się da i ta nadzieja, krucha jak szkiełko, dodała mu sił, ale natychmiast ją odepchnął. Stchórzył. Nie. To niemożliwe.

– Muszę pomyśleć, gdzie zacząć. – Zaśmiał się nieszczerze, gorączkowo wyłuskując z głębin pamięci zdarzenia, których wyjawienie wydawało mu się względnie bezpieczne.

– Wiem już o *Labiryncie* – przypomniał Tosiek, wiercąc się niecierpliwie na miejscu. – Co było dalej?

Leon rozejrzał się i zobaczył, że zebrani spoglądają na niego z umiarkowanym zainteresowaniem. Nic dziwnego. Każdy przybył tu z własną historią, a jego prawie nie znali; dlaczego mieliby się nim przejmować? Przerzucił wzrok na Tośka. Dla niego tu przyszedł.

– Niewiele się wtedy zmieniło – wyjaśnił z ociąganiem. – Potem miałem tylko takie dziwne wrażenie, że muszę ciągle nadganiać dużą stratę punktową. Zacząłem się bardziej przykładać do wszystkiego. Do lekcji. Do sportu. Do gitary. W sumie na dobre mi to wyszło. Dopiero w liceum, w drugiej klasie…

Przymknął oczy.

rozdział XVI

czwartek, 29 września 2016

1.

W liceum, w drugiej klasie wszystko układało się po jego myśli. Uczył się dobrze, nie jak kujon, ale jak ktoś, kto już rozpykał system i wie, kiedy się przyłożyć, a kiedy odpuścić. Miał paczkę kumpli, a szkolna drużyna piłki nożnej wzięła go na skrzydłowego – co prawda do rezerwy, ale pierwszy skrzydłowy przygotowywał się już do matury i często opuszczał mecze, więc na konto Leona wpadło kilka efektownych asyst i dwa gole. Na szkolnym ognisku też zrobił furorę, bo cały wieczór przygrywał na gitarze i przez następne dwa tygodnie nie mógł się opędzić od dziewczyn, które chciały się z nim zaprzyjaźnić przez Facebooka, wyciągnąć go do knajpy albo zaprosić na osiemnastkę. Z jedną chyba nawet przez chwilę chodził, przynajmniej ona tak uważała. Czasem wagarował, czasem rozrabiał, w pierwszy dzień wiosny w sześciu wynieśli seicento wicedyrektora z parkingu na pobliski skwerek i udekorowali kwiatami – ale to były zawsze bezpieczne wybryki, nic, czego nie można by skwitować wzruszeniem ramion i pobłażliwym uśmiechem: ech, ci chłopcy. Zawsze tacy sami.

Tosiek chrząknął znacząco. Leon otworzył oczy. Jeszcze przez chwilę się nie odzywał, filtrując z uwagą zblakłe wspomnienia.

– Zawaliłem drugą klasę, wiesz o tym – odezwał się, patrząc gdzieś w bok. – W domu miałem przez to piekło. Zupełnie się tego nie spodziewali. Mówiłem im, że nauczyciele uwzięli się na mnie. Chyba uwierzyli. W końcu ojciec uznał, że lepiej będzie, jak zmienię liceum. Nie wiem, jak to zrobił, ale znalazł mi miejsce tu, w Poznaniu, miałem wynajmować pokój u wujka w Suchym Lesie, wszystko było ustalone. Nie mogłem się doczekać. Całe wakacje przesiedziałem w domu. Bałem… bałem się wychodzić.

– Dlaczego?

Leon skrzywił się i spuścił głowę.

– Pojawiły się różne plotki. Wiesz jakie. W takiej pipidówie wszystko się zaraz roznosi. Raz szedłem po bułki, ktoś zwyzywał mnie zza płotu… – Jego oczy zwęziły się z gniewu na samo wspomnienie. – Miałem nadzieję, że w Poznaniu będzie inaczej.

– No i było, prawda? – spytał Tosiek, przypatrując mu się uważnie.

Leon zerknął na niego i znów opuścił wzrok, by nie pokazać po sobie zbyt wiele.

– Mhm.

– Ale nie zamieszkałeś w Suchym Lesie – odezwał się znowu Tosiek. – Wynająłeś tę swoją kawalerkę. I nie miałeś na początku niczego.

– Sprawy się trochę skomplikowały – burknął Leon, wpadając w nastrój ponury i defensywny. Skulił się w kącie sofy. Wzrok wbił we własne dłonie, splecione kurczowo. Z trudem odwijał kolejne fakty z gęstych kokonów mgły. – Pod koniec sierpnia przyjechał wujek. Miał mnie zabrać do siebie. Ojciec nie pozwolił mi nawet jechać samemu pociągiem. Żebym czegoś znowu nie odwinął. Poszli wieczorem na piwo. Z kumplami. Spałem, gdy wrócił. Wyrzucił mnie z łóżka. – Na próżno szukał słów, by opisać, jak czuje się człowiek, który znienacka budzi się na podłodze, a nad głową słyszy wrzaski. Jak on miał to w ogóle Tośkowi wytłumaczyć?

– Darł się. Jakby oszalał. Pytał, czy to prawda, co o mnie mówią. Ale nie dał sobie nic powiedzieć. Wcale nie słuchał. Trzeba było wrzeszczeć. Krzyczałem, że jak go tak obrzydzam, to już się zawijam i sobie idę. Wyszedł z pokoju. Drzwi trzasnęły.

Leon mówił z trudem, jego wspomnienia się rwały jak zetlały materiał, a wraz z nimi jego myśli i słowa.

– Walizka. I plecak. Wrzucałem byle co. Garnitur, książki, wszystko razem. Wyszedłem. Było zimno. Księżyc świecił. Mama przybiegła do furtki. Ale tylko dała mi tę kasę, co miała pójść na wynajem. – Smak zawiedzionej nadziei znów wykrzywił mu usta. – No to na dworzec. Poszedłem. Psy szczekały na mnie z ogrodów. Ten księżyc. Świecił. Czekałem na pociąg całą noc. Było... zimno. – Zająknął się i wykonał jakiś bezradny gest, ale nie potrafił wyjaśnić, o co mu chodzi. Bo przecież nie o temperaturę. Nie znał słów, którymi mógłby opisać noc, podczas której coś się w nim zestaliło na lód i zawsze już tam tkwiło, ostre jak drzazga. Jego wzrok padł na Julię i po jej oczach poznał, że ona nie potrzebuje wyjaśnień.

– Ale przecież już jest okej – usłyszał głos Tośka, marudny i pełen pretensji. Zerknął na niego. Tosiek był blady i znów trzymał się za brzuch. – Byłeś u nich na święta. Wróciłeś i powiedziałeś, że będą ci przysyłać kasę!

– Ach, kasę – prychnął Leon. – A tak, założył mi konto. Wiesz dlaczego? Bo ktoś mu powiedział, że jeśli tego nie zrobi, kiedyś będę mógł go pozwać. O alimenty. Przestraszył się.

– Nie rozumiem – mamrotał Tosiek.

– Wiem – szepnął Leon. – Masz szczęście. Twój ojciec...

– Nie, nie rozumiem, jak mogłeś wtedy nie zdać do trzeciej klasy – mruczał Tosiek z pasją. – Co to znaczy „żebyś czegoś nie odwinął"? Jak... jak ty mógłbyś cokolwiek odwinąć? Przecież ja cię znam. Każdy może złapać jedynkę, nawet warunek, jak ma pecha, ale tak zupełnie zawalić szkołę? Co ty kręcisz? Co ty znowu ukrywasz?

– Tosiek – odezwała się Dagny. – To Leon decyduje, ile chce nam powiedzieć.

Tosiek nie odpowiedział. Siedział sztywno i nieruchomo, jakby się obraził. Z każdą chwilą bladł coraz bardziej. Leon rozejrzał się po pokoju. Wszyscy wpatrywali się w niego z pełnym sympatii współczuciem, współczuciem, na które nie zasługiwał. Poczuł, że dłużej tego nie zniesie.

– Dobrze, powiem ci – syknął. – Był jeden chłopak. Pierwszak. Chuchro takie. – Odkaszlnął. – Niektórzy mu dokuczali. Mówili, że łazi jak baba. Mieli rację. On... jakby chodził po linie. Lekko. Trzymałem się od niego z daleka. Ale kiedyś, tak na wiosnę, przylazł do szatni po treningu, kiedy już nikogo nie było, i nagle pyta: „Czy ja ci się podobam?". Powiedziałem, że go chyba popieprzyło. A on powiedział... on powiedział: „Przecież widzę".

Cisza. Długa cisza.

– No i? – nie wytrzymał chłopak spod okna.

– No, wtłukłem mu – warknął Leon ze złością.

– Co?

– Po... pobiłem go – wykrztusił, nie śmiąc podnieść głowy. – Miałem go puścić, żeby łaził po szkole i opowiadał ludziom o swoich... urojeniach? – Przełknął ślinę. – Jezus, chciałem go zabić. Chybabym to zrobił, gdyby nas w końcu nie znaleźli. On był... taki... Miał to wszystko, czego nienawidziłem w sobie, i wydawało mi się wtedy... chyba... że jak to... z niego...

wytłukę, to to zniknie na zawsze. – Leon zdał sobie sprawę z tego, że usta ma całkiem suche i mówi chrapliwym głosem. Popił zimnej herbaty z kubka i odważył się wreszcie zerknąć na Tośka, który siedział bez ruchu, sztywny i biały jak porcelanowa lalka. Leon zmusił się do rozpaczliwego uśmiechu, ale Tosiek jakby go nie widział, wpatrzony w jakiś punkt za jego plecami.

– Jak miał na imię? – doleciało spod okna.

– Kto? – ocknął się Leon.

– Ten chłopak. Chyba miał jakieś imię?

– Nie wiem. – Wzruszył ramionami. Czy to miało w ogóle znaczenie? Najwyraźniej miało, bo w pokoju uniósł się wrogi szmer. Pogrzebał w pamięci. – Chyba Maciek – dodał bez przekonania.

– I co z nim?

Leonowi było już wszystko jedno, co jeszcze z niego wyciągną, chciał tylko wyjść stąd wreszcie i nigdy nie wracać.

– Odwieźli nas do szpitala – wymamrotał. – Ja zaraz wyszedłem, zszyli mnie tylko tam z tyłu. – Bezwiednie dotknął blizny za uchem. – On został. Na długo. Zawiesili mnie w szkole. Ojciec się strasznie wnerwił, ale w końcu wszystko jakoś załagodził. Zna różnych ludzi. Pokazywał moje oceny z półrocza i przekonywał wszystkich, że szkoda byłoby się mnie pozbyć z powodu jednej sprzeczki.

– Sprzeczki! – syknęła Julia. Znów podniósł się szmer.

– Tak to nazywał – mruknął Leon obojętnie. – Nikt nie wiedział, o co naprawdę poszło. Wróciłem w końcu do szkoły, ale nie mogłem się na niczym skupić. Nauczyciele czepiali się mnie, jak tylko mogli, ludzie w klasie patrzyli na mnie jak na świra. Przestałem przychodzić na lekcje. Raz pojechałem do szpitala. Udało mi się go odwiedzić. Potem przyjeżdżałem co dzień. Rozmawialiśmy. O różnych rzeczach. I tak przez cały czerwiec, aż w końcu się okazało, że zawaliłem matmę i polski, i coś tam jeszcze, nie pamiętam. Ciągle go odwiedzałem, aż w końcu zauważył to któryś z chłopaków... I nagle wszyscy wiedzieli, że tam jeżdżę, i śmiali się... więc... więc przestałem jeździć i już nigdy więcej go nie widziałem – zakończył Leon z goryczą. Podniósł wzrok. Tosiek jakby go nie widział. – Wszystko zrobiłem źle – powiedział wyzywająco. – Jak gówniarz. Ale potem próbowałem to naprawić – dodał z rozpaczą w głosie, bo Tosiek tylko przymknął oczy, miał już chyba dość tych skomleń. – Konrad, pamiętasz Konrada? Jak się do mnie przyczepił w zeszłym roku? Cholernie był namolny, ale słowa mu nie powiedziałem, żeby znowu nie przesadzić. A potem byłeś ty... – Głos mu się załamał. – Nie wytrzymałbym tamtego roku bez ciebie.

Tosiek podniósł ciężkie powieki, jego twarz nie wyrażała niczego. Wychuchane książątko tatusia i cioci. Co on mógł wiedzieć o tych czarnych zakamarkach ludzkiej duszy, tak przerażających, że gdy człowiek raz w nie spojrzy, coś w nim umiera i już zawsze, kiedy o nich potem myśli, ma w oczach tylko martwą pustkę?

– Kocham cię – powiedział Leon bezsilnie.

Tosiek drgnął i westchnął, jakby właśnie przypomniał sobie o oddychaniu. Rozejrzał się wokół. Wszystkie oczy były w nim utkwione, ale jego, o dziwo, wcale to nie ucieszyło. Wymacał na zagłówku swoją bluzę i owinął się nią w pasie.

– Przepraszam – wymamrotał, zawiązując rękawy w ciasny supeł. – Ja już pójdę. – Wstał z sofy i na sztywnych nogach, potykając się o zgromadzonych, przedostał się do wyjścia. Wyglądał, jakby za chwilę miał wymiotować.

Trzasnęły drzwi wyjściowe i dopiero wtedy Leon jakby się obudził. Zwrócił się z lękiem w stronę Dagny.

– Co teraz? – spytał.

Ruda poruszyła się z chrzęstem w fotelu i pomasowała kolano.

– Jak się teraz czujesz? – spytała uprzejmie.

Spojrzał na nią jak na idiotkę. Naprawdę? Tosiek uciekł, Tosiek go zostawił, a ona ciśnie te swoje drętwe gadki? Pokręcił głową.

– Muszę iść za nim. – Zerwał się z sofy. – Muszę mu to jakoś wyjaśnić! – W popłochu niemal przeskoczył ponad głową Julii i rzucił się do wyjścia. Szarpnął swoją kurtkę, nie dbając o to, że pozostałe osuwają się ze śliskich wieszaków i spadają na podłogę. Dał susa ponad nimi i wypadł za drzwi.

2.

Lampy na klatce schodowej z początku jeszcze świeciły, ale zgasły, kiedy pędził po schodach. O mało nie połamał sobie nóg, zbiegając na parter po ciemku. Wyskoczył z bramy na osnutą mrokiem ulicę. Nigdzie nie widział Tośka, ale wydawało mu się, że słyszy tupot.

– Tosiek! – wrzasnął i rzucił się w tamtą stronę.

Ktoś za nim krzyknął, gdy mijał jedną z bram, ale to nie był Tosiek; w podcieniach znalazł tylko kilku chwiejnych młodzieńców, którzy wonieli przetrawionym alkoholem.

– Skończyły się balety, dziubuś?

Syknął na nich wściekły, że marnują jego czas, i puścił się w dalszą pogoń. Wołali coś za nim, ale biec im się nie chciało, na szczęście. Chwycił go lęk o Tośka. Ciemno, pusto, a ten sobie urządza maratony przez zakazane jeżyckie zaułki. Była co prawda dopiero dziewiętnasta i w jasno oświetlonych suterenach przerobionych na hipsterskie kawiarnie siedziało sporo ludzi, ale Leon im nie ufał. Nikomu już nie ufał. Nie zwalniając tempa i rozglądając się wciąż na boki, dobiegł do szpitala. Wyminął grupkę ciężarnych, które popalały papierosy przed szlabanem, skręcił i popędził dalej. Może Tosiek czeka na autobus? Może pozwoli sobie wszystko jeszcze raz wyjaśnić? Może zrozumie? To się nie może tak po prostu skończyć. Trzeba znaleźć sposób, żeby się przed nim wytłumaczyć.

Wciąż biegnąc, wyszarpnął z kurtki telefon i zaczął wybierać numer.

Chwilę potem wpadł z impetem na pulchnego jegomościa z bukietem kwiatów. Kwiaty poleciały na chodnik, a wraz z nimi telefon Leona. Usłyszał trzask.

– Matoł! – ryknął jegomość. – Ojca byś zabił!!! – Porwał kwiaty z chodnika, złożył je w niechlujny wiecheć i pognał w stronę wejścia na porodówkę.

Leon z jękiem rzucił się na kolana. Płyta główna, jakieś pomniejsze elementy elektroniki, ekran z gęstą pajęczyną rys, klapka osobno, bateria osobno, po prostu wspaniale, wszystkie nieszczęścia naraz. Pozbierał wszystko, co znalazł, i wepchnął luzem do kieszeni kurtki. Potem będzie się tym martwił.

Dobiegł do skrzyżowania.

Przed nosem śmignął mu miejski autobus i potoczył się na przystanek, na ten przystanek, od którego oddzielała go teraz ruchliwa ulica i czerwone światło dla pieszych. Wytężył wzrok i dostrzegł znajomą sylwetkę. Biała koszula, czarna bluza obwiązana wokół bioder, kurtkę chyba zapomniał zabrać z wieszaka. Tosiek ciężkim krokiem wchodził po schodkach do oświetlonego wnętrza pojazdu.

– Tosiek! – ryknął Leon i tylko jakaś reszta instynktu samozachowawczego powstrzymała go przed rzuceniem się pod koła samochodów.

Tosiek go oczywiście nie usłyszał, ale nawet gdyby słyszał, nie wysiadłby przecież. Drzwi się za nim zamknęły, błysnął kierunkowskaz i autobus ociężale włączył się do ruchu. Leon złapał się na tym, że trzyma ręce w kieszeniach i że zaciska palce w pięści. I że to bardzo boli. Syknął i wypuścił z uścisku potłuczony ekran komórki.

Autobus zniknął mu z oczu, a wraz z nim reszta nadziei. Przepadło. To się musiało tak skończyć. Jak mógł w ogóle przypuszczać, że Tosiek przejdzie nad jego przeszłością do porządku dziennego. Zaraz będzie w domu, rzuci się z bekiem w objęcia ciotuchny i już wkrótce Idalia również się dowie, komu tak nieopatrznie zaufała. Nogi ugięły się pod Leonem i usiadł bezwładnie na niskim murku okalającym teren szpitala. Jeszcze nie wszystko do niego docierało, ale jedno już rozumiał: znowu był w punkcie wyjścia. Znowu był tym zaryczanym dzieciakiem na dworcowej ławce, kompletnie sam i bez żadnego oparcia. Coś dziwnego się z nim działo, serce łupało ciężko, nie mógł oddychać. Otoczenie zaczęło go przerażać, rozmyte światła samochodów, hałas silników, załamujące się linie budynków, jakby nagle wylądował w jakiejś dystopii łudząco podobnej do świata, który znał, ale groźnej i nieprzyjaznej. Schował twarz w dłoniach.

Ktoś klepnął go w ramię; Leon niemal wrzasnął z przestrachu.

– Bliźniaki? – znikąd pojawiła się przed nim szpakowata głowa jakiegoś faceta. – Podziwiam, że się pan zdecydował! Proszę się nie martwić, są gorsze nieszczęścia! – facet znów go poklepał i w radosnych podskokach oddalił się w kierunku izby przyjęć.

Leon poderwał się z murku jak liść miotany wiatrem i wtargnął na przejście dla pieszych, całkiem już otwarcie zalewając się łzami w oślepiającym blasku samochodowych reflektorów. Szedł i beczał. Nie przypuszczał, że w ogóle jest do tego zdolny.

Tak nad sobą pracował. Tak się trzymał. Tak się usztywnił kolejnymi warstwami blag i usprawiedliwień. I nagle bach, rozsypało się, cała konstrukcja opadła z niego jak zepsuty egzoszkielet i świat mógł wreszcie zobaczyć, kim Leon jest naprawdę: odrażającym, pozbawionym kręgosłupa mięczakiem.

Ktoś na niego zatrąbił. Ledwo zarejestrował, że zmieniły się światła i blokuje ruch. Zszedł z ulicy i powlókł się w stronę przystanku, chociaż wcale nie chciał wracać do tej swojej nory. Nie miał jednak już nikogo, do kogo mógłby pójść, ani jednej osoby, ani jednego przyjaznego miejsca, ani swojego zespołu, ani gabinetu z masażem, nawet do szkoły wolałby nie wracać, jeśli na jego widok Tosiek ma zielenieć i chować się po kątach. Ludzie z kamienicy, Dagny, Julia? Pewnie go nawet nie wpuszczą.

Usiadł na ławce pod wiatą i skulił się w kłębek, szlochając w rękaw kurtki. Było zimno. Następny autobus pewnie dopiero za pół godziny. No i co z tego, i tak nigdzie mu się już nie spieszy. Poczeka. Ma w tym wprawę. Może czekać całą noc.

rozdział XVII

piątek, 30 września 2016

1.

Darek wysypał na szkolny parapet wszystko, co znajdowało się w foliowej torebce.

– Hm! – powiedział z mądrą miną. – Mówiłeś, że ci padł…?

– Upadł – odparł apatycznie Leon. Stał zgarbiony pod ścianą, z rękami w kieszeniach, wzrok utkwił gdzieś przed sobą.

– Chyba z wieżowca – mruknęła Zuza, zerkając na parapet.

Darek poskrobał się po podbródku i wziął w dwa palce potrzaskany ekranik. Obejrzał go pod światło.

– Do wymiany – orzekł tonem fachowca. Podniósł nadłamaną płytę główną i obracał na wszystkie strony.

– Da się coś z tym zrobić? – spytał Leon obojętnie.

Mijała dwudziesta godzina jego egzystencji poza siecią komórkową, w męczącym, bezczasowym i bezludnym limbo. Najpierw zdarzyła się noc, długa, straszna i bolesna, przetykana atakami paniki, podczas których wydawało mu się kolejno, że umiera na serce, na astmę i na żołądek, a potem to już tylko z rozpaczy. Noc płynnie przeszła w szary poranek, potem nastał dzień i Leon ze zdumieniem odkrył, że jednak przetrwał i jakimś okrutnym zrządzeniem losu będzie żył dalej, choć wcale nie ma na to ochoty. Poddał się łagodnemu odrętwieniu i jak we śnie powlókł do szkoły, ledwo rejestrując, że mijają jakieś lekcje i przerwy. Z wolna jednak przez skorupę obojętności zaczął się przebijać niepokój, jakby czegoś zaniedbał. Korepetycje. Miał przecież zobowiązania. Zupełnie nie czuł się dziś na siłach, by się z nich wywiązywać, zwłaszcza o rodzinie Karolka myślał z niechęcią. Ale jeśli chciał zachować jakieś szczątki szacunku do samego siebie, powinien przynajmniej ich uprzedzić, że się nie pojawi. Tylko jak?

– Wszystko się da – mruknął Darek, rozgarniając części elektroniki, jakby się spodziewał, że po wystarczająco długim przemieszczaniu ich na chybił trafił same się w końcu złożą w całość. – Ale nie na wszystko cię stać. No nie da się ukryć, że będziesz musiał wyskoczyć z kasy na nowy telefon. Taniej wyjdzie.

– Mam jakiś stary w domu, mogę ci pożyczyć – zaofiarowała się Zuza. – Tylko znajdź swoją kartę SIM.

– Ja tu nie widzę żadnej karty – powiedział Darek.

– Na pewno? – spytał tępo Leon. – To gdzie jest?

– Nie wiem, slot jest pusty. – Darek sprawdził jeszcze raz. – Musiała ci wypaść. Załatw sobie duplikat. To prepaid?

– Mhm.

– W salonie wydadzą ci bez problemu, tylko musisz mieć kod – pocieszyła go Zuza. – Robiłam to w zeszłym roku.

– Kod PIN? – Leon marszczył brwi, próbując złapać bliższy kontakt z rzeczywistością.

– Jakiś inny. Powinieneś mieć w starterze.

W starterze. Jeśli w ogóle posiadał jeszcze coś takiego, leżało gdzieś w szufladzie biurka w jego rodzinnym domu. Ale pewnie już dawno wszystko stamtąd wymieciono i wyrzucono na śmietnik. Wspaniale. Po prostu wspaniale. Jakby mało mu było kułaków od życia, stracił całą swoją książkę adresową. To się nazywa twardy reset. Dobrze, że miał chociaż ten wykpiwany przez Tośka terminarz.

Na samą myśl o Tośku znów go coś zakłuło pod mostkiem. Kiedyś, dawno temu, obiecał mu, że zawsze będzie dla niego dostępny pod telefonem. Choćby nie wiem co. Na wszelki wypadek. I tu też w końcu zawiódł.

Zuza przyglądała mu się z uwagą.

– Leon – odezwała się z wahaniem. – Wszystko w porządku?

– Bo co?

– Nie wiem. Najpierw cię nie ma w szkole, potem przychodzisz poobijany, teraz ten telefon…

– Spadł mi – burknął Leon. – No, słowo honoru, spadł mi na chodnik.

– I jeszcze taki jakiś jesteś…

– Jaki? – spytał Leon wrogo.

– Wygnieciony – odparła Zuza. Skulił się pod jej spojrzeniem. Czuł się jak ślimak bez skorupki, żadnej ochrony, żadnej fasady, troska w jej oczach sprawiła, że sam też użalił się nad sobą i już tylko chwila dzieliła go od łez. Wyprostował się.

– Idę – powiedział nerwowo. – Może w kurtce znajdę tę kartę.

– A co z tym złomem?

– Wyrzuć.

– Wróć na próbę! – krzyknęła za nim Zuza, ale tylko wzruszył ramionami.

Zbiegł do szatni i przeszukał kieszenie kurtki, ale karty SIM nie znalazł. Usiadł na ławce pod szafką i zamierzał oddać się czarnej rozpaczy, gdy usłyszał szybkie, ciche kroki i do szatni wpadła wściekła Emilia.

– Zuza mówi, że nie chcesz przyjść na próbę! – syknęła znad grubego pliku świeżych wydruków, które znów ze sobą taszczyła. – W tej sekundzie wracasz do auli, jasne?

Spojrzał na nią osowiałym wzrokiem.

– Nie wiem, czy słyszałaś, ale ja już nie należę do zespołu.

– Nie wiem, czy słyszałeś, ale nie przyjmujemy tego do wiadomości – indyczyła się Emilia. – Zespół musi najpierw przegłosować twoje odejście.

– Teraz to wymyśliłaś?

– Nie ja, Witold.

Leon śmiał się gorzko.

– Mieliśmy już jedno głosowanie, pamiętasz? Ludzie wystarczająco jasno określili, co o mnie myślą. Nie, dzięki, bawcie się beze mnie. Powiedz tylko Tośkowi, że mój tele…

– Nie było go dziś w szkole – burknęła Emilia. – Pisał, że się źle czuje. Tobie tego nie mówił?

– Nie, widocznie… – Leon się wykrzywił, boleśnie niezdolny do kolejnego kłamstwa. Usta mu zadrżały, język się zaplątał, krtań zdławił niekontrolowany szloch, a łzy podeszły pod same powieki.

Emilia przyglądała się temu widowisku ze zdumieniem i pewnym obrzydzeniem na twarzy.

– Będziesz ryczał przez niego? – upewniła się. – Pokłóciliście się? Matko, przecież to tylko Tosiek. Dziś się obraża, a jutro nawet nie pamięta o co.

Leon trząsł się cały, łkając cicho w rękaw, drugą ręką bez skutku szukał chusteczki. Emilia westchnęła.

– Potrzymaj – mruknęła i zrzuciła mu na kolana swoje wydruki. Pogrzebała w torebce i wyjęła paczkę chusteczek. – Puder też chcesz? – spytała całkiem serio.

– Nie! – upokorzony Leon wytarł oczy i nos. – Sama… widzisz… nie na-nadaję się… na żadną… próbę.

– Nie kap mi na plakaty – powiedziała Emilia ponuro.

– Prze-przepraszam. – Przetarł ręką wierzchnią kartkę, mokrą od jego łez. Była to zadrukowana boldem płomienna odezwa, pełna tajemniczych i nieco przerażających sformułowań w rodzaju „narzędzia kontroli” czy „prawa reprodukcyjne”. Chciał ją zgryźliwie skomentować, ale przypomniał sobie, jak Emilia na niego nasyczała, gdy ostatnio rozmawiali na ten temat. Ostrożnie dobierał słowa.

– Plakaty? Będziesz to rozwieszać?

– Tak – burknęła Emilia i zabrała mu wydruki.

– Gdzie?

– Wszędzie. W bramach. Na przystankach.

– To chyba nielegalne – zauważył Leon, praworządny obywatel.

– Za chwilę wszystko będzie nielegalne. Nie będę po prostu siedzieć i czekać!

Ostatni raz otarł oczy i łypnął na nią z tym zawistnym podziwem, który zawsze odczuwał w towarzystwie ludzi oddanych bez reszty swoim bzikom. Zazdrościł im ikry, odwagi i konsekwencji. Dlatego nigdy tak naprawdę nie postawił się Witoldowi. Dlatego tak się uwiesił na biednym Tośku, żywiąc się jego pasjami jak wampir. Trwał w złudzeniu, że prowadzi życie szalone i niezwykłe, choć nie kiwnął w tym celu palcem.

A teraz nawet Emilia, której horyzont myślowy jeszcze pół roku temu nie wykraczał poza ciuchy i szminki, angażuje się w jakiś śmieszny protest czy tam strajk. I tylko on, jak ten ślimak, babrze się we własnych łzach.

– Uważaj na straż miejską – ostrzegł ją po przyjacielsku, żeby mieć choć mały udział w jej rewolucyjnych zapędach. – Dużo ich teraz przy parkingach. Wieczorem będzie mniej.

– Wiem, dlatego wychodzę wieczorem.

– Sama?

– Tak, sama! – Emilię wyraźnie irytowała jego troska. Obrzuciła go zniecierpliwionym spojrzeniem i zawróciła do wyjścia.

Przypomniał sobie wczorajszy bieg po zmroku, zawianych ludzi w bramie i tego gościa pod szpitalem, tak chętnego do udzielania porad. Emilia, w tych swoich rurkach, kwiecistych converse'ach i morelowej bluzie za tyłek wyglądała akurat na kogoś, kogo się zaczepia w celu dawania dobrych rad. Nie bardzo wiedział, jakimi słowami wolno mu uzmysłowić jej, by się chociaż ubrała odpowiednio.

– Pójść z tobą? – zapytał zamiast tego.

– Po co?

– Na wszelki wypadek. Jakby się ktoś zaczął dopieprzać.

– I co wtedy zrobisz? Utopisz go we własnych łzach?

To było bardzo niesprawiedliwe, że on gryzł się w język za każdym razem, kiedy chciał jej coś powiedzieć, a ona tak bez zastanowienia waliła na odlew. Chciał tylko pomóc! Nie był nigdy typem człowieka, który dobrowolnie ciągnie na barykady, wiedział o tym i bez jej uszczypliwości. Ale teraz bardzo potrzebował zająć się czymś, znaleźć jakieś centrum, wokół którego mógłby odbudować swoje żałosne życie, rozbite na kawałki bardziej niż telefon. Jego smętne spojrzenie musiało dać Emilii do myślenia, bo westchnęła, wzniosła oczy ku niebu i zezwoliła łaskawie:

– Matko, jak już musisz, to przyjdź. Zaczynam o dwudziestej pod Kaponierą, pasuje?

Pod Kaponierą. Po prostu idealna miejscówka, aż się z nadmiaru ochoty nerwowo podrapał w plaster. Skinął głową.

– Pasuje.

2.

Wrócił do domu i przede wszystkim odpalił laptopa, żeby sprawdzić, czy ktoś nie próbował się z nim kontaktować. Nic.

Pusto. Żadnej informacji, która miałaby jakiekolwiek znaczenie, tylko spam i durne powiadomienia. Sebastian ma urodziny. Roksanna zachęca do kibicowania podczas Biegu Par. Dagny chce się z tobą zaprzyjaźnić. Zignorował je wszystkie i przeczesał serwisy, które zaszczycał swoją obecnością Tosiek. Leon szukał jakichkolwiek śladów życia. Żadnych nowych zdjęć. Żadnych komentarzy. Za to na szkolnym kanale odkrył nowy film wrzucony przez Witolda.

Włączył go i poszedł odgrzać sobie obiad – zawartość jednego ze słoików ofiarowanych mu przez Idalię. Film był długi i nudny, Witold nawijał o historii szkoły jednostajnym głosem, który wzbudzał podejrzenia, że czyta z kartki. Leon zjadł wszystkie kawałki pieczeni i dopchał się chlebem, a Witold wciąż jeszcze nadawał. Leon sprawdził długość filmu. Trzydzieści dwie minuty. Zerknął w dół, na komentarze.

Hey, you're not Daniel!
I want Daniel back!
¿Dónde está Daniel?
Who are you?
Are you his boyfriend???
You might be, you're cute!

I tak dalej w podobnym tonie, czterdzieści pięć stęsknionych duszyczek deklarowało swoje niezłomne przywiązanie do Tośka i pełne wsparcie dla jego wyborów życiowych. Choć nie było mu do śmiechu, Leon parsknął w dłoń, wyobrażając sobie minę Witolda, kiedy to wszystko przeczyta. Takiej sławy na arenie międzynarodowej raczej się nie spodziewał.

Zamknął kartę i szukał dalej, aż w końcu wytropił jedno emoji ze smutnym kotkiem, które Tosiek zostawił rano pod wyznaniem Matyldy. Wyznanie dotyczyło ważkiego faktu, że oto w Żabce skończyły się cynamonowe gwiazdki i Matylda musi zjeść na śniadanie płatki kukurydziane, które są mniej fotogeniczne, więc nie wrzuci zdjęcia. I to wszystko. Leon spędził bezproduktywnie pół godziny, gapiąc się na smutnego kotka i usiłując znaleźć w tym komentarzu jakieś ukryte przesłanie, ale niczego nie wymyślił.

Umył naczynia. Przy pustym słoiku znowu schwyciła go rzewna tęsknota, tym razem wywołana świadomością, że ostatni raz miał okazję posmakować wytworów kunsztu kulinarnego Idalii. Łkał jak dziecko, szorując pokrywkę. Ma za swoje. Zasłużył sobie na to. Może nigdy jej z rozmysłem nie okłamał, ale zawsze tak kluczył, by utrzymać jej sympatię i współczucie... We własnych wspomnieniach widział siebie teraz jako wcielenie cynicznego makiawelizmu. Czyż nie pojechał, zgodnie z jej poleceniem, do domu na Gwiazdkę i kiedy wrócił, czy nie udawał przed nią, że świetnie się bawił? Utrzymywał ją w przekonaniu, że jest mistrzynią rozwiązywania rodzinnych sporów. Fakt, że przede wszystkim wstydził się jej przyznać, jak go potraktowali; fakt, że przez jakiś czas nie mówił prawie nic, bo to zbyt bolało... Ale powiedział jej, że dostaje co miesiąc kasę na czynsz, prawda? Tak się cieszyła! No widzisz, mówiła, dbają o ciebie. A kiedy Tośka poturbowano za salą gimnastyczną i Idalia poprosiła Leona, by miał na niego oko? Słowa nie pisnął, przystał na to chętnie, choć aż w nim coś krzyczało, kobieto, czy ty wiesz, kogo prosisz o pomoc? Łobuza, chuligana, bandytę, do ośrodka chcieli mnie wysyłać, czy ty nie masz oczu? Ale nawet wtedy nic nie powiedział. Musiał być przy Tośku, musiał, bez względu na konsekwencje. Dziś pewnie zachowałby się tak samo. Ale to wciąż nie zmieniało faktu, że wszystkich perfidnie oszukał.

Cały we łzach i struty moralnym kacem Leon niemal przeoczył upływ czasu. Dochodziła szesnasta. Uporczywa pamięć zmuszała go, by podjął jakąś decyzję. Rodzina Karolka na niego czekała. Wcale nie miał ochoty tam iść. Ale powiedział przecież, że przyjdzie, a jego zawodowa reputacja była w tej chwili wszystkim, co mu jeszcze w życiu pozostało.

Pójdzie, już ostatni raz. Wyjaśni, przeprosi, zaoferuje zniżkę, a co tam, może nawet rysować te cholerne lokomotywy za darmo, byle go już więcej nie wzywali.

Poczucie obowiązku zmobilizowało go do tego stopnia, że umył twarz i przebrał się w bardziej wyjściowe rzeczy, ale już nie na tyle, by brudne schować do miski na pranie. Wybiegł w pośpiechu, pozostawiając za sobą podłogę zasłaną zmiętą bluzą, T-shirtem i wczorajszymi skarpetkami.

3.

Matka Karolka nie wspomniała ani słowem o poprzednich, odwołanych zajęciach. Jej twarz pozostała obojętna i uprzejma, kiedy nieskładnie wyjaśniał, że to już ostatnia wizyta. Trochę jakby rozmawiał z zombi, puste spojrzenie, wystudiowane gesty, zgrzebne ekochusty zwisające z ramion. Możesz mnie ignorować, dogadywał jej w myślach, pnąc się po schodach na górę, ale nic ci z tego nie przyjdzie, więcej się do mnie nie dodzwonisz.

Zajrzał do dziecięcego pokoju.

– Jesteś tu?

Karolek wychynął zza encyklopedii.

– Wiesz, że najdłuższy parowóz miał czterdzieści metrów długości?

– Tak? – Leon z roztargnieniem przysunął sobie krzesło.

– To jak długie byłyby trzy takie parowozy?

– Na sto dwadzieścia metrów – odparł Karolek natychmiast. – A co?

– Gratulacje, jesteś do przodu z materiałem – burknął Leon. – Jest w ogóle coś, czego jeszcze nie wiesz?

– Do czego służy jarzmo stawidła?

– Chryste – jęknął Leon. – Co takiego?

– Jest taka część w parowozie.

– Zaraz ci sprawdzę... – Leon odruchowo sięgnął do kieszeni i zaśmiał się z zakłopotaniem. – Nie sprawdzę. Nie mam telefonu.

– I co teraz?

– Świat się skończy. Bez internetu wszyscy jesteśmy głupi jak siedmiolatki.

– Hej!

– Przepraszam. Jak pięciolatki. – Leon zmarszczył brwi, nasłuchując. Za oknem dał się słyszeć warkot silnika. – Chyba twój tata wrócił z pracy?

Karolek zniknął za okładką encyklopedii.

– A wiesz, że najszybszy paro...

– Słuchaj, młody – powiedział Leon. – Odrobiłeś już lekcje z matmy?

– Odrobiłem.

– To pokaż. Gdzie masz zeszyt?

– W plecaku.

Nim jednak Leon znalazł plecak, na schodach zabębniły kroki i ojciec Karolka wetknął głowę do pokoju.

– Szykuj się, Karol, zaraz masz taekwondo.

– Dopiero zaczęliśmy... – odezwał się Leon, ale nie pozwolono mu nawet dokończyć zdania.

– Trzeba było przyjść wcześniej. Karol, gotowy?

– Nie chce mi się – doleciało zza książki.

– Nie ma „nie chce mi się”! – zdenerwował się mężczyzna. – Sam chciałeś tam chodzić! Z pracy się, kurde, zwalniam, żeby zdążyć na czas!

Jakieś pięć sekund zajęło, nim Leon ocknął się z oszołomienia i przypomniał sobie, że to nie on jest adresatem tych słów. Podniósł się i wyszedł, starając się nie zwracać na siebie uwagi. Zbiegł ze schodów. Słyszał za sobą rozeźlony głos. Gnojek… Tak się staram… Co ty sobie myślisz…

Jakby go ktoś dźgał w plecy. Najchętniej zatkałby sobie uszy.

– Daruj sobie – warknął w stronę blondynki, która jak zjawa pojawiła się przed nim w tych swoich chustach, z pieniędzmi w dłoni.

Schodami wlókł się oporny Karolek, popychany kolanem przez ojca.

– Przestaniesz robić sceny?! – ryknął brodacz i Leon usłyszał odgłos trzepnięcia w pośladki, a potem płacz.

Spojrzał na blondynkę. Jej twarz była obojętna i nieruchoma jak przedtem. Rozciągnęła usta w uśmiechu, sztucznym jak cały ten dom. Zerknął przez jej ramię. Karolek siedział na pierwszym stopniu schodów i pociągając nosem, zakładał trampki. Jego ojciec szukał czegoś w szafce pod schodami, pokrzykując ze złością:

– Gdzie te twoje dresy! Znowu niczego nie ma na miejscu!

– Nic mu nie będzie – szepnęła blondynka.

– Może – wymamrotał Leon i wycofał się do drzwi. W końcu to nie jego sprawa. Ale zrobił tylko dwa kroki i zawrócił. Kurde, no. Tosiek chciał zbawiać planetę, Emilia połowę ludzkości, nie mógł być gorszy, skoro już tu stał. Mimo wszystko to była jego sprawa, chciał tego czy nie.

– Nic mu nie będzie – powtórzył cicho, patrząc prosto w jej oczy. Tam musiał się tlić jakiś okruch życia, do diaska.

– Po prostu nie będzie pani mówił o różnych rzeczach. Nie powie pani o kapciach za szafą. Potem o basenie. O tych wszystkich głupotach, bez których się pani obejdzie. Ale to nie będą tylko głupoty. Będą się działy różne ważne rzeczy w jego życiu, dobre i złe, ale o żadnej z nich się pani nigdy nie dowie. I może tylko na tym się skończy. Chyba że kiedyś zdarzy się coś naprawdę niedobrego, coś, czego można by uniknąć, gdyby pani na czas wiedziała… ale on pani nie powie. Nigdy, nic. Będzie to w sobie dusił, ale nic pani nie powie, bo pani, do cholery, nie ufa.

Kobieta zamrugała.

– Pewnie pani na tym nie zależy – dodał ze zniecierpliwieniem. – Jeśli to prawda, że zaufanie traci się tylko raz, to już i tak jest za późno. Miłego popołudnia. – Sięgnął do wypolerowanej klamki i otworzył drzwi. Z ulgą wypadł do ogródka i odetchnął głęboko jesiennym powietrzem, które pachniało dymem palonych liści i wrzosami.

Taki był zadowolony, że jej wygarnął, ale jego satysfakcja trwała ledwo sekundę. Zaufanie traci się tylko raz? Skąd mu to w ogóle przyszło…?

4.

– Zaufałabyś komuś, kto już raz cię zawiódł? – spytał w zadumie i oderwał z rolki kawałek taśmy samoprzylepnej. Musiał pomagać sobie zębami, bo Emilia zapomniała o nożyczkach. Podał jej wszystkie skrawki na palcu.

– Nie wydaje mi się – mruknęła Emilia i okleiła taśmą krawędzie kartki. Na moment zniknęła w jednej z bram, po czym wyłoniła się z mroku z miną komandosa. Poprawiła czapkę, czarną jak jej glany, portki cargo i kurtka. Ruszyli dalej. – Musiałby się bardzo, bardzo starać, żebym w ogóle zechciała z nim rozmawiać.

– Aha.

– Ty wciąż o tym samym?

Wyciągnęła z torby następną kartkę.

– Nie zrozumiesz – westchnął głęboko i podał jej kolejny kawałek taśmy. Już po kilku przecznicach mieli opracowany cały schemat działania i weszli w tryb automatyczny, kwartał po kwartale oblepiając miasto czarno-białymi wydrukami. Praworządne serce Leona wciąż cierpiało, ale przynajmniej udało mu się wyperswadować jej zaklejanie ludziom okien w sutenerach i oblepianie szyb samochodów. Zdumiał się, gdy w jednej z dzielnic znaleźli identyczne plakaty poprzylepiane do drzwi i słupów. Dotąd wydawało mu się, że Emilia działa w pojedynkę, ale najwyraźniej zbzikowanych wariatek było w mieście więcej. Ta, której towarzyszył, zarządziła zmianę trasy i wywiozła go autobusem w jakieś podmiejskie zaułki. Nie znał Poznania zbyt dobrze i po kilku przystankach całkiem stracił orientację, ale Emilia prowadziła po ciemnych ulicach z bezbłędnym wyczuciem kierunku i celu. Szczerze jej życzył, by choć ze dwadzieścia osób przyszło na ten jej poniedziałkowy wiec. Tyle wkładała w to serca. Okleili odezwami kilka wiat, płotów, trzy drzewa i dwa niskie bloki, a teraz skręcili w uliczkę willową, ciemną i senną.

– Jak było na próbie? – zagadnął Leon, tnąc taśmę zębami sprawnie jak robot na hali montażowej. Melancholia toczyła mu wnętrzności. Noc. Idee. Konspiracja. Tosiek na pewno by się świetnie odnalazł w takiej partyzantce. Jego nieobecność sprawiała mu ciągły, fantomowy ból.

– Ciekawie – mruknęła Emilia. – Wszyscy są wściekli, że Witold cię wyrzucił.

– Sam odszedłem.

– Nikt w to nie wierzy. Nie odszedłbyś bez powodu. Nikt nie chciał grać, dopóki Witold nie obiecał, że cię ściągnie z powrotem.

– Już to widzę.

– Potem zrobiliśmy wreszcie próbę, ale ciężko grać bez Horpyny i Bogusława. – Emilia starannie nalepiła kartkę na czyjś płot. Po drugiej stronie zaczął ujadać pies, więc przyspieszyli kroku. – W dodatku Roksanna bardzo się zdenerwowała tymi poprawkami Witolda. Powiedziała, że wersja Tośka jest znacznie lepsza i że będzie grać według niej.

– O. Co na to Witold?

– A kogo to obchodzi? – prychnęła Emilia. – Siedział tylko i patrzył, jakby chciał wszystkich pozabijać. Od rana był nie w humorze. Co chwila ktoś go pyta, kto to jest Daniel i jak długo się znają, nie wiesz może, skąd to się wzięło? To jakiś nowy mem?

– Nie mam pojęcia – wyznał Leon, przygryzając wargi.

– O, matko – Emilia zajrzała w głąb torby. – Kończą mi się kartki!

– Dużo ich miałaś?

– Chyba z pięćset. – Wyciągnęła cztery ostatnie. – Myślałam, że starczy na cały weekend! Będę musiała dodrukować. Sekretariat działa w sobotę?

– Drukowałaś w sekretariacie?

– Mhm. To nie było aż takie trudne. – Emilia przylepiła kartkę na słupku przy domofonie jednej z willi. – Nawet czekoladki nie były potrzebne. Najpierw się wydarły, oczywiście, ale jak pokazałam plakat i zaczęłam tłumaczyć, po co to, jedna z nich się bardzo zainteresowała. Powiedziała, że może przyjdzie na plac w poniedziałek, jeśli uda jej się wyjść wcześniej z pracy.

– No nieźle.

– Dałam jej pendrive'a i drukowała mi te kartki po trochu przez cały dzień. Bardzo się cieszyła, że się młodzież w coś angażuje. – Emilia przylepiła kolejną kartkę obok tabliczki ostrzegającej przed groźnym psem. Groźny pies musiał spać snem sprawiedliwego, bo tym razem nie usłyszeli nawet szelestu. – Jeszcze dwie. Potem jesteś wolny.

Ostatnią kartkę przykleili na wewnętrznej szybie przystanku.

– No i koniec – westchnęła Emilia i wrzuciła taśmę do torby. – A dopiero północ. Dzięki za pomoc. Na dwie ręce byłoby trudniej.

Usiedli na ławce przy przystanku. Ulica wydawała się pusta i uśpiona, z rzadka przejeżdżał samochód. Co jakiś czas zrywał się lekki wiatr i pędził po chodniku suche liście.

– Chmury idą – powiedziała Emilia, spoglądając w niebo z niechęcią. – Mam nadzieję, że do poniedziałku się przejaśni.

– Na pewno – pocieszył ją Leon i też zadarł głowę, czego zaraz pożałował, bo ciemny nieboskłon, przysnuty obłokami, przytłoczył go swoim monumentalnym ciężarem. Jakże był inny od tamtego rozgwieżdżonego firmamentu, wtedy, pod blokiem Tośka, kiedy wydawało mu się, że świat narodził się na nowo, a on wraz z nim!

Emilia spojrzała na niego zaskoczona i bez słowa podała mu chusteczkę.

– Aż tak? – nie wytrzymała w końcu. W jej powątpiewającym wzroku nie było jednak drwiny, tylko jakby cień współczucia. – Długo to jeszcze będzie trwać? Co on ci zrobił? Co za buc z niego.

Leon kręcił głową, siejąc łzami dookoła.

– Wcale nie.

– Ale czasem zachowuje się jak buc!

– Nie – upierał się lojalnie Leon. – On tylko myśli, że tak się powinien zachowywać prawdziwy mężczyzna.

Emilia prychnęła.

– Może ja z nim porozmawiam?

– To nie ma sensu. To już ko-koniec. Koniec wszystkiego.

– Aha – odparła Emilia tonem osoby, która takich końców świata ma za sobą co najmniej kilka, a mimo to jakoś żyje. – No już, przestań się mazgaić. To żałosne. No, spuchniesz od tego. Poboli i przestanie, wszystko da się przepracować.

– Jak... ja mam to... prze-przepracować – załkał Leon w chusteczkę – skoro nawet mówić o tym nie p-powinienem. Wszyscy myślą, że nie p-powinienem nawet tego wszystkiego czuć – pociągnął nosem i rozkleił się na nowo. – Moja historia jest zup-zupełnie nieważna.

Emilia się zamyśliła, stukając czubkami glanów o siebie. Powiał wiatr i naderwał plakat – jeden róg furkotał teraz luzem. Emilia sięgnęła po taśmę. Oderwała kawałek i przylepiła plakat solidniej.

– Byłam kiedyś trochę w ciąży – mruknęła, siadając z powrotem.

Leon spojrzał na nią spod podpuchniętych powiek. Nie miał pojęcia, jak się powinien zachować w obliczu takiego wyznania.

– Eee... przykro mi? – wybąkał przez zatkany nos.

– W sumie nawet nie miałam czasu ustalić, czy mi się to podoba, czy nie. Bo nagle się skończyło – ciągnęła Emilia, nie zwracając na niego uwagi. Patrzyła na czubki glanów. – I wtedy jakby wszystkim mózg odjęło. Ci sami ludzie, którzy przedtem wyzywali mnie od szmat, nagle zaczęli mi życzyć kupy dzieciaków, im prędzej, tym lepiej. Jakbym była jakimś zepsutym sprzętem, który jak najszybciej trzeba naprawić. Matko. O szpitalu nawet ci nie będę opowiadać, bo to się nie da opisać, jak się człowiek czuje, kiedy się nagle staje pacjentem ostatniej kategorii. I jeszcze Artur. Najpierw to się upił z ulgi. Ale potem ciągle mi powtarzał, że powinnam być bardziej smutna. Albo przynajmniej powinnam trochę lepiej udawać, że mi smutno. Bo to takie, kuźwa, niekobiece, żebym sobie do knajp i do kina chodziła, jak gdyby nigdy nic. Tak jakby tylko wycie w poduszkę świadczyło o czymkolwiek.

Umilkła i zerknęła w stronę Leona. Patrzył przed siebie szklistym wzrokiem człowieka, który bardzo chciałby się naleźć gdzie indziej. Prychnęła drwiącym śmiechem.

– Nie pękaj, nie zamierzam opowiadać ci o detalach. Właściwie to chciałam tylko powiedzieć, że tak, wiem, jak to jest, kiedy twoja historia jest zupełnie nieważna. Kiedy każdy wie lepiej, co powinieneś czuć, czego chcieć i jak się zachowywać. A teraz jeszcze te młotki – Emilia przeniosła ciężki wzrok na plakat – chcą, żeby dziewczyny, które przez to przeszły, musiały się spowiadać w prokuraturze, co zrobiły źle. Jakim trzeba być totalnym psycholem, żeby w ogóle wymyślić coś takiego? Nie wiem, co zrobiłam źle! U fryzjera byłam na pasemkach! Tańczyłam na osiemnastce u Zuzy! Nie wiem, co jeszcze!

Leon był przygotowany na to, że tym razem Emilia już na pewno się rozryczy, ale ona tylko pociągnęła nosem i się schyliła, by porządniej zawiązać sznurowadło.

– Jest tyle rzeczy, o których nie powinno się mówić – mruczała. – Nawet myśleć. I czuć. Właśnie dlatego będzie ten protest. Będziemy mówić to, co chcemy, nawet jeśli to wszystkich rozzłości. Musi być w końcu jakaś przestrzeń, gdzie wolno to wszystko powiedzieć, jakiś…

– …rezerwat – wszedł jej w słowo Leon, gapiąc się tępo przed siebie.

– Co?!

– Rezerwat. Bąbelek taki. Tosiek też lubi bąbelki. Można sobie pokrzyczeć i pomachać chorągiewką, a potem się wraca do domu i znowu jest tak, jak było.

– No raczej nie, jeśli tych bąbelków będzie coraz więcej – oświadczyła z furią Emilia. – To jak z wodą, chwilę potrwa, zanim się zagotuje. Ale już niedługo. Uwierz mi, to nie my jesteśmy rezerwatem.

Była bardzo przekonująca w tej swojej naiwnej wierze i bardzo w niej podobna do Tośka, z tą małą różnicą, że jej przemów nie miał ochoty sabotować pocałunkami. Pewnie dlatego tak wydajnie im się współpracowało. Uśmiechnął się przez łzy do własnych wspomnień i pociągnął nosem.

– Matko, weź się już w garść. Autobus jedzie – fuknęła Emilia.

– Jutro też będziesz rozlepiać?

– Tak, z Matyldą. Na niedzielę może uda mi się namówić Zuzę.

– Ja też mogę.

– To zabierz własne chusteczki – mruknęła złośliwie. Poderwała się z ławki i stanęła na skraju przystanku, przytupując zmarzniętą stopą. Leon wciąż siedział. Jeśli chodzi o niego, mógłby się stąd w ogóle nie ruszać, nie miał przed sobą żadnego celu i nikt na niego nie czekał. Mina Emilii wyrażała niesmak.

– Jutro ty załatwiasz wydruki – oświadczyła apodyktycznie. – Dobrze ci zrobi, jak się czymś zajmiesz. My mamy na głowie duży projekt, nie damy rady ze wszystkim.

Autobus zatrzymał się tuż przed jej nosem. Wskoczyła na stopnie, Leon rzucił się szczupakiem za nią. Prawie przytrzasnęły go zamykające się drzwi.

– Projekt? Szkolny?

– Tak jakby – mruknęła Emilia. – Zaczynamy od rana i będziemy zajęte cały dzień. Ja, Matylda, Zuza, Roksanna. Tosiek... tak, Tosiek też się przyda.

– Do czego?

– Wkrótce zobaczysz – odparła tajemniczo.

rozdział XVIII

poniedziałek, 3 października 2016

1.

Deszcz bębnił w parapet. Leon leżał pod kocem i a to z przygnębieniem wsłuchiwał się w jednostajny stukot, a to znów przysypiał, by zaraz się obudzić w jeszcze podlejszym nastroju. O siódmej zakwilił budzik w jego nowym telefonie. Był to właściwie stary telefon, pożyczony od Zuzy, wyposażony w nową kartę SIM i tyle kontaktów, ile udało mu się nazbierać przez weekend. Wyłączył go i zerknął na ekran. Był poniedziałkowy poranek, w kraju zimno i deszczowo, bez żadnych szans na przejaśnienie.

Owinął się szczelniej kocem. Deszcz nieprzerwanie szumiał. Biedna Emilia. Tyle zachodu, tyle nocnych eskapad, całe miasto w plakatach, wszystko na nic. Mała szansa, by komuś w imię idei chciało się dziś wytknąć nos z domu. On w każdym razie nie zamierza.

Przez weekend nie bardzo miał czas się rozklejać, bo pełen terminarz utrzymywał go w biegu. Wpadł do Zuzy pożyczyć telefon, potem szukał punktu z tanim ksero, potem oblatywał miasto zgodnie ze swoim zwykłym naukowym rozkładem, a wieczorem wałęsał się z dziewczynami po uśpionych dzielnicach. Angażował się we wszystko z gorączkowym zapałem jak człowiek, który uparcie próbuje rozchodzić grypę. Ale teraz ten deszcz i to, że znowu jest poniedziałek, i jeszcze świadomość,

że Tosiek wciąż nie dał znaku życia, choć Leon zrobił wszystko, co mógł, by informacja o jego nowym numerze telefonu rozprzestrzeniła się możliwie jak najszerzej – to wszystko zbiło się w jedno dojmujące poczucie klęski, które przygniotło go i praktycznie ścięło z nóg.

Poklikał trochę w telefonie, sprawdzając, co porabia Tosiek, ale nie doszukał się niczego wartego wzmianki, poza zdjęciem, które widział już wczoraj: dziewczyny siedziały na podłodze w pokoju Emilii, na głowach miały plastikowe, pozłacane tiary i śmiały się z czegoś do rozpuku; Matylda trzymała w ręku różdżkę, Roksanna pyszniła się upiętymi po królewsku włosami. Obok przycupnął Tosiek i spoglądał w obiektyw z miną właściciela haremu, ale wzrok miał nieco zamglony, jakby myślami był daleko. Leon spędził pół zeszłego wieczoru na jałowym roztrząsaniu, o czym też Tosiek może tak rozmyślać.

Tęsknota za nim była jak nieleczona choroba, z każdym dniem występowały coraz bardziej kompromitujące objawy. W nocy spał z pocztówką pod policzkiem, tą zieloną kartką, którą w czerwcu Tosiek przysłał z Londynu. Tekst na odwrocie znał już na pamięć: „Pozdrowienia z Shiz University. Byłem w Apollo Victoria Theatre. Wszedłem za kulisy, ale mnie wyrzucili. Kiedyś zbudujemy lepszy teatr i też ich nie wpuścimy. Ciocia cię pozdrawia. Niedługo wracamy. Całuję kolegę w…" – tu następowała długa lista interesujących propozycji, a na końcu gwiazdka i dopisek: „Zaznaczyć trzy pozycje do wyboru. Nie przedawkować!!!".

Leon strasznie się w czerwcu pieklił z powodu tej pocztówki, bo Tosiek z właściwą sobie niefrasobliwością wysłał ją luzem bez żadnej koperty i listonosz, dałby głowę, zawsze potem dziwnie na niego patrzył. Teraz nie mógł się nadziwić, jakie głupie były powody jego dąsów. Dziś ucieszyłby się z każdej oznaki zainteresowania ze strony Tośka, ale się jej, oczywiście, nie doczeka i już nigdy, nigdy w życiu nie dostanie żadnej pocztówki od nikogo.

Czas mijał. Deszcz padał. Leon włączył w telefonie YouTube'a i zrobił coś, co można by uznać za ostateczny upadek: odnalazł Tośkowe playlisty i uruchomił tę zatytułowaną *Dancing Through Life*. Pociągając nosem, obejrzał wszystkie umieszczone na niej bootlegi, a potem zapętlił sobie całość i przesłuchał znowu, posmarkując w chusteczkę. Chwytliwy szlagier wyśpiewywany przez kolejnych Fiyero fikających na deskach teatrów całego świata zalągł mu się w mózgu jak nienasycona larwa. No i dobrze. Tylko tyle mu pozostało. Muzyka. Wspomnienia. Zdjęcia.

Poderwał go z tapczanu przeraźliwy dzwonek domofonu. Usiadł, trąc piekące oczy. Elektroniczny tryl nie ustawał. Leon jęknął i zwlókł się wreszcie z posłania.

– Tak? – rzucił w słuchawkę.

– Leon? – usłyszał niewyraźny głos, ginący w szumie ulewy.

– Kto to? – spytał, ale odpowiedziały mu tylko trzaski. „Może Tosiek" – przemknęło Leonowi przez głowę i bez namysłu otworzył drzwi do klatki schodowej.

Zdał sobie sprawę, że stoi rozczochrany i w samych gatkach pośród odrażającego pobojowiska, w które przez weekend zmieniło się jego mieszkanie. Wszędzie brudne naczynia, resztki jedzenia w rondelku, ogryzki jabłek na parapecie. Na podłodze zmięte ciuchy! W ciągu następnej minuty miotał się, jakby go oblazły mrówki, usiłując odszukać w tym bałaganie przynajmniej jakieś portki. Znalazł dżinsy za tapczanem, to już coś. Wciągnął też przez głowę wczorajszy T-shirt i usłyszał z korytarza cichy odgłos hamującej windy. Zdążył jeszcze kopnąć kłąb brudnej bielizny w kąt za fotelem i do drzwi ktoś zadzwonił.

– Chwila! – wrzasnął Leon, podskakując na jednej nodze i naciągając na stopę skarpetkę. Przeczesał włosy palcami, przeciągnął dłonią po twarzy, zmusił się do uśmiechu i uchylił wreszcie drzwi.

To nie był Tosiek.

Stała przed nim pyzata dziewczyna w czarnym płaszczu i kozakach. Nerwowo postukiwała w posadzkę szpikulcem mokrego parasola. Ciemne włosy miała spięte w gładki korporacyjny koczek, a zza kolorowych okularów spojrzały na Leona poważne oczy, podłużne i piwne jak jego własne.

– Sandra! – powiedział zmieszany, kryjąc zawód.

– Nie mogłam się do ciebie dodzwonić – usprawiedliwiła się jego siostra, zaciskając palce na rączce parasola. – Mogę wejść?

Bez słowa wpuścił ją do środka. Obrzuciła zdumionym spojrzeniem jego mikry pokoik i znów przeniosła wzrok na niego samego. Nie miał siły bawić się w uprzejmości. Wciąż nic nie mówiąc, odniósł mokry parasol do łazienki, a gdy wrócił, Sandra już bez płaszcza siedziała na kuchennym krzesełku ze zdeterminowaną miną osoby, która zamierza zostać na dłużej. Miała na sobie obcisły czarny golf i czarną spódnicę, na kolanach trzymała torebkę, też czarną, z frędzlami. Leon już zeszłej zimy zauważył, że trochę się wyrobiła w wielkim świecie, nie zasłaniała włosami połowy twarzy i chyba zrozumiała wreszcie, że jeśli ktoś nie ma za grosz talentu do łączenia kolorów, powinien pójść raczej w monochromię. Ale w jej oczach widział wyraz pełnego rezygnacji smutku, którego nie potrafiłby pomylić z niczym innym. Widywał to spojrzenie co rano, za każdym razem, kiedy patrzył w lustro.

– Co się stało? – spytała, przebierając palcami we frędzlach torebki. – Po co ten plaster?

– Nic takiego.

– Czemu nie jesteś w szkole?

– Czemu nie jesteś w pracy? – odpalił z rozdrażnieniem.

– Przyjechałam po buty.

– W Warszawie się skończyły?

– Tak! – odparła nieco swobodniej. – Szukałam we wszystkich sklepach, wszystkie białe są brzydkie albo drogie, albo jedno i drugie.

– Nie muszą być białe – zaczął Leon, ale się zreflektował i znów zrobił odpychającą minę. Niech się tu lepiej zbytnio nie zadomawia.

– Powiedz to mamie – mruknęła Sandra i nagle plasnęła się w czoło. – Zapomniałabym! Byłam u nich w weekend i przywiozłam ci prezent.

– Prezent – powtórzył tępo, jakby to było jakieś nieznane mu słowo. Sandra pogrzebała w torebce i wyjęła z niej ciemną butelkę z przelewającym się wewnątrz płynem.

– Mama bawi się ostatnio w zielarstwo – wyjaśniła. – Szuka przepisów w sieci i rozdaje wszystkim różne pożyteczne mikstury. Ja dostałam na schudnięcie – wyznała grobowo. – A ta jest dla ciebie, ale nie powiedziała mi na co. Masz katar…?

Leon wyrwał jej flaszkę z rąk i z całej siły rąbnął nią w dno kosza na śmieci. Trzasnęła o pusty słoik i się rozbiła.

– Nie jestem chory! – warknął.

Sandra, zdrętwiała na swoim krześle, wlepiła w niego oszołomiony wzrok. Pamiętał to puste spojrzenie. Zawsze tak reagowała na wrzaski.

– Nie chciałem cię przestraszyć – mruknął pojednawczo. – Hej, sztama na wieki?

Uśmiechnęła się mimo woli, słysząc tę odzywkę z dzieciństwa. Skinęła głową i opuściła wzrok na frędzle. Czekał cierpliwie. Byli w końcu świetnie wytrenowani w przechodzeniu do porządku dziennego nad takimi małymi wybuchami.

– Jak przygotowania do matury? – spytała sztucznie ożywionym głosem.

Leon szukał w szafce czegoś do jedzenia. Zbliżało się południe, a on od wczoraj nic nie miał w ustach. Znalazł pół podeschniętej buły z pieczarkami. Ugryzł.

– W porządku – burknął.

– Chcesz iść na medycynę, dobrze słyszałam? Mama wspominała.

Leon spożywał bułkę z zaangażowaniem krowy przeżuwającej trawę i z adekwatnym wyrazem na twarzy.

– Tak? – Nie przypominał sobie, by jej o tym mówił. Musiało mu się wypsnąć.

– Już się pochwaliła wszystkim sąsiadkom.

Przełknął z wysiłkiem.

– Co?

– Co w tym dziwnego? Zawsze się tobą chwalą na prawo i lewo, dlaczego teraz miałoby być inaczej?

– Chwalą się…

– Już tak nie udawaj, że nie wiesz. Zawsze byłeś ich ulubionym synusiem – wymamrotała Sandra, okręcając frędzle na palcu. – Do mnie zawsze mają jakieś ale. Studia nie te, facet nie taki, jem za tłusto, gadam za dużo – zaśmiała się, by pokryć zmieszanie, a Leon znów zobaczył ją taką, jak zapamiętał z dzieciństwa: spiętą, przewrażliwioną kulkę nerwów.

– No, ale przecież kupują ci tę ziemię – zauważył.

– Jaką ziemię?

Sandra podniosła głowę i zmarszczyła brwi. Leon wciągnął powietrze z sykiem. Psiakrew. Chyba palnął głupstwo.

– To chyba miała być niespodzianka – mruknął ze skruchą. – Nie mów nikomu, że wiesz, dobrze?

Niespodzianka czy nie, Sandra nie wyglądała na uszczęśliwioną.

– Jaką ziemię?!

– Jakieś pole za wsią. Dom sobie postawicie, pewnie z tym też wam pomogą – ciągnął nie bez zawiści. – Nieźle jak na tę gorszą córeczkę, co?

Sandra niespecjalnie go słuchała, szarpiąc frędzle torebki. Patrzyła na niego z przerażeniem.

– Jaki dom... Przecież ja mam pracę w Warszawie. Hubert też. Dopiero co go awansowali. Chcieliśmy kupić mieszkanie za jakiś czas. Hubert chyba ma już nawet zdolność kredytową. My się nie możemy tak po prostu wyprowadzić teraz na wieś!

– Im to powiedz.

– Że ja ziemi nie chcę? ZIEMI? Leon, on by mnie chyba z domu wyrzucił!

Leon żuł swoją bułkę, gapiąc się w przestrzeń.

– Może gdybyśmy tam postawili taki mały letni domek... Moglibyśmy przyjeżdżać na wakacje... – mamrotała Sandra na skraju załamania nerwowego. – Tylko że my w życiu nie dostaniemy więcej niż tydzień urlopu naraz...

– Herbaty?

– Tak, poproszę... I chcieliśmy trochę pojeździć, pozwiedzać, może za granicę... – Sandra zerwała się z krzesła, jakby zamierzała rozchodzić swoje dylematy, ale w mieszkaniu Leona takie fanaberie nie wchodziły w grę, więc tylko okręciła się na obcasie i usiadła z powrotem. – A ty co im mówisz? Co robisz, kiedy się z nimi nie zgadzasz?

– Butelkami rzucam – burknął Leon i nalał wody do czajnika.

Sandra spojrzała na niego z zaskoczeniem, po czym zaczęła grzebać w torebce. Wyjęła opasłą flaszkę. Zagryzła wargi i z pasją cisnęła ją do kosza. Trzasnęło.

– Lepiej?

– Trochę – szepnęła przez łzy.

– Będziesz coś jeść? – spytał Leon dość oschle. Jeszcze tylko tego brakowało, żeby i przy niej się rozkleił. Potrząsnęła głową.

Wypili herbatę, plotkując o głupotach, o maturze, o jej pracy w szklanym biurowcu. Rozmowa niespecjalnie się kleiła i tylko ich zmęczyła – przecież oboje wiedzieli, po co Sandra przyjechała do miasta. Leon samym tonem głosu dawał do zrozumienia, że nie życzy sobie rozmawiać o jej ślubie, i stanowczo zmieniał temat, ile razy o nim napomknęła. Sandra kręciła się na krześle, wzdychała, nie śmiała naciskać i tylko po jej minie widział, że coś w niej wzbiera.

– To chyba już pójdę – mruknęła z lekka obrażonym tonem.

– Skoro musisz – odparł uprzejmie. Z minuty na minutę coraz lepiej sobie radził w roli tego bardziej ogarniętego brata, który ma wszystko pod kontrolą i sam ustala zasady. Może to znak, że wraca wreszcie do siebie? Kilka dni treningu i nikt nie pozna nawet, że cała ta poza jest tylko pustą skorupą. – Idziesz na zakupy?

– Nie chce mi się chodzić po mieście w tym deszczu. Pojadę do tej nowej galerii przy dworcu, a potem złapię pociąg do Warszawy – wymamrotała Sandra dość niewyraźnie, patrząc w bok.

– Sprawdzić ci godziny odjazdów? – zaproponował Leon. Sandra wyraźnie się zakłopotała, ale on już otwierał laptopa. – Długo będziesz chodzić po tych sklepach?

– Nie wiem – mruknęła. – Daj, sama sprawdzę.

Zostawił jej laptopa i zniknął w łazience, żeby się trochę odświeżyć. Nie chciał, by odjeżdżała, mając przed oczami brata w tak żałosnym stanie. Opłukał twarz, wyszorował zęby, poczuł się z tym lepiej, więc jeszcze umył głowę i się ogolił, rejestrując przy okazji, że ma na sobie karygodnie wymięty T-shirt i że musi się natychmiast przebrać. Może znajdzie choć jedną czystą koszulkę w szafie, a resztę zaraz zgarnie do torby i zaniesie do prania. Tak, wyraźnie czuł, że wraca w niego energia. Wybeczał się, wyleżał, poużalał się nad sobą, ale teraz czas już odbić się od dna i zacząć sobie organizować jakieś nowe życie. Emilia jednak miała rację: wszystko da się przepracować. Jego nowe życie będzie oczywiście bezdennie nudne i puste bez... bez wiadomej osoby, ale jednak będzie się toczyło dalej.

Wyszedł z łazienki, wycierając głowę ręcznikiem.

– Odprowadzić cię do... – Urwał.

Sandra siedziała na tapczanie przed ustawionym na stoliku laptopem i wpatrywała się w niego okrągłymi oczami. W dłoniach obracała widokówkę od Tośka.

– Grzebiesz w moich rzeczach?! – Leon cisnął ręcznik na ziemię. Zlękniona Sandra pokręciła głową.

– Le...leżało na kocu – wykrztusiła, a jej policzki poczerwieniały. – A to się samo włączyło! Przysięgam!

– Co... – Nie musiał pytać, już wiedział. Ten nieszczęsny wygaszacz latał po ekranie.

– Kto... kto to jest...?

– Wyjdź – powiedział Leon głosem jak uderzenie. – Idź już.

– To dlatego nie chciałeś przyjechać...

– Wynoś się.

– Jezu, ta butelka...

– Spieprzaj! – wrzasnął Leon, ale Sandra nie ruszyła się z miejsca. Choć broda jej drżała, pokręciła tylko głową.

– Nigdzie się nie wybieram – powiedziała trzęsącym się głosem. – Chcę, żebyś przyszedł na mój ślub! I ten... ten... ktoś też może przyjść! Tylko już się na mnie nie złość!

– Nie złoszczę się na ciebie!

– To czemu krzyczysz?!

Leon milczał.

– Nie wiem, co zrobiłam źle, ale już się na mnie nie gniewaj – mówiła prędko Sandra, wycierając oczy.

– Przecież ja się nie gniewam… – Leon spojrzał na nią nieufnie. – Naprawdę nie miałabyś nic przeciwko?

– Słuchaj, no! – powiedziała Sandra z urazą. – Skończyłam studia. Byłam na Erasmusie. Radziłam sobie z takimi sytuacjami, że dziesięć razy byś wymiękł. Dlaczego ty mnie ciągle traktujesz jak gęś?

Leon nie wiedział, co ma powiedzieć.

– Myślałam, że nie chcesz przyjechać, bo uważasz, że jestem głupia i szkoda na mnie czasu – wyrzuciła z siebie. – A jest nawet gorzej! Nie chciałeś przyjechać, bo myślałeś, że jestem głupia i niczego nie rozumiem! Kto to jest? Długo się znacie?

– Odpieprz się – jęknął Leon i opadł na krzesło. – Wcale się nie znamy. Już nie.

– Dlatego wyglądasz, jakbyś zapomniał, jak się śpi? – przejęła się Sandra. Wstała, podeszła za oparcie krzesła i objęła go pulchnymi ramionami. – Wszystko będzie dobrze, Osiu – powiedziała serdecznie i pocałowała go w czubek głowy.

Nie wytrzymał, parsknął śmiechem.

– Dzięki. Nie będzie, ale dzięki.

– Nie widzę, co w tym śmiesznego. Powinnam była się tobą bardziej interesować – burknęła Sandra, zła na siebie. – Wiesz, pewnie niewiele to pomoże, ale jedno ci powiem: po jakimś czasie wszystko zaczyna się układać. Nastoletniość to jest jakiś chory wiek. Wszyscy ci mówią, że to najlepszy czas twojego życia, a tak naprawdę przez większość tego czasu nic, tylko wyć.

– Uhm.

– Złapiesz dystans. Zobaczysz.

– Tak jak ty z tą ziemią od rodziców? – spytał celnie.

Westchnęła tylko i oparła czoło na jego ramieniu. Poklepał ją po głowie.

– Może dystans do starych łapie się po trzydziestce – mruknął. Poczuł, że Sandra się śmieje. Śmiał się razem z nią. To było takie dobre, oczyszczające, tak zawrotnie cudowne uczucie.

– Mam nadzieję – szepnęła i przytuliła się do niego mocniej.

2.

Uparła się, że zrobi mu obiad i posprząta w mieszkaniu, więc uniósł się honorem i oświadczył, że posprzątać może sam. Zostawił ją z ubogą zawartością lodówki i zabrał się za usuwanie z pokoju wszelkich śladów dekadencji. Zasłał tapczan, zlikwidował stertę prania za fotelem i wyniósł śmieci przesiąknięte intensywnymi woniami mikstur z butelek. Umył naczynia, a kiedy skończył, na patelni skwierczała jakaś dziwna potrawa z kawałków podsmażonej parówki w sosie musztardowo-jajecznym.

– Studenckie czasy – mruknęła Sandra z satysfakcją i sypnęła jeszcze papryki w proszku. – Tego się nie zapomina. Udawajmy, że to gulasz.

Zjedli, siedząc na tapczanie przy stoliku, zagryzając resztkami chleba.

– Powiedz mi o nim – poprosił Leon.

– O Hubercie?

– No.

– A co chcesz wiedzieć?

– Skąd się wziął. Nikt o nim nie słyszał, a tu raptem ślub.

– Boś się akurat tak bardzo interesował tym, co u mnie… No dobra. Po pierwsze, nie raptem, bo się znamy od pierwszego roku. Po drugie, znajomi słyszeli. Tylko nie brali go nigdy poważnie. Ja zresztą też nie. To znaczy nie wierzyłam, że on mnie bierze poważnie. Taką głupią i gru... – Sandra urwała i zmarszczyła brwi, jakby sama siebie karciła w myślach. – Ale potem znalazłam pracę i raz mnie wysłali na takie szkolenie z autoprezentacji. A potem na jeszcze jedno z technik negocjacyjnych. I jak zaczęłam z nim negocjować, co z nami dalej, to po miesiącu się oświadczył. – Sandra zachichotała.

– Zmieniłaś się – powiedział Leon, rozprawiając się z resztą parówek. Wyglądały trochę jak wielkie skwarki, reszta była kwestią wyobraźni.

– Czy ja wiem – westchnęła Sandra. – Może trochę z wierzchu. A co u ciebie?

Leon zakasłał.

– No co ma być? Matura.

– I ten Tosiek.

– Nie chcę o nim rozmawiać.

– Aż tak ci zalazł za skórę?

– Nie, to nie on, to ja... Tak będzie lepiej. On zasługuje na więcej.

– Tobie by się przydało szkolenie z autoprezentacji – powiedziała Sandra. – Zawsze był z ciebie taki pewny siebie skurczybyk, a teraz co? Ja ciebie nie poznaję. Co się stało?

– Co miało się stać? Nic się nie stało.

Odsunął od siebie talerz. Bardzo mu się nie podobał kierunek, w którym zmierzała ta rozmowa. Sandra przyglądała mu się przenikliwym wzrokiem biznesowego coacha. Bał się tego wzroku. Dopiero co ją odzyskał, nie chciał jej znowu stracić.

– Wybrałaś już zaproszenia na ślub? – spytał z rozpaczliwą nadzieją.

– Tak, kremowe ze złoce... Nie zmieniaj tematu! Dlaczego nie chcesz mi nic powiedzieć?

– Powiedziałem Tośkowi i mnie zostawił.

– Posłuchaj – zirytowała się Sandra. – Ten cały Tosiek-srosiek to jest tylko jakiś przypadkowy szczyl, jasne? A ja jestem twoją siostrą. Nigdy cię nie zostawię, choćby nie wiem co!

– Tosiek też tak mówił.

– Może Tosiek ma za dużo kumpli i mu nie zależy. Ja mam tylko ciebie – wyznała Sandra w uniesieniu. – Nie musisz mi się zwierzać, jeśli nie chcesz, ale musisz przynajmniej uwierzyć, że można mi zaufać!

Leon uśmiechnął się smutno. Był to pełen wyższości, gorzki uśmiech człowieka, który zna świat od podszewki i nie ma już żadnych złudzeń co do jego natury.

– Nie umiem – powiedział. – Przykro mi. Ale mogę ci powiedzieć wszystko. A kiedy już poczujesz, że musisz natychmiast gdzieś wyjść, nie zapomnij zabrać parasola z łazienki. Ciągle leje.

3.

Lało i pół godziny później, kiedy Sandra, skulona na tapczanie, z pionową zmarszczką między brwiami, namyślała się nad czymś głęboko. Leon zmywał naczynia i zerkał na nią znad talerzy. Wbrew jego obawom nie wyszła. Ale też nic nie mówiła. Wysłuchała uważnie wszystkiego, co miał jej do powiedzenia. Ale wciąż nie zdobyła się na żaden komentarz. Opłukał ostatni talerz i wytarł ręce. Usiadł obok niej.

– Nie rozumiem – wymamrotała. – Nic nie rozumiem.

– Tak myślałem – odparł Leon, kiwając głową z przesadną żałością. Wciąż był trochę roztrzęsiony tym kolejnym powrotem w przeszłość, ale ukrywał to pod ironicznym grymasem.

– Nie rozumiem, dlaczego nic o tym nie wiedziałam – uzupełniła Sandra. – Sto razy się pytałam mamy, co u ciebie, i nic!

Wszystko w porządku, dobrze się uczy, kropka. Dlaczego nikt mi nic nie powiedział?!

– Jesteś ich małym kwiatuszkiem, ostatnią nadzieją na normalną przyszłość – wyjaśnił Leon zgryźliwie. – No wiesz, wnuki, wspólne święta, rodzinne fotografie, które można bez obciachu pokazać znajomym. Nie chcieli, żeby brutalna prawda zbrukała twoją niewinność.

– Przestaniesz już?

– No, o co chodzi? Już masz dosyć bycia ulubioną córeczką?

– Mam dosyć twojego zgrywania się. Nie musisz przy mnie udawać takiego cynicznego pajaca. Wystarczy, że jesteś zwykłym dupkiem.

– Dzięki – powiedział Leon ponuro.

– Co teraz zrobisz?

– Z czym?

– No, z tą sytuacją.

– A co mam zrobić? Będę żyć dalej.

– Mówię o tym chłopaku. Tym, którego pobiłeś.

– Nie rozumiem – powiedział Leon i pobladł nieco.

– Potraktowałeś go po bandycku. Wstyd mi za ciebie. Stracić nad sobą panowanie to jedno, ale tak nagle uciąć kontakty, jakby nie było człowieka, to… to… tak się nie robi! – złościła się Sandra. – Wiesz chociaż, co się u niego dzieje?

– Nie – odparł Leon sztywno. – Skończmy już ten temat.

– Nie, nie skończymy! Musisz coś z tym zrobić. Przynajmniej go przeprosić! No, co jest z tobą? – przelękła się Sandra, bo Leon pobladł jeszcze bardziej i zasłonił się ramieniem, jak przed atakiem niewidzialnego wroga.

– N-nic – wykrztusił. – Boję się…

– Ja ci pomogę! Odnajdziemy go jakoś. Leon?…

– Taki był przybity – bełkotał do siebie. – Cały czas mówił, że nie chce już żyć. Że ze sobą skończy. Jeśli coś się stało... Ja... ja nie chcę wiedzieć! Wszystko moja wina! Wszystko...

– Już, spokojnie. – Sandra chwyciła go za rękę. – Nie możesz tego tak zostawić. To jest właśnie to, co cię wykańcza, prawda? Ta niepewność. Znajdziemy go. Jak on ma na imię?

– Maciek... chyba.

– Popytam, podzwonię. Maciek. – Sandra urwała i zmarszczyła brwi. – Maciek! – powtórzyła w olśnieniu. – Teraz rozumiem! Wiktoria, kojarzysz Wiktorię? Moją przyjaciółkę ze szkoły?

– Nie kojarzę.

– Spotkałyśmy się niedawno na kawie. Ciągle nawijała o ludziach, których kompletnie nie znam, strasznie się wynudziłam. O jakimś Maćku też mówiła. Że to jej sąsiad z domu obok, że ktoś go sprał w szkole... Ona sondowała, ile wiem! A ja, jak idiotka, ani be, ani me!

Leon był biały jak ściana.

– Zadzwonię do niej, chcesz? Po prostu ją spytam!

– Ja... nie wiem.

Sandra już wybierała numer. Leon walczył z mdłościami.

– Wiki, no hej, Wiki! – zawołała Sandra. – Co u mnie? Butów szukam! Leje okropnie, no! – potwierdziła radośnie. – Tak się zastanawiałam, jak miał na imię ten twój sąsiad? Marek? Maciek? Jednak Maciek? Co tam u niego?

Leon nie wytrzymał i zwinął się w kulkę, obejmując ramionami kolana. Poczuł dłoń Sandry przeciągającą po jego łopatkach.

– Aha? Aha? Dzięki. Musimy się kiedyś znowu spotkać! Pogadamy! Teraz muszę kończyć. Papa, zadzwonię niedługo! – Sandra rozłączyła się i jej cukierkowy głos natychmiast znormalniał. – Już wiem wszystko, mały! – zawołała z triumfem. – Smarkacz ma się dobrze. Zmienił szkołę, jest w Kaliszu, w liceum plastycznym. I świetnie sobie radzi!

Leon poderwał głowę, wzrok miał szklisty. Chwilę siedział jak ogłuszony, mrugając powiekami, a potem, gdy to wreszcie do niego dotarło, wykrzywił twarz jak dziecko, przymknął oczy i złapał go tak straszny płacz jak jeszcze nigdy przedtem. Osunął się na poduszkę bezwładnie jak ścięte drzewo i płakał długo, długo.

rozdział XIX

poniedziałek, 3 października 2016

1.

– Naprawdę powinnam iść – powiedziała strapiona Sandra, pochylając się nad nim. – Już po drugiej. Jak się czujesz? Mogę wrócić wieczorem i zostać na noc, jeśli chcesz.

– Musisz wracać do pracy – wymamrotał Leon w mokrą poduszkę. – Poradzę sobie.

– Na pewno? Mogłabym wziąć jeszcze jeden dzień urlopu.

– Nie, już jest dobrze – szepnął Leon. Mówił prawdę. Choć wypłakał dziś więcej łez niż przez całe dotychczasowe życie i czuł się osłabiony jak po ataku gorączki, coś się zmieniło. Jakby wraz ze łzami wypłynęła z niego wreszcie ta bolesna zadra, która tkwiła w nim dotąd głęboko, jątrzyła i zatruwała każdą jego myśl.

– Będę dzwonić.

– Poczekaj, dam ci mój nowy numer – przypomniał sobie i usiadł chwiejnie. Wymienili się kontaktami. – Odprowadzić cię na dworzec?

– Nie, nie, trafię – powiedziała szybko Sandra. – Dzwoń koniecznie, jeśli tylko będziesz chciał pogadać. W każdej chwili. Niedługo przyślę ci zaproszenie, dobrze?

– Sandra, ale oni nie chcą…

– Ja sobie z nimi porozmawiam. O wielu rzeczach. Już czas – powiedziała z powagą. – O nic się nie martw.

Wodził za nią błędnym wzrokiem. Wciąż nie do końca mógł uwierzyć w to, co się działo – Sandra, którą zawsze uważał za męczącą płaksę bez własnego zdania, była po jego stronie! Ona jedna. Patrzył, jak zakłada płaszcz i zabiera z łazienki parasol, a kiedy była już przy drzwiach, zrobił coś, co nigdy dotąd nie przyszłoby mu nawet do głowy – podbiegł do niej i kurczowo wyściskał. Pocałowała go w policzek i poklepała po głowie jak szczeniaka.

– Trzymaj się, smarkaczu – szepnęła i wyszła.

Odetchnął kilka razy i przetarł twarz. Za oknem deszcz coraz intensywniej bębnił o parapet i chlupał w rynnach, ale te dźwięki nie przygnębiały go już, zwiastowały nadchodzące przesilenie i może wreszcie jakiś przełom. Znów był głodny, ale w domu nie było już nic do jedzenia. Nie szkodzi, pójdzie coś zjeść na mieście, najwyżej zmoknie. Sprawdził godzinę. Wpół do trzeciej. Emilia z koleżankami planowały ten swój wiec na czternastą. Pewnie niedługo skończą. Mógłby w sumie przejść się do nich, podnieść je trochę na duchu, pomóc spakować sprzęt albo przenieść coś ciężkiego.

Od razu poczuł się lepiej, gdy o tym pomyślał. Nareszcie coś pożytecznego do roboty. Ubrał się szybko. Nie mógł znaleźć swojego parasola, ale miał kurtkę z kapturem, wystarczy. Wypadł przed dom i kuląc się w deszczu, pobiegł na przystanek.

Zatłoczony autobus dowiózł go do Kaponiery i zamiast skręcić w stronę Śródmieścia, pojechał dalej prosto. Zdezorientowany Leon wysiadł na środku zlanej deszczem betonowej pustyni wokół ronda, a wraz z nim spora grupa równie skołowanych i psioczących na MPK pasażerów. Naciągnął kaptur i pobiegł w stronę przejścia podziemnego. Po drodze zauważył, że tramwaje też jeżdżą prosto, a ulica Święty Marcin, zwykle o tej porze zatłoczona, jest całkiem pusta, i że za kurtyną deszczu, na wysokości placu Mickiewicza, pobłyskują policyjne koguty. Pewnie jakaś stłuczka. Dziewczyny naprawdę mają dziś pecha. Nie dość, że zimno, nie dość, że leje, to jeszcze nawaliła im komunikacja miejska.

Wychynął na deszcz za mostem Uniwersyteckim. Skacząc przez kałuże, pospieszył w kierunku błękitnych światełek. Patrzył głównie pod nogi, żeby nie wleźć w błoto, ale słyszał coraz wyraźniej niosący się echem kobiecy głos, wzmocniony megafonem, i w duchu pogratulował laskom wytrwałości. Pech nie pech, czuł coś w rodzaju dumy na myśl, że choć trochę im pomógł z tymi plakatami. Minął Aulę Uniwersytecką, dotarł do ulicy Wieniawskiego, podniósł głowę i oniemiał.

O, cholera.

Co on, u diaska, zrobił najlepszego?!

Ludzie. Jakiś nieprawdopodobny tłum ludzi poubieranych na czarno, z parasolami i bez. Wypełniali gęsto cały plac Mickiewicza i wylewali się na ulicę, a policjanci, mrowiąc się dookoła w swoich jaskrawych kamizelkach, usiłowali przekierować część z nich na tyły, bliżej Zamku, i udrożnić choć jeden pas ruchu.

Sparaliżował miasto.

Patrzył na ten tłum i mókł, usiłując zrozumieć, co się tu właściwie dzieje. Uśmiechnął się przepraszająco do jednego z policjantów, który wyglądał na szczególnie zmęczonego. Chwilę trwało, zanim odzyskał zdolność myślenia i wytłumaczył sobie na spokojnie, że samymi tylko plakatami nie doprowadziłby do tej rozmiarów katastrofy. Narwanych ochotniczek w typie Emilii musiało być więcej. Znacznie więcej. Podobnie jak kobiet, które również uważały, że mają światu coś ważnego do wykrzyczenia, mimo ulewy i zimna.

Przeszedł ulicę i dotarł na tyły sceny. Skryty pod kawałkiem brezentu wyciągnął telefon. Musi namierzyć dziewczyny.

Zadzwonił do Emilii, ale nikt nie odpowiadał. Tłum krzyczał, buczał, gwizdał; nawet jeśli gdzieś tam była, z pewnością nie słyszała dzwonka. Sprawdził Facebooka, znalazł fotkę Matyldy – zrobiła zdjęcie sceny mocno pod kątem, musiała wtedy stać w okolicach krzyży. A to oznaczało, że jeszcze długa droga przed nim. Od strony ronda wciąż nadciągały nowe grupy ludzi i szybko się zorientował, że jeśli zaraz się stąd nie ruszy, przyblokują go na amen. Przepchał się w tył, w stronę Auli, a potem szerokim łukiem, przeskakując przez krzaki i rabatki, ruszył w stronę pomników. Tu, na krańcach zgromadzenia, było nieco ciszej, ale nadal bardzo rewolucyjnie, starsze panie w nobliwej czerni wymachiwały transparentami, jakiś dzieciak walił w bębenek; nastolatki wydzwaniały przez telefon, szukając siebie nawzajem, a pod dużym czerwonym parasolem zobaczył zarumienioną profesor Borowską od angielskiego, która z zapamiętaniem dęła w gwizdek, ku widocznej konfuzji siwej pani z sekretariatu.

Z trudem przeciskał się przez coraz gęstszy tłum. Nurkował pod cudzymi parasolami, ale mimo to jego kurtka wydawała mu się coraz cięższa i bardziej nasiąknięta deszczem. Odgłosy gwizdków, terkotek i bębenków rwały mu myśli na kawałki. Nie chciał się przyznać sam przed sobą, czemu tak uparcie zmierza do przodu, choć było już całkiem jasne, że dziewczyny wcale nie potrzebują jego pomocy. Ale kiedy w pewnej chwili ktoś klepnął go w łopatkę i Leon się odwrócił, pełen nadziei, po czym oklapł, widząc tylko Zuzę z kawą w papierowym kubku, nie mógł się już dłużej okłamywać: przyszedł dla Tośka. Jeśli istniała choć najmniejsza szansa, że Emilia przyciągnęła tu Tośka ze sobą, był gotów go szukać w tym tłumie choćby i cały dzień.

Zuza krzyknęła coś do niego, ale w tym hałasie nic nie zrozumiał. Pokazała mu gestem, by szedł za nią. Posłusznie podążył za jej nakrapianą peleryną, wyciągając nogi, żeby nie zgubić jej w tłumie. Dotarli na sam kraniec placu, w pobliże budki informacyjnej dla turystów. Pod niewielkim daszkiem rozpoznał znajome twarze: Emilia, Matylda, nawet Roksanna. Tylko Tośka nie było. Dziewczyny rozgrzewały się, podskakując w rytm skandowania, które dobiegało ze sceny. Emilia wyszczerzyła do Leona w uśmiechu wszystkie zęby.

– Widziałem Borowską! – wrzasnął jej do ucha.

– Wiem! – odwrzasnęła Emilia. – Zwolniła nas wcześniej, żebyśmy się nie spóźniły!

– Super! – ryknął Leon, zastanawiając się, jak szybko straci głos.

– A Kawecka widziała nasz filmik! – darła się Emilia. – Strasznie jej się podobał!

– Jaki filmik! – wrzasnął Leon i zachrypł.

Emilia próbowała mu tłumaczyć, ale nic nie słyszał. Machnęła ręką i wyciągnęła z kurtki telefon. Schował się pod parasolem Zuzy i spojrzał na ekran. Zobaczył szkolny kanał, a na nim nowy film zatytułowany „Protest?". Emilia dziobnęła palcem urządzenie. Na wizji pojawiła się jej twarz. Chwilę coś mówiła, potem obraz się zmienił: teraz mówiła Zuza.

– Tłumaczymy, czemu chcemy tu przyjść! – wrzasnęła Emilia prosto w jego ucho. Obraz znów się zmienił, Leon zobaczył Matyldę, potem Roksannę, potem jakieś inne dziewczyny znane mu przelotnie z widzenia.

Leon kiwał głową, mając w głowie tylko jedno pytanie: jakim cudem Witold się na to zgodził? Montaż był dynamiczny, nie w jego stylu. Leon kliknął w opis filmu i pierwsze, co rzuciło mu się w oczy, to informacja na samym początku:

Podkład muzyczny: David Bowie *Heroes*.

Serce w nim zabiło.

– Kto robił ten film? – ryknął.

– Tosiek! – odwrzasnęła Emilia. – Poskładał wszystko razem!

– Gdzie on jest!

– Kręci relację! – wrzasnęła Matylda z budki, składając palce w prostokąt na wysokości oczu.

Tosiek tu jest. Tosiek gdzieś tu jest. Tosiek chyba nie nienawidzi go aż tak bardzo, skoro do swojego filmu wybrał akurat tę piosenkę, którą kiedyś wyśmiewał. Całkiem jakby chciał mu coś powiedzieć. Na przykład, że też spędził weekend, słuchając czyichś ulubionych utworów. Tak, na pewno. To jest znak. Tosiek uwielbia takie zabawy. Tosiek puszcza mu sygnał, jak Batman.

Leon z desperacją rozejrzał się wokół, ale z przodu widział tylko cudze plecy, a za sobą miał tę budkę, która zasłaniała mu widok na Zamek. Poderwany nagłym impulsem rzucił się w stronę budki.

Najpierw wgramolił się na plastikowy kosz na śmieci, a potem wsparł brzuchem o daszek i podciągnął. Zamierzał stanąć na daszku, ale to zupełnie nie wchodziło w grę. Jego powierzchnia była gładka, mokra i pochyła. Deszcz wściekle bębnił Leonowi w kaptur. Bał się podciągać wyżej, ale nawet półleżąc w tej komicznej pozycji, zobaczył wreszcie coś więcej niż tylko plecy i z wrażenia omal nie sturlał się na rabatki za budką.

Tłum ludzi zajmował całą ulicę wzdłuż Zamku i ciągnął się jeszcze dalej, okryty płaszczem parasoli jak lśniącą, nakrapianą łuską. Jak wielkie zwierzę, drzemiący Smaug, który przesłonił swoim brzuchem i ogonem pół Śródmieścia. Ze sceny padł przejmujący, wzmocniony głośnikami okrzyk i przez tłum w kilku kolejnych falach przebiegł dreszcz, jakby ten potężny organizm właśnie budził się ze snu. Groźny pomruk odbił się od fasad kamienic. Leon dostał gęsiej skórki.

Kurczowo przytrzymując się mokrych krawędzi daszku, odwrócił głowę i spojrzał na plac. Po tej stronie zgromadzenie pulsowało energią, parasole unosiły się jak pokrywki nad garnkami z wrzątkiem, między nimi jeżyły się transparenty i chorągwie, na sznurkach podskakiwały czarne balony. W oddali, tuż przed sceną kołysała się w prawo i lewo solidna drewniana tyczka z zatkniętą nań ogromną tęczową flagą.

Leon z westchnieniem opuścił czoło na mokrą powierzchnię daszku. Oczywiście, pomyślał z rezygnacją. Jeśli Tosiek jest gdzieś na tym placu, to z całą pewnością właśnie tam. Pod samą sceną. W samym sercu tego roztętnionego, kipiącego gniewem kotła.

Poszukał stopą pokrywy śmietnika, w następnej chwili już na niego spadał. Udało mu się zleźć i nie połamać sobie nóg, pierwszy sukces! Dziewczyny pomogły mu się podnieść z mokrych płyt. Otrzepał ubłocone ręce. Pokazał na migi, że idzie do przodu. Wyściskały go, jakby wybierał się na wojnę. Naciągnął kaptur na nos i ruszył pod korony parasoli.

Nie było łatwo. Tłum okazał się ścisły i już nie tak łaskawy. Od gwizdów, łoskotu dzwonków i wrzasków puchły mu uszy. Tam na tyłach mogła sobie kwitnąć siostrzana przyjaźń, ale im bliżej był sceny, tym intensywniej odczuwał pulsującą na placu złość. Z transparentów zionęły gniew, frustracja, duma zraniona po wielokroć, cała paleta zakazanych uczuć, o których mówiła Emilia. Jeśli ten tajfun emocji szalał w dziewczynach na co dzień, to musiały być doprawdy pierwszorzędnymi mistrzyniami kamuflażu.

– Przepraszam – sapał, przeciskając się pod parasolami, choć w tumulcie, jaki tu panował, i tak nikt go nie słyszał. – Przepraszam…

Kilka razy tracił cel z oczu i musiał mocno wyciągać szyję, by odzyskać orientację w przestrzeni. Kilka razy wystający drut parasola o mało nie wykłuł mu oka. Był już coraz bliżej tej cholernej flagi, już o krok. Zobaczył Julię i Dagny. Rozpoznały go, uśmiechały się do niego.

Nie zwracał na nie uwagi. Dostrzegł go wreszcie, tuż obok siebie.

Tosiek uginał się pod ciężarem drzewca, wytrwale machając nim na wszystkie strony. Miał na sobie turystyczną pelerynę z niebieskiej folii, na nogach kalosze, a na wrażliwych uszkach – dźwiękoszczelne słuchawki Marcina. Na jego twarzy, mokrej od deszczu i czerwonej z wysiłku, malował się ironiczny grymas człowieka, który nie ma absolutnie nic wspólnego z tymi wszystkimi babami i przyszedł tu tylko potrzymać im proporczyk.

Głupek. Co za głupek. Ledwo co się dusił, a od machania tym drągiem dostanie zaraz wylewu.

Leon stał, mókł i gapił się na niego, bo tylko tyle mógł zrobić. Nie miał żadnego planu. Nie miał pojęcia, co teraz. Nawet gdyby to wiedział, nigdy w życiu nie przekrzyczałby tego dzikiego tłumu. Ale kiedy Tosiek go wreszcie zauważył i drwiący uśmiech spłynął mu z twarzy, Leon zrobił to, co w tym momencie nakazywał zdrowy rozsądek: zabrał mu tę flagę i oparł na własnym ramieniu.

Zdumione oczy Tośka zaokrągliły się jak dwa małe księżyce. Otworzył usta, jakby chciał coś powiedzieć, zreflektował się, zdjął słuchawki i zastygł z wyrazem szoku na nakrapianej deszczem twarzy, gdy ryk tłumu wdarł mu się w bębenki. Zamrugał. Uniósł brew na znak, że okoliczności nie sprzyjają pogawędkom, i odwrócił się w stronę sceny.

Ale choć wyraźnie dystansował się od tłumu, to jednak strzygł uszami, marszczył brwi, wsłuchiwał się w okrzyki i nieodwracalnie nasiąkał rewolucją.

2.

Głośniki wydały z siebie ostatni pisk i ucichły. Niebo szarzało, deszcz tylko lekko siąpił, ale Leon był już tak przemoczony, że nie robiło mu to wielkiej różnicy. Na obrzeżach placu tłum zaczynał rzednąć, ale pod sceną wciąż jeszcze panował ścisk.

– Mam pokrowiec – odezwał się Tosiek, grzebiąc w kieszeni peleryny.

Leon spojrzał na niego pytająco.

– No, na flagę – wyjaśnił Tosiek niecierpliwie. – Nie będziemy z nią tak iść przez całe miasto.

– Wszystko mi jedno – mruknął Leon, ale Tosiek już owijał lepką, mokrą tkaninę wokół ciężkiego drzewca. Wyjął z kieszeni poliestrowy worek, ale napuchnięta od deszczu flaga za nic nie chciała się do niego zmieścić. Leon pomagał mu trochę, zajęty był jednak głównie własnymi myślami.

– Odnieść ją z tobą? – spytał nieśmiało.

– No chyba? – Tosiek szarpał się z pokrowcem. – Nie wracasz ze mną do domu na podwieczorek?

– Mogę?

– To chyba oczywiste – warknął Tosiek, ze złością mocując się z mokrą tkaniną. – Nie dam rady, no!

Leon był pełen wątpliwości i obaw.

– No nie wiem, po tym jak uciekłeś…

Tosiek zjeżył się jak ranny ryś we wnykach.

– Przestań! – syknął i wcisnął bezużyteczny pokrowiec z powrotem do kieszeni. – Przecież ci powiedziałem, że wszystko jest okej! Że wszystko zniosę! Że wszystko mi możesz powiedzieć! Koniec tematu! Finito!

Leon trochę się pogubił. Tosiek wysyłał mu sprzeczne sygnały. Mówił, że wszystko jest w porządku, ale fukał na niego jak wściekłe zwierzę. Może po prostu przemókł?

– Widziałem twój film – powiedział ostrożnie. – Jakim cudem wgrałeś go na kanał? Przecież nie masz hasła?

Tosiek zagryzł wargi.

– To nie ja. Ja tylko zmontowałem całość.

– Z podkładem z *Heroes*.

– Akurat mi podpasował – mruknął Tosiek, chowając się za flagą. Łypnął jednym okiem. – A o resztę to już musisz pytać Roksannę.

– Roksannę!

– Nocowała w sobotę u Emilii, razem z Matyldą i Zuzą. Robiły sobie włosy i pazury, no chyba najlepiej wiesz, jak człowiek mięknie przy pazurach. – Tosiek się rozgadał, po czym speszył znowu. – Obiecały, że przyjdą jej kibicować podczas biegu. Zrobiłem im ten film, pełna profeska, żadnych wygłupów, bo Witold nie lubi. W ogóle mnie tam nie ma. A potem Roksanna jakoś przekonała Witolda, że powinien udostępnić nam kanał. I się zgodził. Bardzo jest potulny, odkąd go opieprzyła za te zmiany w scenariuszu. A, i jeszcze mu powiedziała, że zawsze może wystartować z kimś innym w Biegu Par. Zresztą ja podejrzewam, że on tak ogólnie to jest po naszej stronie.

– Naszej? – prychnął Leon.

Tosiek objął szerokim gestem cały wszechświat.

– No, ludzkości.

Leon wzruszył ramionami, przyglądał się sceptycznie.

– Ludzkość to on może i lubi, tylko ludzi jakby mniej.

– No ma z tym pewien problem – przyznał Tosiek tolerancyjnie.

– Od kiedy ty niby jesteś taki wyrozumiały dla innych?

– Odkąd się okazało, że nikt nie jest ideałem?

Leon spuścił wzrok na własne buty. Milczał. Bo i co miał powiedzieć ponad to, co Tosiek i tak już wiedział? Czekał. To do Tośka należał następny ruch.

Ale Tosiek też się nie odzywał. Tłum się rozrzedził, na placu robiło się już pusto i ciemnawo.

– Nie chcesz już być ze mną? – odgadł Leon zdławionym głosem.

– Chcę!

– Ale nie możesz. To jest silniejsze od ciebie, tak?

Tosiek kręcił głową z takim impetem, jakby chciał ją sobie urwać z szyi.

– Nie tak! Wszystko inaczej!

– No to jak? – wymamrotał Leon. Zimno przenikało mu do kręgosłupa. Jeśli to konieczne, był gotów odmrozić sobie nerki, ale wolałby, żeby poświęcenie miało przynajmniej jakiś finał. Dłużej nie zniesie tej niepewności. – Wiesz już wszystko, co chciałeś wiedzieć. Ja nie zmienię tego, co było. Mogę tylko… nie wiem… obiecać, że sam się zmienię.

– Nie. – Tosiek kręcił głową. – Nie trzeba. Wszystko dobrze – zapewniał żarliwie, a jednocześnie uciekał wzrokiem, chował się za flagą, nerwowo oblizywał wargi, słowem, robił wszystko, by Leon nie był w stanie mu uwierzyć, choćby bardzo chciał.

– Rozumiem – powiedział Leon pokornie. – Potrzebujesz czasu.

– Nie-ma-o-czym-roz-ma-wiać – wycedził Tosiek w pasji.

– Ale wybiegłeś wtedy – przypomniał Leon urywanym głosem. – Dlaczego?

– Nie mogę powiedzieć – oświadczył Tosiek z desperacją i zaciął usta.

Leon rozłożył bezradnie ręce.

– To ty chciałeś, żebyśmy mówili sobie wszystko.

Tosiek skrzywił się boleśnie. Toczył jakąś wewnętrzną walkę. Czerwienił się coraz bardziej, oczy mu się szkliły, usta drżały. Wtulił twarz w mokrą tkaninę i zajęczał:

– To tylko tak głupio, głupio wyszło, ja bym nigdy nie wyszedł, gdybym naprawdę nie musiał! Uwierz mi! Myślałem o tobie cały weekend! Jak ty się musiałeś okropnie czuć! Ale jak miałbym ci to wytłumaczyć? Gdy zacząłeś opowiadać o tym… chłopaku, to wtedy akurat, wtedy akurat… – Tosiek wykrzywił się, zacisnął powieki i wymamrotał bardzo szybko i niewyraźnie: – …to wtedy akurat m-mi się okres zaczął i zupełnie nie wiedziałem, co mam robić!

Leon uchylił usta z konsternacji. Tosiek chlipał z upokorzenia w ociekającą deszczem flagę, a Leon na próżno usiłował sklecić zdanie.

– To wszystko? – spytał wreszcie z niedowierzaniem. – Mogłeś mi po prostu powiedzieć!

Tosiek spojrzał na niego jak na półgłówka.

– Powiedzieć?! – wrzasnął z oburzeniem.

– No a nie? – Leon miał wrażenie, że stąpa po obcym i bardzo zdradliwym gruncie, ale niech go diabli porwą, jeśli miałby się teraz wycofać. – Ty też możesz mi mówić wszystko. Wszystko. O wszystkim. Nie po to była cała ta impreza? – Wskazał na pustą scenę. – Żeby mówić nawet o tym, o czym nie można?

– Nie wiem, nie słuchałem – odparł Tosiek niezłomnie, choć broda wciąż mu się trzęsła.

Leon poddał się i objął go po prostu, razem z mokrą peleryną, mokrą flagą, słuchawkami i całą tą butną niezależnością. Tosiek westchnął cicho, a Leon mógł się tylko cieszyć, że tym razem przynajmniej to nie on beczy. Do domu. Wracają do domu. Rozejrzał się po placu. Ludzie rozeszli się już, każdy w swoją stronę, rozbierano scenę, grupka aktywistów wymieniała jeszcze wrażenia pod pomnikiem Mickiewicza, a w cieniu za głośnikiem stała jakaś postać. Leon doznał wrażenia, że ta osoba się w niego wpatruje. Otrząsnął się z niesmakiem. Czas hipotetycznych przechodniów w jego głowie minął bezpowrotnie.

Ciemna sylwetka poruszyła się jednak i stukając obcasami po mokrych płytach, podeszła bliżej. Wkroczyła w krąg światła rzucany przez reflektory przy pomniku. Leon rozpoznał Sandrę.

3.

– Cześć – powiedziała niepewnie.

– Cześć – mruknął Leon. Tosiek wyciągnął szyję jak surykatka, mierząc ją ciekawskim spojrzeniem. Leon niechętnie wypuścił go na wolność. – Co tu robisz? Pociąg ci uciekł?

– Nie… – Sandra uciekła wzrokiem w czubki własnych kozaków. Omiótł wzrokiem jej czarny płaszcz i nagle zrozumiał:

– Od początku zamierzałaś tu być!

Zakłopotana Sandra nie wiedziała, gdzie podziać oczy.

– Czemu mi nie powiedziałaś? Razem byśmy przyszli!

Jej żałosne spojrzenie wyjaśniło mu wszystko.

– Im też nie powiedziałaś, po co jedziesz do miasta?

– A jak myślisz? – burknęła Sandra, kręcąc parasolem.

Leon poczuł, że ma już raz na zawsze dość tajemnic, zagadek i niedomówień, w butach chlupotały mu dwa jeziora, było mu zimno we wszystkie części ciała i chciał do domu.

– Nie przedstawisz mnie? – bąknęła Sandra.

– A tak, jasne. To jest właśnie Tosiek, przekleństwo mojego życia. A to jest Sandra, moja siostra.

– Masz siostrę?! – wykrzyknął Tosiek, nim Sandra zdołała powiedzieć choć słowo. Energicznie potrząsnął podaną mu dłonią. – Tego TEŻ mi nie powiedziałeś? Siłą trzeba wszystko z niego wyciągać – poskarżył się Sandrze, która nieco przytłoczona jego ekspresyjną osobowością cofnęła się o pół kroku i gorliwie potakiwała głową. – Ale impreza, co? Prawie sam wszystko organizowałem! – Tu Tosiek urwał i się zawiercił. Wydobył telefon z fałd peleryny. – Przepraszam, ciocia – mruknął i pchnąwszy flagę w stronę Leona, oddalił się.

Leon złapał mokry drąg, nim ten zdążył łupnąć go w głowę. Usłyszał, jak Tosiek relacjonuje z zapałem:

– Miliony, ciociu, przyszły MILIONY ludzi, nigdy bym nie uwierzył, gdybym tego nie widział na własne oczy.

Zerknął na Sandrę, starając się wyglądać tak swobodnie, jak tylko to możliwe, gdy człowiek stoi na pustym placu pośrodku miasta z wielką tęczową flagą w objęciach.

– Jak go nie kochać? – mruknął z pewną dozą autoironii.

– Tak, ciociu, tak, Leonek też tu jest i nie uwierzysz, ale on ma prawdziwą SIOSTRĘ! – wywrzaskiwał Tosiek pod sceną. Ucichł na chwilę. – Ciocia zaprasza cię na ciacho! – zawył w stronę Sandry.

Sandra spojrzała na Leona pytająco.

– Pociągi masz co godzinę – mruknął. – A to ciacho długo nie postoi. Idalia… – Miał zamiar wychwalić pod niebiosa jej talent cukierniczy, ale nagle urwał, zdjęty niepokojem.

rozdział XX

poniedziałek, 3 października 2016

1.

– Mówiłeś jej? – spytał Leon półgłosem.

– O czym?

– O mnie.

We dwóch wytaszczyli tę kobylastą flagę z autobusu, a Sandra, postukując obcasami, drobiła za nimi. Leon miał wrażenie, że celowo zwolniła kroku i podąża w bezpiecznym oddaleniu, ale uznał, że byłby skończonym hipokrytą, gdyby miał jej to za złe.

– Cioci? – upewnił się Tosiek. – No mówiłem.

– Mówiłeś…

– No wiem, że mieliśmy nie kłapać dziobem o tym, co się dzieje na spotkaniach, ale byłem pewien, że i tak już wie. Przecież ty jej zawsze wszystko mówisz.

Leon się nachmurzył. Maszerowali w równym tempie osiedlowym chodnikiem, połączeni tym ciężkim drągiem jak malarze drabiną. Ze wszystkich dostępnych na rynku flag Tosiek musiał kupić tę największą i najmniej poręczną, no po prostu musiał.

– I… i co?

– Spytała, co ja na to.

– I…?

Tosiek wzruszył ramionami, o mało nie upuszczając sobie drzewca na stopę.

– Powiedziałem, że ja bym ci dał jeszcze jedną szansę – wysapał łaskawie. – Tak jak ty ją zawsze dajesz wszystkim.

– I...?

– I ona powiedziała: jak uważasz, kochanie, ale chciałabym z nim najpierw chwileczkę porozmawiać.

Bolesny jęk Leona rozniósł się wśród bloków.

– Wszystko będzie dobrze – pocieszył go złośliwie Tosiek, czerpiąc dużo satysfakcji z faktu, że tym razem to nie jego zdegenerowanie moralne Idalia będzie wyżymać, maglować i składać w kosteczkę. – Słuchaj, myślisz, że ten cały event coś zmieni?

– Kto co zmieni?

– No, ten protest.

– No, myślę. W przeciwnym wypadku Emilia rozpieprzy kraj na atomy – wyraził swoje lęki Leon i zatrzymał się przed bramą.

Wtaszczyli flagę na drugie piętro, z trudem wyrabiając na zakrętach klatki schodowej. Sandra piętro niżej stukała obcasami. Pewnie po prostu nie chciała oberwać drzewcem. Jeszcze ostatnia prosta i już ciągnęli ten przeklęty kij po podłodze przedpokoju.

– Nie po dywanie! – rozległ się strofujący głos Idalii. Pojawiła się w progu kuchni i natychmiast przejęła dowodzenie. – Ściągajcie te mokre rzeczy, ale już! Zaraz odwirujemy je w pralce. Buty, Tosiek! Przynieś ręczniki! Dobry wieczór pani!

Tylko Idalia potrafiła z takim opanowaniem okiełznać chaos. Rozebrała wszystkich z kurtek i płaszczy, Tośka wysłała do łazienki, Sandrę zagarnęła do pokoju Marcina, który aktualnie służył jej za buduar. – Pożyczę pani coś na przebranie – usłyszał jeszcze Leon i drzwi się zamknęły.

Został sam w małym korytarzu. Zdjął buty, odstawił je na rozłożony pod lustrem ręcznik i plaskając mokrymi skarpetkami, poszedł rozwiesić mokrą flagę na kaloryferze w pokoju Tośka. Wrócił do przedpokoju i postawił drzewce w kącie za wieszakiem. Nic więcej nie miał tu do roboty. Nikt się o niego nie zatroszczył. Gdyby nie to, że przyprowadził Sandrę, pewnie by po prostu wyszedł. Dygotał w przemoczonej bluzie i portkach, zastanawiając się, co dalej. Pachniało dziwnie, świeżym ciastem i zarazem zeszkloną cebulą, Idalia najwyraźniej gotowała jakiś pyszny obiad na jutro. Co go w ogóle nie powinno interesować. Już prawie zdecydował się jednak założyć te buty i dać nogę, gdy drzwi pokoju skrzypnęły i na korytarz wyszła Idalia we własnej osobie.

– Kochanie, co ty tu jeszcze robisz? – spytała z przyganą. – Idź do Tośka i wybierz sobie z jego szafy rzeczy na przebranie!

Leon przestępował z nogi na nogę. Jeśli miała mu coś do zarzucenia, niech mu to powie teraz. Oszczędzi sobie późniejszych upokorzeń.

– Trzeba ci zmienić ten plaster – mruknęła Idalia. – Cały brudny. Potem się tym zajmę. A teraz idź się przebrać.

– Słyszałem, że Tosiek ci wszystko powiedział – wypalił Leon wyzywająco.

– A, tak. Coś tam opowiadał.

– Więc już wiesz. Okłamywałem cię.

– Nie, nie okłamywałeś – odparła spokojnie.

– Ale nie mówiłem ci wszystkiego.

Uśmiechnęła się z pewnym zakłopotaniem i podniosła z dywanu mokry szalik Tośka. Powiesiła go na wieszaku.

– Cóż, musiało ci to bardzo ciążyć. Cieszę się, że w końcu dotarło do ciebie, że tak ci będzie lżej, choć trochę to trwało, nie powiem. Czasem aż nie mogłam patrzeć, jak się z tym męczysz, biedaku.

Leon nie był do końca pewien tego, co usłyszał.

– Wie… wiedziałaś?!

Idalia okręcała na palcu pierścionki.

– Skąd?! – krzyknął.

– Twoja mamusia czasem do mnie dzwoni.

Wytrzeszczył oczy. Przypomniał sobie, jak Idalia dzwoniła kiedyś w jego imieniu do domu, sam wybrał jej numer!

– Spiskujesz za moimi plecami?!

– Dopytuje się o ciebie – ciągnęła pogodnie Idalia. – O oceny, o to, co porabiasz. No to jej mówię. I tak sobie gadamy.

– Powiedziałaś jej, że będę studiować medycynę!

– Była pod wrażeniem. Ten sernik, który dziś upiekłam, też z jej przepisu. Powiesz mi zaraz, czy dobry wyszedł. Tak się czasem wymieniamy. Ona mi da przepis na ciasto, ja rzucę jakąś poradą prawną. Zdejmij przynajmniej skarpetki. – Idalia wbiła ciężkie spojrzenie w kałużę wokół jego stóp.

– Poradą praw… – Nagle go olśniło. – To dlatego założył mi konto! Kazałaś jej powiedzieć mu o tych alimentach!

– Mogłam wspomnieć ze dwa słowa – przyznała Idalia niewinnie. – Nadal dostajesz te przelewy?

Leon złapał się za głowę i jęczał:

– Dlaczego ona po prostu ze mną nie pogada…?

– Twoja mamusia ma do ciebie dużo żalu – wyjaśniła Idalia. – Tak to już jest, im bardziej kogoś kochasz, tym bardziej cię boli, kiedy ktoś cię zawiedzie. A ty ją bardzo, bardzo zawiodłeś.

– No i nic z tym nie zrobię! Nie zmienię się! Wiesz o tym chyba!

– Ona też o tym wie. Chyba się już z tym pogodziła. Ale z tym, jak potraktowałeś tamtego chłopca, nie bardzo potrafi.

– To co mam zrobić? – szepnął.

– Nie wiem. Na pewno mógłbyś się zacząć nad tym zastanawiać – zauważyła Idalia swoim zwykłym karcącym tonem.

– A teraz idź i przebierz się wreszcie, nie mogę patrzeć na to, jak się trzęsiesz. Chcesz dostać zapalenia płuc?

Popchnęła go łagodnie w stronę pokoju Tośka i zniknęła w kuchni.

2.

Bardzo zamyślony Leon wygrzebał z szafy Tośka swoje własne sztruksowe portki, które kiedyś mu pożyczył. Wbił się w nie z trudem. Z górą było gorzej; T-shirty Tośka okazały się na niego za małe o dobry rozmiar, a odprasowanych koszul na wieszakach nie śmiał tknąć. Marzł więc półgoły przed szafą, przerzucając sterty dziwnych skórzanych kamizelek i steampunkowych marynarek, a tymczasem drzwi uchyliły się i do pokoju wszedł Tosiek, rumiany i rozgrzany prysznicem. Pobrzękiwał przy tym wszystkimi ośmioma kieszeniami swoich bojówek i sprzączkami pożółkłej koszuli z żabotem, nieco na niego za dużej. Leon trochę się speszył i schował za drzwiami szafy, ale Tosiek nawet na niego nie spojrzał. Zamknął drzwi od pokoju, usiadł na kanapie odwrócony plecami i zaczął wciągać skarpetkę na różową stopę.

– Ładna koszula – mruknął Leon, zastanawiając się, czemuż, u licha, ze wszystkich swoich pięknych ubrań Tosiek wybrał akurat ten łach, by zaprezentować się jego siostrze.

– Kupiłem na Pyrkon – burknął Tosiek, mocując się ze skarpetką. – Tylko jeszcze… ych… muszę zorganizować sobie perukę.

– Po co… – Leon przerwał. Jego serce stopiło się jak na widok całego kosza z kociętami. – Przebierasz się za Jaretha?

– Na Iron-Mana mnie nie stać – wyjaśnił smętnie Tosiek. – JEGO kostiumów nie znajdziesz w lumpeksie za sześć zło…

Leon śmignął przez pokój, wskoczył na kanapę i ciasno opasał Tośka ramionami.

– Nie leć na Marsa – wymamrotał mu w plecy.

Tosiek się nie poruszył i z dużym prawdopodobieństwem także nie oddychał, ale Leon wyczuwał przyspieszone bicie serca.

– Nie odlecisz?

– Nie bez ciebie – mruknął Tosiek przez ramię.

– Wolę zostać tutaj.

– Tak, zauważyłem. – Tosiek sięgnął ostrożnie po drugą skarpetkę. – Mogę zostać na tej parszywej planecie, ale na pewno nie po to, by siedzieć i patrzeć, jak schodzi na psy. Trzeba się za nią wziąć. A ty będziesz mi pomagał.

– Dobrze.

Jego kark pachniał narkotycznie rumiankiem i rewolucją, Leon całował go jak we śnie.

– Niedługo trzeba będzie zgrabiać liście pod kasztanowcami w alei Wielkopolskiej – mamrotał Tosiek. – Witold mi mówił. Możemy to robić razem z nim, pod warunkiem że ogarnie ten swój... plejstocen intelektualny. Bo na razie to mu kazałem spadać na drzewo ewoluować...

– Kocham cię – jęknął Leon. Ale jeśli spodziewał się jakiejś żywej reakcji, to się zawiódł.

– Mhm – mruknął Tosiek, sztywniejąc z lekka. – Wiem. Od szyi w górę.

– Co?

Tosiek wykonał szybki półobrót i przysiadł na piętach. Ciemny rumieniec powlekł mu policzki, kiedy spostrzegł, że Leon siedzi półnagi, zatrzepotał rzęsami, przełknął ślinę i wyrzucił z siebie z rozgoryczeniem:

– Dlatego skarżyłeś się cioci, tak? Ja nie mam pretensji. No... się pogodziłem. Że tylko na tyle mogę liczyć. Są ważniejsze sprawy. Jak już zgrabimy te liście...

Leon się wychylił i pocałował go prosto w odęte usta, a jak już zaczął, to zupełnie nie mógł przestać. Usta, ciepłe policzki, słone łzy pod powiekami, ta cholerna ułamana sprzączka przy sztywnym kołnierzu, która wbiła się mu pod paznokieć. Ssąc palec, Leon zdołał w końcu rozpiąć ją jedną ręką. Z następnymi poszło już łatwiej. Ramiona, całował ramiona, piegowate i zaskakująco nabite po tych kilku miesiącach kulturystycznych zrywów. Binder. Oparł na nim głowę i słuchał łomotu serca za tą napiętą tkaniną, próbując uspokoić oddech. Tosiek, który do tej pory nie poruszał się wcale, ostrożnie przeciągnął ręką po jego włosach.

– No nie da się ukryć, trochę jestem babą – powiedział zdławionym głosem.

– Nie masz pojęcia, jaką JA jestem czasem babą – wymamrotał Leon.

– Ale nie zwijasz się co miesiąc z bólu i nie wrzeszczysz, że nienawidzisz świata?

– Nie, ale często mam na to ochotę. – Leon wyprostował się i spojrzał mu w oczy, błękitne i zasnute mgłą. – Kocham cię. Kocham, kiedy patrzysz tak na mnie. Wszystko bym zrobił, żebyś tak na mnie patrzył częściej. Nieważne jak. To są tylko jakieś cholerne detale. Rozumiesz?

– T-tak – wyjąkał Tosiek. Na twarzy miał wypieki, w spojrzeniu niecodzienne onieśmielenie, jasny czub wichrzył mu się nad czołem. Leon nie mógł się już doczekać, kiedy wreszcie go zobaczy w tej całej peruce. Tymczasem uśmiechnął się złośliwie i dla równowagi zagwizdał pod nosem melodię, która ciągle jeszcze wżerała mu się w mózg, melodię Fiyero.

Tosiek pozbył się resztek rezerwy.

– Stąpasz po cienkim lodzie – ostrzegł, szarpiąc się ze sztywnymi mankietami, które więziły mu nadgarstki. Leon pomógł mu wysupłać się z koszuli i przeciągnął palcami po atletycznych przedramionach.

– Kurde, no – powiedział z zazdrością. – Muszę się za siebie wziąć.

Tosiek zwęził źrenice, rozdął chrapki i z impetem wskoczył mu w ramiona, wywracając na wznak i zacałowując niemal na śmierć.

– Myślałem, że już mnie nie lubisz – wyznał po chwili.

– Bez przesady.

– Ale powiedziałeś cioci…

– Zapomnij o tym!

– Mówiłeś, że ci się narzucam.

Klatka piersiowa Leona uniosła się w głębokim westchnieniu, a nadąsany Tosiek wraz z nią.

– Bo czasem mnie przerażasz.

– Jednak!

– No bo… No piszesz te wszystkie fanfiki – plątał się Leon. – Przecież ja wiem, o czym ty piszesz! Na pewno masz jakieś oczekiwania, a ja połowy z tego nie rozumiem! I w ogóle wy… wybij sobie z głowy, że ja to wszystko będę robił!

Teraz westchnął Tosiek.

– Bez obaw. Wszystko jest inaczej w fanfikach. – Znów westchnienie. – Życie jest dużo bardziej pogmatwane. Tyle rzeczy, o których trzeba pamiętać.

– Jakich rzeczy? – przejął się Leon.

– Nie wiem, nie ja robiłem notatki – odparł Tosiek krnąbrnie. – No i jeszcze te, no… – Skrzywił się z zażenowaniem. – Te wszystkie… – Zniżył głos do szeptu i zakończył prawie bezgłośnie: – Uczucia. – Wzdrygnął się, jakby to było bardzo brzydkie słowo. Westchnął. – Strasznie wszystko komplikują. W żadnym fanfiku nikt ci nie napisze, że to aż tak… aż tak…

Naraz wytrzeszczył oczy.

– Słyszałeś?

– Co?

– Domofon. – Tosiek zerwał się na równe nogi, w panice rozglądając się za koszulą.

– Nie słyszałem.

– A ja tak. To musi być tata! No co tak leżysz, wstawaj! – jęczał Tosiek, w popłochu zapinając oporne sprzączki.

– Jakby ci to powiedzieć… Mowy nie ma – stęknął Leon. – Jak to szło w tej piosence? *Mindless and careless*. To moja nowa zasada życiowa, przynajmniej w tych portkach.

Tosiek ani myślał czekać, aż Leonowi zmiękną pryncypia. Cisnął w niego kulką czarnej tkaniny.

– Ubieraj się, ale już!

Leon przyjrzał się pod światło czarnej koszulce z kiczowatym wizerunkiem Upiora na tle opery. Rozmiar się zgadzał.

– Kupiłem ci w Londynie – syknął Tosiek. – Ale pomyślałem, że i tak byś nie nosił. Ruszaj tyłek z mojego łóżka, on jest już za drzwiami!

Usłyszeli chrobot klucza w zamku. Leon usiadł i wciągnął koszulkę przez głowę. Zwitek skarpet trafił go w nos.

– Pospieszysz się czy nie?!

– Chłopcy! – doleciało z kuchni. – Herbata gotowa!

– Zaraz idziemy! – wrzasnął Tosiek, dopingując Leona gestem i morderczymi spojrzeniami.

Leon niespiesznie naciągał na nogę skarpetkę, czarną z żółtym znakiem Batmana.

– Ciągle o nas nie wie, hm? – mruknął pod nosem.

Marcin kręcił się po korytarzu, szeleścił kurtką. Zdenerwowany Tosiek miotał się po pokoju.

– Wie, nie wie, co za różnica – warczał, wbijając dłonie w kieszenie.

– Wstydzisz się mnie?

– Czy ty masz nierówno pod deklem? Niczego się nie wstydzę, po prostu nie mieliśmy ostatnio za dużo czasu na rozmowę.

– Hm – powiedział Leon i w tym momencie rozległo się pukanie do drzwi. Tosiek śmignął na swój biurowy fotel i nonszalancko założył nogę na nogę.

– Rozmawiamy – wyjaśnił Idalii, która zajrzała do pokoju. – Za minutę przyjdziemy.

Idalia obrzuciła chłodnym wzrokiem jego ciemne rumieńce, przerzuciła spojrzenie na Leona, uniosła brew i zniknęła, zostawiając uchylone drzwi.

– Sam widzisz – syknął Tosiek. – Chwili spokoju. Wyobrażasz sobie, jakiego tata dostanie pierdolca, jak się dowie?

– No chyba się chociaż domyśla?

Tosiek wiercił się na krześle, minę miał nieszczęśliwą.

– No nie bardzo. Już się przyzwyczaił do Matyldy i…

– Co ma z tym wszystkim wspólnego Matylda?!

Tosiek wił się w poczuciu winy.

– Nic! Przysięgam, że nic! Ale była tu kiedyś, pomagałem jej pisać esej, a tata uznał, zupełnie nie wiem dlaczego, że ona ze mną chodzi. Nie miał z tym problemu, no to już go nie wyprowadzałem z błędu, żeby mu niepotrzebnie nie mącić w głowie. Jeszcze by się zdenerwował, a to mu tak szkodzi…

– Teraz ja jestem zdenerwowany – zauważył Leon, bębniąc palcami w kanapę.

– Widzę. Ale naprawdę nie ma żadnego powodu. Matylda nawet się nie zorientowała. A my mamy spokój – przekonywał Tosiek jakoś bez zapału.

– Musisz z tym skończyć – powiedział Leon. – To nie fair wobec niej. Ja już skończyłem z udawaniem, sam tego chciałeś. Kolej na ciebie.

– Bo ty myślisz, że to tak łatwo! – jęknął Tosiek z rozpaczą.

– Wcale nie łatwo – odparł Leon łagodniej. – Ale coś wymyślimy. Idziesz?

Zgnębiony Tosiek dźwignął się z krzesła i poczłapał do drzwi. Po drodze załapał się jeszcze na dwa lub trzy gorące całusy, ale nie bardzo poprawiło mu to nastrój. Wyszli do przedpokoju. W łazience Marcin szorował ręce pod kranem.

– Cześć, tato, co ty tu w ogóle robisz?! – krzyknął Tosiek serdecznie.

– Skończyłem tę robotę na Pomorzu! – doleciało z łazienki. – Koniec! Następne dwa tygodnie siedzę murem w domu!

– To super! – odwrzasnął Tosiek takim tonem, jakby zaraz miał się rozpłakać. – Sam widzisz, nie ma kiedy pogadać – mruknął ponuro do Leona. – Naprawdę myślałeś, że ja się ciebie wstydzę?

Leon wzruszył ramionami.

– Tylu masz kumpli. Może mierzysz wyżej. Nie wiem, jakie masz oczekiwa...

– Kocham cię – zadeklarował Tosiek, zniżając głos, bo wchodzili już do kuchni. – Ale jak ci się znowu zacznie wydawać, że nie spełniasz jakichś oczekiwań, to weź no ty się jebnij czymś mocno w głowę, dobrze? Au... Aua! CIOCIU!!!

– Pilnuj języczka, kochanie – upomniała go łagodnie Idalia i odłożyła ścierkę na blat zlewu.

Tosiek z obrzydzeniem strząsnął z karku marchewkę i gałązkę koperku. Posłał pełen ubolewania uśmiech w stronę Sandry, która, całkowicie już udomowiona przez Idalię,

siedziała przy stole w czymś w rodzaju szlafroka i nakładała sobie wielki kawałek sernika na talerz. Na patelni skwierczały zrazy wołowe, co Tosiek skwitował prychnięciem, a Leon zaciągnął się tym boskim zapachem po samą przeponę.

– Dzień dobry! – Marcin pojawił się w drzwiach. – Robota skończona, świętujemy...? – zawiesił głos, a Leon zdał sobie sprawę, że palce Tośka w jego uścisku zadygotały panicznie.

Bo tak – wciąż jeszcze trzymali się za ręce.

Leon też spanikował, ale opanował się natychmiast, nabrał w usta powietrza i palnął pierwsze, co mu przyszło w tej chwili do głowy:

– Proszę pana, czy Tosiek może ze mną pojechać na wesele mojej siostry?

KONIEC

Poznań, 2017

Redakcja: Paweł Sajewicz
Korekta: Marta Śliwińska
Okładka i ilustracje: Mariusz Andryszczyk
Opracowanie graficzne: Elżbieta Wastkowska

Wydawnictwo
Agora

ul. Czerska 8/10, 00-732 Warszawa

Dyrektor wydawniczy: Małgorzata Skowrońska
Redaktor naczelny: Paweł Goźliński
Koordynacja projektu: Magdalena Kosińska

Obserwujcie autorkę na Facebooku: facebook.com/realnataliaosinska

Warszawa 2017

ISBN: 978-83-268-2542-2

Druk: Drukarnia Perfect